MARIE PAQUET

LES LEÇONS DE VIE DES BICYCLETTES

ROMAN

DE LA MÊME AUTEURE

Café corsé, Les Éditions Goélette, 2020.
L'espérance de vie des flocons de neige, Les Éditions Goélette, 2022.
La deuxième vie des étoiles, Les Éditions Goélette, 2022.

Direction littéraire : Fleur Neesham
Couverture et conception graphique : Fany Blanchard et Dimitri Mitrovic
Infographie : Dimitri Mitrovic
Révision et correction : Sylvie Lallier et Chantale Landry

goelette.ca
facebook.com/LesEditionsGoelette
facebook.com/Marie-Paquet-100977628342834
Instagram : @mariepaquet_auteure

Dépôt légal : 1er trimestre 2023
Bibliothèque et Archives nationales du Québec
Bibliothèque et Archives Canada

Financé par le gouvernement du Canada | Canada

Les Éditions Goélette bénéficient du soutien financier de la SODEC pour son programme d'aide à l'édition et à la promotion.

Nous remercions le gouvernement du Québec de l'aide financière accordée par l'entremise du Programme de crédit d'impôt pour l'édition de livres, administré par la SODEC.

ASSOCIATION NATIONALE DES ÉDITEURS DE LIVRES
Membre de l'Association nationale des éditeurs de livres

Imprimé au Canada

ISBN : 978-2-89800-539-8

MARIE PAQUET

LES LEÇONS DE VIE DES BICYCLETTES

ROMAN

Goélette
ÉDITIONS

CHAPITRE 1

MAUDIT BONHEUR

– Bonjour, tout le monde !

À l'entrée joyeuse de Harriet dans la salle à café des urgences, les mêmes sourires aimables qu'à l'accoutumée lui répondirent.

– Comment se porte ton jardin, Janet ? Tu m'avais dit que tu avais des problèmes de pucerons, la semaine dernière…

L'interpellée leva la tête de son café en glissant rapidement quelque chose dans la poche de son uniforme.

– Tout va bien. Je suis passée au centre de jardin et on m'a donné de judicieux conseils.

– Génial ! s'écria Harriet en saisissant un sachet de tisane dans une armoire. Et vous, Claire, votre Gustave se remet de sa grippe ?

L'infirmière en chef lui jeta un regard reconnaissant. Claire était la doyenne, la matriarche bien-aimée du département.

– Il va mieux, ma petite Harriet. Je lui dirai que tu as pris de ses nouvelles, ça lui fera plaisir, ajouta-t-elle en se levant de sa chaise et en empoignant l'enveloppe carrée déposée devant elle. Allez, j'y retourne !

Deux autres infirmières lui emboîtèrent le pas et la joyeuse troupe regagna le poste central. Harriet attendit que l'eau chauffe dans la bouilloire électrique, les yeux dans le vide, triturant la ficelle du sachet d'herbes séchées. Elle travaillait dans cet hôpital depuis cinq ans maintenant, et ses collègues formaient une équipe efficace et soudée. Pourtant, depuis quelques mois, le cœur de l'infirmière n'y était plus. Elle se tirait hors du lit de plus en plus difficilement le matin et ronchonnait en enfilant son uniforme.

Bien sûr, le fait de travailler dans le même hôpital que le médecin qui l'avait plaquée pour une autre fille, un an auparavant, n'aidait pas. Seth avait réussi, grâce à sa gentillesse et à son charme légendaires, à ne pas passer pour le salaud de service. Harriet en gardait un goût amer. Elle aurait souhaité que les gens prennent son parti, à elle, et que Seth soit excommunié de la bande.

– Salut, Harriet ! s'exclama Mike en venant rincer sa tasse vide près d'elle.

Elle répondit à l'infirmier avec un signe de tête et un sourire éclatant, non sans remarquer un carré de carton beige dépassant de la poche de poitrine de son uniforme. Perplexe, elle empoigna l'anse de la bouilloire et versa l'eau chaude dans sa tasse. Tandis que le sachet de tisane infusait et qu'un subtil parfum de menthe embaumait la salle de repos, Harriet saisit une de ses mèches rousses entre ses doigts et la tortilla en calculant les heures qui la séparaient de la fin de son quart de travail. Plus que deux.

Elle songeait de plus en plus à prendre des vacances. Mais pour aller où ? Et avec qui ? Tout le monde l'insupportait, et personne ne s'adonnait au même sport qu'elle. Aussi bien rester au travail. Pédaler seule sur des kilomètres n'apportait pas le même plaisir que de le faire à deux, et c'était également moins sécuritaire.

– Salut. Tu me tiens ça deux secondes, s'te plaît ?

Beurk.

Jenna, une orthopédiste réputée et la meilleure amie de Seth, venait de lui tendre un carton pour se pencher dans le frigo, sans même la regarder. Cette fille était un homme dans un corps de femme. Ses blagues étaient rarement de bon goût, elle pouvait lâcher un rot sans gêne à table, et la rousse soupçonnait qu'elle avait été la première à conforter Seth dans son idée de la larguer. Harriet la détestait, et Jenna le lui rendait bien.

Elle en eut la preuve lorsqu'elle baissa les yeux sur le carton que l'orthopédiste lui avait confié. L'écriture dorée lui fouetta les cornées.

Seth Mahoney
et
Patricia Blandford
sont heureux de vous convier
à *leur mariage*
qui aura lieu vjevfnqorpqkoejsem...

Le reste était maintenant illisible, le cerveau de Harriet refusant d'en assimiler davantage. Voilà donc ce que tout le monde lui cachait depuis le début de la journée. Bande d'hypocrites. Ils devaient bien se payer sa tête et se satisfaire de constater qu'elle n'avait pas reçu d'invitation. Car, bien sûr, cette idiote de Patricia ne voudrait pas la voir à la noce...

Elle crispa les doigts sur le carton et releva la tête. Jenna était en train de siphonner sa bouteille de lait au chocolat, son autre main entièrement libre et apte à tenir un carton, depuis le début.

– Merci ! lança-t-elle gaiement en reprenant son bien, pour ensuite s'éclipser sur un clin d'œil frondeur.

Des vacances. Maintenant.

CHAPITRE 2

DEUX COUPS DE PÉDALE, UN COUP DE TÊTE

Les muscles de ses cuisses réclamaient un banc de parc depuis plusieurs kilomètres déjà, mais la cycliste frustrée ne les écoutait pas. Seule une déchirure aurait pu l'arrêter. Bien penchée vers l'avant sur sa monture, Harriet fonçait droit devant elle. Comme si elle allait bientôt atteindre l'autel et faucher les mariés vêtus de noir et de blanc, dans une scène sordide digne d'un film gore.

Elle finit pourtant par s'arrêter une demi-heure plus tard, parce qu'il fallait bien s'hydrater et se nourrir. C'était primordial. En descendant de la selle, Harriet saisit sa gourde accrochée au cadre en fibre de carbone et manœuvra son vélo d'une main, tout en buvant de l'autre. Elle appuya son Colnago contre un banc, sur lequel elle prit ensuite place.

Le soleil distribuait ses rayons de fin de journée aux travailleurs fourbus qui circulaient dans le parc où elle s'était arrêtée. Le visage levé vers la source de chaleur, Harriet repensa à la fin de la journée. Qu'importait tout ça. Elle n'enviait pas le bonheur de Seth et de Patricia. Et elle ne souhaitait aucunement se pointer à ce mariage, pour voir les frères Blandford faire les clowns en prononçant des discours où la vulgarité côtoierait l'imbécillité. Elle se sentait seulement trahie par ses collègues.

– Joli vélo.

Un homme s'assit à côté d'elle, lui aussi en tenue de cycliste. Tandis qu'elle l'observait fouiller dans son sac, elle se dit qu'elle ne se sentait pas l'âme à faire la conversation avec un inconnu. Mais lorsqu'il extirpa de son bagage une banane, un petit pot d'amandes et un morceau de fromage, elle éclata de rire et retira son casque qu'elle déposa près d'elle.

– Qu'y a-t-il de si drôle ? demanda-t-il en suspendant son geste.

Harriet se contenta de lui faire signe d'attendre une minute, puis fouilla à son tour dans son sac. Lorsqu'elle aligna sur sa cuisse une banane, un pot d'amandes et un bout de fromage, ce fut au tour de son voisin de se laisser gagner par le rire.

– Philip, se présenta-t-il.

– Harriet.

Les deux mains gantées se serrèrent et la jeune femme prit le temps d'observer l'homme un instant. Châtain sous son casque de vélo, yeux bruns pleins d'assurance et sourire avenant, Philip réussit sa première impression. Les vêtements de vélo en lycra qu'il portait ne laissaient pas beaucoup de place à l'imagination sur son physique, et Harriet éprouva immédiatement du respect pour cet homme qui semblait avoir sa santé à cœur.

– Grosse journée ? demanda-t-il nonchalamment en épluchant son fruit, sans la regarder.

– Éreintante. Si j'avais pu pédaler jusqu'en Italie, je crois que je l'aurais fait.

Elle laissa glisser les amandes dans le creux de sa main. Douze, comme d'habitude. Tout n'avait pas déraillé. Elle avait encore le contrôle sur sa vie, même si son identité professionnelle et sa vie amoureuse s'en allaient à vau-l'eau.

– J'ai visité l'Italie, il y a quelques années. C'est de toute beauté.

– Je n'en doute pas. Mais je me contenterais de partir n'importe où. À vélo, de préférence. Juste pour quitter Denver.

L'homme tourna la tête vers elle et plissa les yeux.

– Faites-le, alors.

Comme si la facilité de la chose lui avait échappé ! Mais la voix grave de son interlocuteur n'était pas hautaine. Il s'était contenté de la gratifier d'un conseil en phrase impérative.

– C'est plus facile à dire qu'à faire, vous savez, soupira la jeune femme en secouant la tête, avant de croquer dans une amande. Je ne me sens pas à l'aise de partir en voyage de vélo toute seule. Une collègue de travail m'a parlé d'un site Internet où on organise des randonnées de groupe, mais je ne sais pas trop… J'irai probablement y jeter un coup d'œil.

Philip retira son casque et se gratta le crâne tandis qu'elle finissait de manger ses amandes, puis il prit une gorgée dans la gourde qu'il avait placée entre eux sur le banc. Harriet loucha sur son vélo, près de lui. C'était la première fois qu'elle voyait un Trek Madone comme celui-là. Le cycliste n'était sûrement pas garagiste, pour pouvoir se payer un tel bijou. L'analyse l'avantageait aux yeux de la curieuse.

Après l'effort physique qu'elle venait de fournir, Harriet sentit soudain un frisson de fatigue courir sur son dos, signe qu'il était temps pour elle de rentrer. Elle rangea ses affaires et remit son casque, sous l'œil de son voisin de banc.

– Vous roulez combien ? la questionna-t-il soudain.

– Pardon ?

– À quelle vitesse roulez-vous, en moyenne ?

Maintenant debout, la jeune femme remit son sac sur son dos en réfléchissant.

– Environ vingt-huit kilomètres à l'heure. Pourquoi cette question ?

Philip croisa les bras et l'observa en réfléchissant quelques secondes.

– Ça pourrait fonctionner. Je prévois rouler le long de la route 26 et ses environs, pendant quelques jours. J'ai une tente assez grande pour deux. Ça vous dirait de m'accompagner ? En tout bien tout honneur, je vous le promets ! termina-t-il rapidement, une main sur la poitrine.

Mais qu'est-ce que c'était que cette proposition ? Elle ne pouvait décemment pas accepter une telle invitation, ça ne se faisait pas ! Partir avec un parfait inconnu ? Partager une tente ? *Franchement !*

Elle lui offrit un sourire de gratitude feinte et une poignée de main.

– Merci, mais je ne peux pas accepter. Contente d'avoir fait votre connaissance !

– Attendez, voici ma carte, si jamais vous changez d'avis.

Il ouvrit un minuscule compartiment de son sac et lui tendit une carte de visite blanche au lettrage gris et bleu. Elle hésita à la saisir. Il insista en secouant légèrement la main.

– Allez, prenez-la ! Je pars dans trois jours.

– D'accord.

Mal à l'aise, Harriet quitta l'homme en lui souriant une dernière fois et enfourcha son vélo. Tout au long du trajet jusque chez elle, elle ne cessa d'analyser la proposition de Philip sous toutes ses coutures, pesant le pour et le contre. Pour la première fois, elle avait envie de défier sa vie réglée au quart de tour.

Arrivée dans son condo, elle retira ses gants, son casque et ses souliers de vélo, puis sortit la carte de son sac. Elle la déposa bien à plat sur le comptoir et appuya ses coudes de chaque côté. Les mains jointes sous son menton, elle relut plusieurs fois l'écriture stylisée en deux tons.

Philip Bannon
Nutritionniste et coach de vie

La calligraphie imprimée ne comportait pas autant de fioritures que celle ornant le faire-part de Seth et Patricia, mais elle avait le mérite de laisser poindre quelque chose de positif à l'horizon. Comme si un simple bout de carton pouvait la motiver à regarder définitivement devant elle, pas derrière.

Harriet tapa du plat de la main sur le comptoir et décida de voir cette rencontre inattendue comme un signe. La vie lui envoyait ce dont elle avait besoin. Elle devait saisir la balle au bond.

L'homme répondit après trois sonneries, au moment où elle commençait à douter et s'apprêtait à mettre fin à l'appel.

– Bonjour, Philip. C'est Harriet, nous nous sommes parlé tout à l'heure. J'accepte votre proposition, si elle tient toujours.

CHAPITRE 3

CHANGEMENT DE TON… OU DE THON !

Harriet pianotait avec impatience sur le volant de sa voiture, tout en s'assurant que le son de ses doigts frappant le cuir ne parvienne pas aux oreilles de sa mère qui l'invectivait depuis dix minutes, via le dispositif mains libres.

– Tu ne le connais même pas ! Qu'est-ce qui te prend d'être si irresponsable ? Ton père et moi ne comprenons pas comment tu peux te lancer tête baissée dans pareille aventure, poussinette ! Réfléchis un peu !

Elle était probablement en train de triturer les breloques de son bracelet Pandora, le combiné coincé entre l'épaule et l'oreille.

Harriet prit un ultime virage et aperçut la grange que Philip lui avait décrite. Il s'était entendu avec le propriétaire des lieux pour qu'ils puissent laisser leurs voitures sur place pendant quatre ou cinq jours, le temps de compléter la boucle qu'ils avaient prévue et qui les amènerait à traverser une dizaine de petits villages, en roulant sur des routes secondaires.

En voyant son compagnon de voyage en train de décrocher son vélo de son support, elle décida de couper court au blabla de sa mère.

– Je te laisse, maman. Je t'ai envoyé le trajet que nous emprunterons par courriel, et j'aurai mon mobile avec moi. Je t'embrasse !

– Attends ! Harriet Hopper, je t'interdis de me raccrocher au nez !

– Tu sais bien que je ne ferais jamais ça, répondit-elle, radoucie, en approchant sa voiture de celle de Philip. Faites-moi confiance, tous les deux. D'accord ? Je ne tenterai rien d'insensé.

Un soupir résigné lui répondit.

– Si tu reviens en pleurs après une journée, tu ne pourras pas prétendre que je ne t'avais pas avertie ! Tu es ce que nous avons de plus précieux, poussinette.

– Je sais. Je dois y aller, maman. Je t'aime.

Elle freina brusquement et mit le bras de vitesse en mode stationnement, garant sa compacte près du coach de vie en tenue de cycliste. L'angoisse comprima sa poitrine comme un étau, sans qu'elle l'ait vue venir. Mais que s'apprêtait-elle donc à faire ? Ses parents avaient raison, c'était de la folie ! Les doigts crispés sur le cuir, les yeux ronds, elle observait Philip. Il se tenait devant le capot de sa voiture, les mains sur les hanches, les sourcils froncés. Il devait déjà la prendre pour une névrosée. Enfin, il s'écarta et lui fit signe de se placer à côté de sa jeep.

Tu es là, maintenant, ça fait trois jours que tu te prépares. Prends un risque !

L'homme attendait toujours, elle devait se bouger les fesses. Elle embraya et appuya sur la pédale d'accélération, mais réalisa après quelques mètres qu'elle reculait au lieu d'avancer. Se traitant mentalement d'idiote, elle rectifia le tir et finit sa drôle de danse en voiture près de celle de Philip.

Lorsqu'elle sortit de sa compacte, ce dernier l'observait, dubitatif.

– Bonjour, Harriet. Tout va bien ?

La jeune femme saisit un élastique à son poignet et entreprit de nouer sa chevelure rousse sur sa nuque, en souriant de toutes ses dents.

– Bonjour ! J'ai eu une crampe au mollet pendant que je tentais de me stationner, rien de grave.

– D'accord…

Il n'avait pas l'air convaincu, mais se contenta de cette explication boiteuse.

– Besoin d'aide pour votre vélo ?

– Non merci, ça va aller ! lui répondit-elle, pour ensuite s'affairer à la tâche.

Elle balançait entre l'excitation et la nervosité, comme engourdie. Et pour cause ! Elle venait de stationner sa voiture chez un fermier invisible, et s'apprêtait à passer les prochains jours avec un inconnu. Pire encore, ils partageraient la même tente ! Philip lui avait assuré qu'il avait déjà fait ce genre de balade et que les résidents des villages étaient toujours enclins à prêter un bout de leur terre pour permettre aux cyclistes d'installer leur campement. Tout irait bien. Elle avait son téléphone dans sa poche, et réussi sa ceinture bleue de taekwondo.

Harriet accrocha sa sacoche de voyage à sa monture, puis s'assura une dernière fois que tout y était : son nécessaire de toilette, un minimum de vêtements, un minuscule sac de couchage et des collations protéinées. Elle enleva ensuite ses sandales, qu'elle glissa dans une poche sur le côté, et enfila ses souliers de vélo pendant que Philip attachait son casque, en l'observant. Accroupie près de lui, elle vit du coin de l'œil qu'il souriait.

– Je suis content que vous ayez accepté ma proposition, Harriet. Je sens que vous avez besoin de vous évader.

Elle se releva et approuva d'un signe de tête en saisissant son casque. Puis, elle se concentra sur sa montre quelques secondes pour vérifier les paramètres qui consignaient son activité physique.

– Vous êtes arrivé à point, Philip. Un vrai sauveur !

– J'adore sauver les gens, répondit-il avec un clin d'œil. Allez, en route ! Je passe devant pour commencer, je connais le chemin.

Le bruit familier de son soulier se verrouillant sur la pédale tira à Harriet un soupir de bien-être. Plusieurs jours de vélo avec quelqu'un d'aussi passionné qu'elle, c'était un cadeau du ciel.

Les heures suivantes, elle vit défiler des champs aux couleurs variées, des nuées d'oiseaux et de vieux camions qui les dépassaient parfois en klaxonnant pour les encourager. L'infirmière accordait sa vitesse à celle de Philip, ce qui lui demandait un effort supplémentaire vu qu'il roulait plus vite qu'elle. Mais le défi était le bienvenu.

Ils s'arrêtèrent dans un petit village typique, avec des devantures de maison fleuries et des pancartes enjoignant aux automobilistes de ralentir, pour l'amour des enfants. Philip bifurqua dans le stationnement d'un pub.

– On mange un morceau? proposa-t-il en mettant un pied à terre. Je prendrais bien une bière froide!

Harriet fronça les sourcils et s'essuya le front, contrariée.

– D'accord.

Lorsque son compagnon de route demanda une table sur la terrasse pour pouvoir profiter du soleil et garder un œil sur leurs vélos, la rousse saisit un menu au passage et commença à faire l'inventaire de ce qu'offrait la cuisine.

Une fois les casques et les gants retirés, Harriet se permit d'analyser un peu mieux son nouvel ami. Il avait l'air tellement... tellement heureux, que c'en était presque troublant. Il observait les gens passer dans la rue comme si c'était le spectacle le plus fascinant qu'il ait jamais vu. Elle avait beau regarder dans la même direction, elle ne voyait que des campagnards isolés de la civilisation, qui passaient sûrement toutes leurs journées à traire les vaches et à s'occuper de leur jardin.

Édifiant.

– Alors, mademoiselle, parlez-moi de vous. Et d'abord, peut-être pourrions-nous nous tutoyer?

– C'est une bonne idée, approuva Harriet en s'adossant à sa chaise. Que je te parle de moi. Eh bien... je suis infirmière depuis un peu plus de cinq ans et...

– Et tu aimes ce que tu fais?

– En fait, j'ai toujours adoré mon métier, jusqu'à tout récemment. Je travaille dans le même hôpital que mon ex, et ce n'est pas toujours facile. Il m'a quittée pour une autre fille, juste après que nous avons passé un week-end à la montagne avec elle et ses frères. Avec le recul, je suis presque certaine qu'il m'a trompée et qu'il s'est servi de moi.

J'ai été bêtement utilisée pour qu'il puisse arriver à ses fins en la rendant jalouse. Toujours est-il que je ne prends plus beaucoup de plaisir à être à l'hôpital, depuis.

Philip hocha lentement la tête en la sondant du regard, analyse interrompue par l'arrivée d'une jeune serveuse. Une adolescente qui en était sans doute à son premier emploi.

– Bonjour ! Avez-vous fait votre choix ?

Philip invita de la main Harriet à commander son repas. Celle-ci s'exécuta en observant le menu.

– Je prendrai un sandwich au thon, sur pain de blé et sans mayonnaise. Pas de frites, mais une salade en accompagnement. Et un grand verre d'eau. Merci ! conclut-elle en redonnant le menu à la serveuse qui se tourna vers l'autre cycliste.

– Très bien. Et pour vous ?

– Un sandwich au poulet et à l'avocat, avec des frites et un verre de bière, s'il vous plaît, commanda-t-il gentiment.

– C'est parfait, je vous apporte les boissons dans une minute !

La pimpante jeune fille s'engouffra à l'intérieur du commerce, et Philip reprit son analyse.

– Quoi d'autre ? demanda-t-il. Sur toi, je veux dire.

– Euh…

Elle était à nouveau contrariée, se sentait coincée. Et d'abord, comment pouvait-on être nutritionniste et commander de la bière et des frites, en plein milieu d'une activité physique ? La crédibilité de l'homme récolta sa première éraflure.

– J'aime beaucoup faire du vélo, répondit-elle pourtant.

– Et tes amis ? Tes sorties ?

– Oh !

Harriet remercia d'un sourire la jeune serveuse qui venait de déposer son verre d'eau devant elle et prit le temps d'en inspecter les parois avant de prendre sa première gorgée. Les traces de rouge à lèvres des clientes précédentes ne partaient pas toujours au lave-vaisselle.

– J'ai plein d'amis ! Mais assez parlé de moi. Et toi ?

Philip lui raconta alors comment il était passé de gérant de magasin d'électronique à coach de vie. Son existence avait pris un brusque tournant lorsque son meilleur ami avait mis fin à ses jours, il y avait quelques années. Depuis, il tentait de profiter de la vie au maximum, et d'aider tout un chacun à en faire autant. Son diplôme de nutritionniste nouvellement acquis lui permettait d'aborder différentes facettes avec ses clients, qui se faisaient de plus en plus nombreux. Il pratiquait le yoga, la méditation, aimait lire et assister à des conférences sur le moi profond.

– J'ai fait le choix de vivre exclusivement des moments où je me sens entièrement connecté avec moi-même. Mon propre bonheur est une priorité, et c'est ce que j'enseigne aux gens qui font appel à mes services.

Le moi profond.

Pour Harriet, ce concept ne faisait aucun sens. Elle avait tenté de méditer, une fois, avec une application téléchargée sur son téléphone. Six minutes par jour, annonçait le descriptif. Elle avait perdu patience après trois. Pourtant, elle enviait l'homme assis devant elle. Il dégageait la paix. Il n'avait probablement pas été trompé par sa conjointe, lui, se dit-elle pour clore sa discussion intérieure.

– Voilà !

La serveuse plaça doucement les assiettes devant eux, puis leur souhaita un bon appétit.

– Minute.

Harriet inspira par les narines et leva les yeux vers la jeune fille.

– J'avais demandé sans mayonnaise. Était-ce si difficile à comprendre ?

Seize ans, et déjà incompétente.

– Oh. Je vais… commença maladroitement la serveuse en tendant la main pour reprendre l'assiette de Harriet.

– Non. Laissez tomber, la coupa-t-elle sèchement. Le temps qu'on m'en prépare un autre, mon ami aura terminé et je ne veux pas manger seule.

– Très bien. Je suis vraiment désolée.

Harriet ne répondit pas, elle était trop furieuse. À quoi servait-il d'avoir un calepin pour noter les commandes, si on n'apportait pas les bonnes choses aux clients ? Elle souleva la tranche de pain avec une moue exaspérée.

– C'est dégoûtant.

Penché sur son assiette, Philip mangeait ses frites en silence.

CHAPITRE 4

LES BOULETTES

– Ah, bah, y a pas de problème ! Vous pourrez même ranger vos bicyclettes à l'abri dans mon garage ! Et on va laisser la porte arrière déverrouillée, si jamais vous voulez entrer pendant la nuit pour aller aux toilettes.

Affable, le vieil homme ne lâchait plus Philip, qui n'avait eu aucun mal à lui quémander un coin de son terrain pour la nuit. Au moment où ils étaient passés devant le fermier en train de tondre sa pelouse, alors que leurs vélos avaient avalé plus de cent cinquante kilomètres dans la journée, le nutritionniste avait freiné et cherché l'attention du villageois en agitant un bras.

Dix minutes plus tard, tout était réglé. Heureux de pouvoir offrir l'hospitalité à des touristes, Bud et Roseanne leur firent visiter leur maison. Harriet s'empressa d'accepter lorsque la dame des lieux lui proposa la douche.

Les jambes raides, elle se rendit dans la salle de bain d'une autre époque, où un savon de pays tenait par une corde au robinet du bain sur pattes en fonte émaillée. Elle prit quand même le temps d'effectuer quelques étirements, dans le but d'épargner un peu ses muscles en vue de la route du lendemain.

En toute honnêteté, elle avait trouvé le trajet difficile, mais elle ne l'avouerait pour rien au monde. Outre la vitesse de Philip, les multiples côtes et le bord de route graveleux lui avaient donné du fil à retordre. Pour la première fois depuis qu'elle faisait du vélo, ses bras et ses épaules étaient aussi douloureux que ses cuisses. Qu'à cela ne tienne, elle ne regrettait pas d'être là.

Après avoir bataillé un moment avec le rideau de plastique qui lui collait à la peau et lui filait des haut-le-cœur, la jeune femme réussit à se laver. Elle regagna ensuite le séjour pour remercier poliment leurs hôtes, sa trousse de toilette dans la main. Elle mourait de faim, et rêvait d'une barre protéinée et d'une poignée d'amandes.

– Venez, nous sommes à la cuisine !

Une odeur de farine cuite lui souleva l'estomac et c'est avec appréhension qu'elle bifurqua vers l'autre pièce. Sa pire crainte s'avéra fondée. Philip, vêtu d'un pantalon de survêtement et d'un t-shirt, souriant, était attablé avec Bud, devant ce qui avait l'apparence et l'odeur d'un ragoût de boulettes. Roseanne arriva derrière elle.

– Allez, venez, ma petite, j'en ai fait pour une armée, comme d'habitude !

La jeune femme déglutit et offrit un sourire reconnaissant à la dame, un sourire de circonstance. Forcé. Ces gens les accueillaient chez eux, elle devait faire un effort.

Presque poussée par Roseanne sur une vieille chaise de bois à l'assise tressée, Harriet faisait maintenant face à Philip. Il entama une discussion avec Bud sur les activités du cultivateur et remercia la cuisinière chaleureusement lorsque celle-ci déposa une pleine louche de ragoût dans son assiette creuse. Horrifiée, la cycliste éreintée vit atterrir la même quantité de mixture devant elle.

Du pain. Il y avait du pain dans la corbeille déposée au milieu de la table, ainsi qu'un pot de marinades maison. Elle avait déjà mangé du pain ce midi et évitait normalement de le faire deux fois dans la même journée, mais la situation était critique.

– Mangez, les jeunes ! Vous avez une sacrée journée dans le corps !

Et sans plus de cérémonie, Bud attaqua ses boulettes en sauce en voûtant les épaules, comme s'il souhaitait réduire le plus possible la distance entre sa bouche et son repas. Le vieux n'avait même pas enlevé sa casquette, et ses doigts étaient encore salis de terre ou de cambouis — ou les deux, allez savoir. Harriet mordit dans son pain. Ça ne faisait pas partie du plan de route, manger avec des paysans.

– Harriet ?

– Oui ? répondit-elle trop joyeusement à Roseanne qui venait de l'interpeller.

– Tout est à votre goût, ma petite ?

– C'est parfait ! J'allais justement me servir dans vos marinades, elles ont l'air délicieuses ! Vous les avez faites vous-même ?

Roseanne étira le cou pour observer le pot, puis secoua la tête.

– Non, pas celles-là ! C'est une jeune femme du village qui les a préparées, j'ai voulu l'encourager. Rares sont les gens qui ont l'audace d'ouvrir un commerce, dans le coin !

Tu m'étonnes. Le seul commerce qui ferait fortune dans ce trou perdu, c'est un magasin d'antidépresseurs !

Le pot dans une main, la cuillère de service dans l'autre, Harriet se retrouva face à un nouveau problème. Pas question que les betteraves touchent à la sauce dans son assiette. Elle se servit de la soucoupe sous sa tasse pour empiler précieusement ce qui allait lui servir de repas principal. Roseanne fronça les sourcils, mais n'intervint pas.

Philip questionna leurs hôtes durant l'entièreté du repas, s'exclamant à chaque nouvelle information. « Ah oui ? Vous sculptez le bois ? C'est formidable ! » Ou encore : « J'aimerais tant m'y connaître en mécanique, moi aussi ! »

Les yeux de la rousse restèrent étonnamment stables dans leurs orbites. Mais lorsque, après le repas, Roseanne sortit une tarte au sucre qu'elle avait confectionnée, Harriet était arrivée au bout de sa patience.

– Philip, je crois que nous devrions aller dresser la tente, avant que la noirceur nous surprenne.

Ce dernier tourna la tête vers la fenêtre à carreaux, où le soleil commençait à peine à décliner. Il s'essuya la bouche avec sa serviette de table et, pour la première fois de la soirée, s'attarda sur la jeune femme. Il était tellement passionné par le récit de leurs hôtes qu'il n'avait pas perçu le malaise de sa compagne de voyage. Elle paraissait au supplice, et son assiette était encore aussi remplie que trente minutes auparavant.

À contrecœur, il loucha sur la tarte sûrement délicieuse et se résigna à suivre la rousse à l'extérieur. Les salutations d'usage furent sincères, pour lui du moins.

Une fois les vélos rangés dans le garage de Bud avec ses outils et la machinerie agricole, Philip sortit la minuscule tente qui l'accompagnait dans toutes ses escapades. Alors qu'il l'étendait sur la pelouse fraîchement coupée, il vit dans son angle mort Harriet saisir un coin de la toile.

– Je crois qu'on doit l'assembler comme ceci, déclara-t-elle en soulevant le tissu bleu qui servait de fond.

Philip sourit doucement.

– Je sais comment m'y prendre avec cet amas de nylon, fais-moi confiance. D'accord ?

– Oh, bon, c'est toi qui vois. Je voulais seulement aider, mais si je suis de trop…

– Tu n'es pas de trop.

L'homme s'employa à installer leur abri, tandis que Harriet l'observait, les bras croisés.

– Parle-moi de ton travail, demanda-t-elle soudain. Coach de vie, ça fait quoi, au juste ?

Philip leva la tête vers elle, toujours accroupi.

– Je tente d'aider les gens à dépenser leur énergie au bon endroit, à faire les meilleurs choix pour eux, à voir le positif dans tout. Je ne peux cependant pas le faire à leur place, comme n'importe quel coach sportif. Je me contente de les conseiller et de leur faire part de mon expertise.

Harriet fronça les sourcils et mordilla sa joue.

– Et quelle « expertise » as-tu ? Je veux dire, te vantes-tu de vivre mieux que les autres, pour pouvoir l'enseigner ? C'est un peu prétentieux comme métier, non ?

Pour la première fois depuis longtemps, Philip ressentit de l'impatience envers autrui. Au moment où il inspira profondément pour dissiper cette énergie négative, la jeune femme saisit un coin de la toile.

– C'est comme ça qu'il faut la placer.

Il fut tenté de la laisser faire, et d'admirer la tour de Pise en nylon qu'elle assemblerait selon sa méthode. Mais humilier les gens ne faisait pas partie de ses passe-temps. Il se contenta donc de lui retirer doucement la toile des mains, tout en continuant à parler.

– Je ne prétends pas vivre mieux que les autres. Mais parfois, les épreuves nous font prendre conscience de certaines choses que le commun des mortels n'a pas nécessairement saisies. J'ai aussi suivi différentes formations pour m'outiller.

– D'accord, répondit-elle d'un ton incertain. Enseigne-moi quelque chose, alors.

La tente prit forme sous les mains habiles de Philip. Harriet s'abstint de commenter.

Lorsqu'il se tourna vers elle, elle avait les bras croisés et une lueur de défi dans le regard.

– Accueillir l'autre.

– Je te demande pardon ?

– Tu m'as demandé de te donner ta première leçon. Tu pourrais t'entraîner à accueillir l'autre.

– Ce qui veut dire ?

Philip ouvrit la fermeture éclair de la tente et la convia à pénétrer à l'intérieur avec son bagage. Il la suivit, puis referma l'ouverture pour empêcher les moustiques de s'inviter dans leur motel de fortune.

– Ce qui veut dire ne pas juger les gens qu'on rencontre, et s'ouvrir à ce qu'ils sont et à leur histoire. Prends Bud et Roseanne, par exemple ; ils n'évoluent pas dans le même quotidien que toi et moi, mais leur histoire est riche. Ils sont enracinés dans leur communauté et vivent des produits de leur terre, au gré des saisons. C'est beau, ne trouves-tu pas ?

– Beau ?

Harriet tentait de comprendre ce charabia. Accueillir l'autre. S'ouvrir sans jugement. Elle se définissait déjà comme une fille qui ne jugeait jamais les gens sur leur apparence et s'intéressait à tout le monde de la même manière. Elle ne voyait pas ce qu'elle pouvait changer sur ce plan-là. Peut-être était-ce comme le taekwondo, peut-être avait-elle déjà réussi le premier niveau de la recherche du moi profond ? Elle pourrait même envisager de devenir à son tour coach de vie dans quelques mois, qui sait ?

– Je comprends ce que tu dis, commença-t-elle prudemment, mais le petit peuple reste le petit peuple. On ne peut pas se mêler à ces gens, comme les chats n'accueilleront jamais des chiens. Ne pas juger, ça va. Mais jouer les mère Teresa, pas question. C'est comme pour les mendiants : il y a une raison s'ils sont dans la rue. Tu ne vas pas tous les accueillir chez toi, si ?

Horrifié, sans mot, Philip observait sa colocataire en train d'installer son sac de couchage en papotant, comme si elle lui énumérait les ingrédients d'une recette de biscuits.

– Et pour un nutritionniste, continua-t-elle, ça ne fait pas très sérieux de s'empiffrer de bière, de frites et de ragoût. Mais tu sais, je dis ça, je dis rien…

L'homme inspira profondément à nouveau.

– Être nutritionniste ne veut pas dire être au régime. Tout est une question d'équilibre. Et les repas cuisinés par Roseanne sont sûrement mille fois meilleurs pour la santé que bien des boissons protéinées.

– Mais tu conviendras que tu dois prêcher par l'exemple… Hé ! Où vas-tu ?

– Dans la maison. Manger de la tarte au sucre.

Maintenant seule dans la tente, Harriet haussa les épaules puis se prépara à dormir, bien qu'il fût encore tôt. Elle prit quand même le temps d'appeler ses parents pour leur dire que la première journée de son périple avait été formidable.

Bien plus tard, une épaule légèrement endolorie par sa posture recroquevillée, elle eut vaguement conscience du retour de Philip. Il s'installa sans bruit, garda ses distances et ne chercha pas à profiter de la situation. Elle attendit quand même un peu, aux aguets. Rassurée quant à la chasteté de leur cohabitation, elle se laissa enfin gagner par un sommeil réparateur malgré la dureté du sol, dans la nuit juste assez fraîche.

Ce ne fut pas la lumière du soleil qui la réveilla, mais plutôt la voix paniquée de Bud de l'autre côté du mur de toile, à l'aurore.

– Harriet, ma petite ! Je suis tellement désolé, j'ai fait une grosse boulette !

CHAPITRE 5

HOMICIDE INVOLONTAIRE

De rage. C'étaient des larmes de rage.

– Vous appelez ça « une boulette » ?

En short et en camisole, pieds nus sur le sol de terre battue du garage, Harriet identifiait formellement le cadavre de son vélo. Cause du décès : une roue de tracteur en pleine gueule. Le crime avait été commis par le vieil homme, à l'aube, lorsqu'il avait voulu reculer son tracteur et le sortir par la grande porte. Encore endormi et peu habitué à avoir des vélos remisés sur son chemin, le fermier avait recouvré la mémoire en entendant un bruit suspect. Trop tard. La roue avant du Colnago était toute tordue.

Une boulette.

Aussi impuissant et aussi peu vêtu qu'elle, Philip se contenta de poser ses doigts sur l'épaule de la jeune femme. Ce geste agaça Harriet ; elle l'interpréta comme une tentative de la museler, de réfréner les paroles qu'elle pourrait prononcer.

– Ça se répare, non ? On doit bien pouvoir redresser la roue, plaida le misérable coupable.

– Non. On ne peut pas. Et le cadre est sûrement déformé lui aussi, après un tel choc.

La colère n'en finissait plus de monter.

– Je peux vous dédommager…

– Parfait, oui ! cracha-t-elle, hargneuse. Il vaut quatre mille dollars. Encore une chance que vous n'ayez pas fait un doublé en fauchant celui de Philip aussi : il en vaut huit mille, au bas mot. Alors, on procède comment, vous me faites un virement bancaire ? Un chèque ?

– Harriet, ça suffit...

La voix douce de l'accueillant nutritionniste gourmand n'eut aucun effet sur elle. Elle essuya rageusement ses larmes, tandis que Bud avait blêmi à la mention des sommes à quatre chiffres.

Ouais, faudra que t'en vendes, des patates, hein ?

L'agriculteur agita ses mains devant lui en signe de paix.

– Écoutez. Laissez-moi embarquer votre bicyclette dans la boîte de mon camion et vous conduire au garage des Larson, à quelques kilomètres d'ici. Ils font des miracles. Peut-être réussiront-ils à redresser votre roue ?

Elle n'avait pas trente-six solutions. Elle ne retournerait pas à pied à sa voiture et n'avait pas l'intention d'abandonner son bébé ici.

– C'est une bonne idée, se risqua Philip. Je vais ranger la tente et te rejoindre à vélo. Nous aviserons à ce moment-là.

– Très bien.

Elle avait prononcé les mots sans desserrer les dents. Ni les poings.

Le défunt et sa sacoche se retrouvèrent dans la camionnette de Bud. Harriet se retint de monter avec eux à l'arrière. Elle ne prononça pas un seul mot du trajet, se contenta d'observer par la fenêtre de sa portière le paysage qui défilait. Bud lui posa bien quelques timides questions, mais elle ne lui répondit que par des grognements peu sympathiques. Le poing rentré dans la manche de son seul chandail chaud, elle mordillait l'ourlet du coton mauve. Les trappes de ventilation à ses pieds ne parvenaient pas à réchauffer ses jambes nues dans son cuissard. Elle bougea les orteils dans ses sandales, ses souliers de vélo rangés dans son bagage.

– Voilà, c'est ici.

– Wow. Ça a l'air top.

Le sarcasme à son meilleur.

Deux pompes à essence qui avaient sûrement déjà été d'un rouge lustré, il y avait belle lurette. Deux portes de garage. Une entrée vitrée menant à une minuscule salle d'attente. L'ensemble nécessitant un urgent coup de pinceau et un décrottage en profondeur. Un garage de film d'animation. Manquerait plus que Mater, la remorque dans *Les Bagnoles*, se pointe en chantant, avec ses grandes incisives.

Harriet sortit du camion en reniflant avec dédain et se rendit directement à l'arrière du véhicule. Pas question que quelqu'un d'autre descende son vélo de sa civière. Elle déposa sa sacoche sur son épaule et souleva le cadavre pour aller l'appuyer contre le montant de la porte de garage ouverte. Puis, elle suivit Bud à l'intérieur.

Sur des chaises de cuir gris clair, au milieu d'affiches promotionnelles de pneus et d'huile à moteur, une jeune mère et sa fille patientaient en partageant l'écran d'un mobile. Un homme âgé était assis derrière le comptoir, près d'une caisse enregistreuse et d'un présentoir contenant les traditionnelles variations du petit sapin qui sent bon.

– Salut, Clay. T'as un gars qui pourrait jeter un œil à la bicyclette de mademoiselle ? Je l'ai esquintée avec mon tracteur…

Le rire gras de Clay emplit la pièce. Un rire de fumeur, un rire d'emmerdeur. Harriet pinça les lèvres, tandis qu'il ouvrait une porte derrière lui pour hurler.

– Wade ! Amène ton cul !

L'attention de Harriet était bien trop fixée sur l'auréole de saleté noire entourant la poignée de ladite porte pour pouvoir s'offusquer de tant de vulgarité.

– Mon neveu va vérifier ça, ma p'tite dame.

– Parfait.

Elle sortit du bâtiment d'un pas décidé, juste au moment où un adolescent était en train de saisir son vélo pour le mettre à l'intérieur.

– Attendez ! Vous savez ce que vous faites, au moins ?

Il devait avoir dix-huit ans, les mains aussi sales que tous les habitants de ce maudit village, apparemment.

– Oui, m'dame ! Vous pouvez aller dans la salle d'attente, on s'en occupe !

Peu rassurée, elle tourna les talons à contrecœur. Bud sortit au même moment.

– Vous voulez que je reste ?

– Non, merci, pas la peine.

– Vous êtes cert…

– Pas la peine, je vous dis. Philip s'en vient, de toute manière.

– Oh. Bon, ben… Je vais repasser tout à l'heure. D'accord ?

– Hum.

Pas un regard. Elle entendit la portière du camion claquer et le moteur démarrer, pendant qu'elle tirait sur la poignée de la porte métallique avec sa manche. Elle prit place près de la mère et de sa fillette, et leur adressa le sourire le plus poli qu'elle réussit à étirer dans les circonstances. Son sac à ses pieds, elle se refusa à appeler ses parents pour leur faire part de sa mésaventure. Elle n'avait aucune envie d'avoir à subir les exclamations triomphantes de sa mère.

Un moment plus tard, Philip pénétrait dans la salle d'attente. Ses souliers de vélo cliquetèrent sur le linoléum et il s'approcha de Harriet comme elle se mettait debout.

– Et puis ? s'enquit-il.

– Je ne sais pas encore. Tu veux t'asseoir ?

– Euh… non.

Il ne fit pas un mouvement pour retirer son casque ni ses gants. Il inspira plutôt profondément, puis plaça ses mains sur les épaules de la rousse désemparée. Elle pencha la tête légèrement de côté, suspicieuse.

– Écoute, j'ai réfléchi en pédalant jusqu'ici, et je crois que c'est un signe. La vie essaie de me faire comprendre que nous ne devons pas accomplir ce voyage ensemble.

– Hein ?! Mais…

– Écoute-moi. Je ressens de la frustration et de l'impatience à tes côtés, ce n'est pas bon pour mon moi profond. Tu… C'est comme si tu mettais de l'ombre sur le bonheur que je ressens à faire ce périple, tu comprends ? C'est ça, en fait. Tu es une ombre. Et moi, je ne veux que de la lumière.

Maintenant figée, bouche ouverte, Harriet n'arrivait plus à formuler un son.

– Maman, la madame, c'est une ombre ? Comme Voldemort ?

– Chut, mais non, ma chérie. Mais non.

– J'ai peur…

– Écoute, continua Philip sans se préoccuper de la petite qui venait de se blottir contre sa mère, je vais continuer seul. Je doute sincèrement qu'ils arrivent à réparer ta roue et, de toute manière, je n'ai pas envie de partager la suite avec toi. Je me suis trompé sur ton aura. Mais tu trouveras sûrement quelqu'un pour te ramener à ta voiture. Les gens sont si gentils, ici !

Il lui tapota l'épaule et l'embrassa sur la joue.

– J'ai été heureux de te connaître. Je te souhaite de trouver la paix intérieure.

Un instant plus tard, il n'était plus là. Les bruits d'outils en arrière-plan ainsi que la musique country crachée par un poste de radio emplirent le silence un moment, le temps que la jeune femme regarde Philip monter sur son vélo et reprendre la route.

Il allait revenir. Il allait sûrement revenir.

– Eh ben, c'était toute une dégelée, ça !

La voix venait de derrière elle. Une voix moqueuse à souhait, un peu rauque. Harriet se tourna lentement, afin de faire connaissance avec celui qui allait bientôt payer pour tous les autres.

Près de la boîte de sapins sent-bon se tenait désormais un autre salissant personnage. Grand, brun, les épaules carrées mais la taille plutôt mince, un linge dans une main avec lequel il essuyait les doigts de l'autre, il venait de toute évidence d'assister à une scène qui l'avait amusé.

– Pardon ? !

Elle serra les poings, il croisa les bras. Elle le fusilla du regard, il la détailla du sien.

– J'ai dit que vous veniez de vous prendre un sacré revers. Remarquez, vous n'avez sûrement rien perdu au change : il avait l'allure d'un abruti, avec un discours d'abruti.

– Parlant d'abruti, je peux savoir qui vous êtes ?

Elle était à un cheveu de se mettre à pleurer, mais son orgueil la tenait par la peau du cou. L'homme contourna le comptoir d'accueil et lui tendit une main, qu'elle refusa en grimaçant. Il serra les mâchoires un bref instant.

– Wade Larson. Et je vous prierais de faire preuve d'un minimum de politesse dans mon garage, ou vous allez goûter à… C'est quoi déjà, le terme ? Ah oui. À mon moi profond.

CHAPITRE 6

NOUVEAU CHEMIN

Philip ne revenait pas.

Harriet était dans un état second, complètement soufflée. Et l'homme devant elle s'entêtait à rester planté là, son torchon sur l'épaule, les bras croisés.

– Julie, dit-il finalement sans détourner les yeux de la rousse, ta voiture est prête. Dis à Pete de m'appeler, on s'arrangera pour le paiement. Je lui devais un service.

À la dérive, Harriet eut vaguement conscience que la cliente et sa fille s'étaient levées de leur siège.

– Super, merci, Wade ! On se voit peut-être plus tard, au Blitz ?

– Hum.

Ils étaient maintenant seuls dans la pièce. Soudain, quelqu'un échappa un outil dans la salle adjacente, et le son du métal sur le béton sortit la jeune femme de sa torpeur. Elle reprit contenance et se racla la gorge.

– Avez-vous réussi à réparer ma roue, monsieur Larson ?

Il secoua la tête.

– Monsieur Larson, c'est mon oncle. Moi, c'est Wade. Pour votre roue, ces alliages de carbone sont difficiles à travailler, et je n'ai pas la machinerie adéquate.

– Bien sûr, grogna-t-elle. Dans pareil trou perdu, ce n'est pas étonnant...

Harriet s'assit lourdement sur la première chaise derrière elle.

Philip ne revenait pas.

– Si mon village ne vous plaît pas, vous pouvez prendre votre vélo et foutre le camp. Ça fera cinquante dollars.

– Quoi ? !

Toute sa lucidité la fit se relever d'un coup.

– Cinquante dollars ? Et quoi, encore ? Vous n'avez rien fait !

Nullement ébranlé par la rousse colérique dans sa salle d'attente, l'homme haussa les épaules et retourna derrière le comptoir d'accueil.

– Je facture cent dollars de l'heure, et je viens de passer trente minutes sur votre vélo. Vous voulez que je vous mette le calcul par écrit, pour que ce soit plus clair ? asséna-t-il avant de disparaître par la porte.

Il revint dans la pièce presque immédiatement, le pauvre Colnago tordu sur l'épaule.

– Vous réglez de quelle façon ?

Autant en finir.

– Carte de crédit, marmonna-t-elle en saisissant son sac dont elle extirpa sa carte.

Les yeux sur son vélo appuyé contre le mur, elle effectua le paiement docilement. C'est alors que l'évidence la frappa.

– Quelqu'un peut me ramener à ma voiture ?

Wade réfléchit un instant en finissant d'encaisser le paiement.

– Elle est où ?

– À la sortie de Lingle, chez un homme qui possède une grange au toit bleu.

Il siffla et se gratta sous le menton.

– C'est à plus d'une heure de route, vous savez ça ?

– Oui, mais je ne peux sûrement pas prendre l'autobus ou le métro, vous serez d'accord avec moi. À moins qu'une charrette passe de temps à autre pour ramasser les piétons, je suis coincée ici.

– Vous pouvez faire de l'auto-stop, la nargua-t-il.

– Pas question. Avez-vous le numéro de téléphone de Bud, alors ? Il me doit bien ça, le vieux.

Le déplaisant personnage soupira et secoua la tête.

– Asseyez-vous, quelqu'un ira vous reconduire. J'estime beaucoup trop Bud pour lui imposer une heure de route en compagnie d'une citadine déplaisante.

– Je ne vous perm…

La porte menant au garage s'était déjà refermée sur lui, et l'oncle Larson choisit cet instant pour revenir par l'entrée, avec un café dans la main.

– Oh, merci ! s'exclama Harriet. C'est vraiment très gentil à vous.

Elle tendit les doigts, mais le vieux barbu prit une gorgée de la boisson chaude.

– Y a un casse-croûte un peu plus loin. Z'avez qu'à marcher un peu, ma p'tite dame.

Elle allait tout démolir.

– Non merci, ça ira. Je ne resterai pas longtemps.

Furieuse, impuissante, elle saisit son sac et en retira une barre protéinée, puis sortit. Une longue bordure de béton protégeait l'avant du commerce, pour éviter qu'une voiture s'encastre dans les vitrines pleine longueur. La cycliste bafouée s'y assit et déballa son déjeuner.

Philip ne revenait pas.

Elle lui souhaita de chuter, de tomber dans un fossé, de se prendre trois livres de cailloux dans une jambe. Elle ricana toute seule en pensant à la brosse métallique dont elle se servait parfois, à l'hôpital, pour déloger le sable et les cailloux d'une plaie. L'expérience était assez douloureuse pour faire hurler les patients les plus costauds ; ce serait sûrement satisfaisant d'en faire usage sur le tibia du coach de vie.

– Coach de vie, tu parles ! marmonna-t-elle. Si je le revois, je lui refilerai ma carte de coach de mort, oui.

Il l'avait carrément abandonnée, sans aucune gêne ! Il fallait être le roi des égocentriques pour agir ainsi ! Elle le méprisait maintenant de tout son être, refusant de s'avouer que s'il apparaissait au tournant en s'excusant de son coup de tête, elle serait quand même soulagée.

Elle mordit à pleines dents dans sa barre aux canneberges séchées et aux amandes, tout en repensant à la dernière journée passée avec son compagnon. Tout s'était bien déroulé entre eux, pourtant. Elle ne méritait pas de se faire jeter comme une chaussette ! Et après, il venait lui dire d'accueillir l'autre ? C'était l'hôpital qui se foutait de la charité !

Loin de l'apaiser, ce voyage s'avérait catastrophique. Et l'autre, là. Le garagiste. Comment s'appelait-il, déjà ? Wayne ? Quel mufle ! Avec son pantalon et sa chemise Big Bill bleu marin ainsi que ses grosses bottes, ses cheveux bruns trop longs qui lui retombaient sur les yeux et frisaient sur sa nuque, pour qui se prenait-il ?

À bien y penser, il était peut-être le maire de l'endroit. Elle avait entendu dire que, dans les patelins comme celui-ci, tout le monde pouvait être maire. Mais la charge était si peu payante que l'élu devait occuper un autre emploi à temps plein. Risible.

Elle pouffa quand même d'un rire mauvais en imaginant le garagiste en train de couper un ruban rouge pour inaugurer la nouvelle école du village, construite après qu'une pétition de cent cinquante-huit noms de citoyens déchaînés ait plaidé la cause des dix-sept pauvres élèves de la place qui devaient se farcir deux heures de bus tous les jours pour se rendre à l'école la plus proche. L'établissement ferait vingt mètres sur vingt, et serait équipé — ô miracle ! — d'une télévision, la première de tout le canton !

Harriet gloussa. Prit une autre bouchée. Gloussa de nouveau. Elle visualisa les ciseaux dorés pour couper le ruban. Elle lança un caillou devant elle dans le stationnement désert et imagina la chemise jaune défraîchie du garagiste-maire pour l'occasion. Gloussa encore. Se demanda quel serait le titre officiel de l'homme. « Mairagiste ? » « Garamaire ? » Elle s'étouffa avec sa bouchée.

– Est-ce que Bud a aussi roulé sur votre tête, avec son tracteur ?

Une silhouette lui faisait de l'ombre. Elle plaça quand même sa main en visière et leva la tête. L'homme de son délire se tenait devant elle en faisant tourner un jeu de clés sur son index.

– Bien sûr que non. C'est bon, vous m'avez assez fait poireauter ?

– Non, mais je crains que vous fassiez fuir la clientèle, assise ainsi devant mon commerce. Venez.

Elle ne se fit pas prier et se leva en époussetant son derrière. Le rustre se dirigea vers un camion garé sur le côté de la bâtisse. Récent, imposant, d'un noir lustré avec des accessoires chromés. De toute évidence, le « garamaire » prenait soin de son véhicule.

– Attendez ! Mon vélo ? Mon sac ?

– Eh bien, allez les chercher !

Il ne comptait pas l'aider, c'était clair. Elle rentra chercher sa sacoche de voyage et son vélo, puis ressortit maladroitement, empêtrée dans la porte vitrée. Larson était déjà assis au volant de sa camionnette.

– J'y crois pas ! grogna Harriet en se dirigeant vers l'arrière du camion, où elle réussit à soulever son vélo assez haut pour le déposer dans la boîte, après trois essais.

Essoufflée, se massant l'épaule, elle tira finalement sur la portière côté passager. Le conducteur ne lui adressa aucun regard, occupé à saisir un paquet de cigarettes et un briquet sur le tableau de bord à peine poussiéreux.

Lorsqu'il eut allumé son passe-temps cancérigène, il eut la décence d'ouvrir leurs deux fenêtres et de souffler sa fumée dehors. Tout dans cet homme l'horripilait.

Après quelques kilomètres au fil desquels ils passèrent devant un casse-croûte, une clinique vétérinaire et à ce qui ressemblait à un bar, le conducteur bifurqua sur un chemin de terre à droite.

– Hé !

Ça y était. Il comptait l'emmener dans un bois, la tuer et l'abandonner là. Sûrement que, même amoché, son vélo valait encore plusieurs centaines de dollars. Pour un garagiste, ça devait représenter une somme assez alléchante pour lui donner envie de décapiter une infirmière rousse…

– Je dois passer chercher un truc chez moi. Je le laisserai à un client sur la route.

Elle n'avait pas son mot à dire. Le chemin cahoteux s'étira sur quelques centaines de mètres, jusqu'à ce que le camion se stationne près d'une modeste demeure. En bardeaux de cèdre un peu noircis par le temps, elle n'avait l'air de rien, vue de la camionnette. Harriet descendit en même temps que son chauffeur. Il partit d'un pas rapide et grimpa deux par deux les marches de bois menant à une porte peinte en rouge.

Lorsqu'elle dépassa la maison et tourna le coin, le souffle lui manqua.

– Doux Jésus…

Les battements de son cœur s'accélérèrent, sans qu'elle puisse s'en expliquer clairement la raison. Peut-être était-ce à cause du majestueux lac qui s'étendait devant elle, autour duquel on devinait quelques rares habitations qui n'entravaient en rien l'intimité des lieux. Ou alors, était-ce le quai de bois qui s'avançait sur l'eau et les deux chaises posées à son extrémité. Harriet eut soudain envie d'un café, et d'un moment ici. En tournant la tête, elle vit mieux ce qu'elle devina être l'avant de la demeure, où une véranda de bois peinte en blanc courait tout le long de la façade. En s'avançant encore, elle découvrit un escalier abrupt qui menait au quai, la maison surplombant le lac.

À sa gauche, un deuxième bâtiment était visible, beaucoup plus petit. Construit dans les mêmes matériaux que la demeure principale, il devait s'agir d'une maison d'invités ou d'un garage. Curieuse, Harriet s'en approcha et colla son visage contre une fenêtre, les mains de chaque côté de ses yeux. Elle distingua un coin cuisine, deux fauteuils, un petit poêle à bois et un lit sans draps dans un coin.

– Ça va, vous avez fini votre inspection ?

Prise sur le fait, Harriet se redressa, mais au lieu de se tourner vers la voix, elle reprit sa contemplation du lac. Elle n'avait jamais, de sa vie, ressenti un tel *shutdown* du système. Comme si quelqu'un avait appuyé sur l'option « réinitialiser ».

Ses cordes vocales prirent les choses en main.

– Qui habite ici ? murmura-t-elle.

– Moi. Et dans le pavillon secondaire, personne. C'était l'atelier de peinture de ma mère. Bon, vous venez ?

Ses pieds refusaient de bouger, malgré le timbre impatient de son interlocuteur. Elle vit passer devant ses yeux son vélo, ses parents, l'hôpital, son condo impersonnel, sa vie impersonnelle. Ses sandales s'enfoncèrent un peu plus dans la terre. Un aigle passa. Un papillon aussi. Et ce silence. Partout.

– Je peux rester ?

CHAPITRE 7

NÉGOCIER SERRÉ

– Pas question.

Elle ne pouvait accepter un refus. Ce n'était pas envisageable. Une aura de bien-être enveloppait cet endroit ; elle devait rester. Il n'y aurait pas de meilleur cocon pour elle où faire le point, elle en avait la certitude. Cependant, elle ne mendierait pas devant cet homme de Néandertal. Elle devait le gagner par la force de persuasion.

Elle emplit ses poumons d'air frais et se retourna pour lui faire face. Il affichait un air fermé, mais légèrement surpris.

– J'aimerais louer votre pavillon pour quelques jours. Ma randonnée de vélo vient de passer sous un tracteur, et j'ai besoin d'un coin tranquille pour me reposer et réfléchir. Votre prix sera le mien.

– Non.

– Vous ne pouvez certainement pas cracher sur un revenu supplémentaire.

Cette fois, l'homme pouffa, avant de la toiser en croisant les bras.

– Vous êtes tellement…

– Combien ?

Wade plissa les yeux, tenté de la pousser dans le lac. Cette fille était terrible. À elle seule et en cinq minutes, elle venait d'anéantir au moins mille ans de quiétude en ces lieux. Cependant, elle lui offrait sur un plateau d'argent la possibilité de lui donner une bonne leçon.

Elle voulait le pavillon ? Soit. Elle n'avait sûrement pas saisi qu'il n'y avait presque pas d'eau chaude, ni qu'elle devrait probablement épousseter les crottes de souris avant de s'étendre sur le matelas. Ça promettait d'être divertissant.

– Cinq cents. Pour trois nuits.

– Trois cents, et je vous prépare vos repas. J'adore cuisiner.

Wade se massa le menton et détailla l'effrontée un instant.

– Pour trois cents, vous faites les repas et vous repeignez la véranda.

Harriet se sentait prise au piège. Il était en position de refuser tout ce qu'elle demandait, et de la catapulter à Denver. Repeindre une véranda ne devait pas être bien sorcier !

– Marché conclu, déclara-t-elle fièrement en lui tendant la main.

Il regarda la paume ouverte en grimaçant et ne la serra pas, à l'image du geste qu'elle avait posé un peu plus tôt.

– Je vais vous chercher des draps, lança-t-il par-dessus son épaule en se dirigeant à nouveau vers la maison.

Satisfaite de la tournure des événements, heureuse d'avoir repris le contrôle, Harriet se rendit à la camionnette, d'où elle entreprit d'extirper son vélo souffrant, juchée sur le rebord de la caisse.

– N'égratignez pas mon camion.

– Alors, venez attraper mon vélo !

Une main apparut près de sa hanche et saisit le cadre de carbone, permettant à Harriet de descendre de son promontoire. En sandales, ce n'était pas très pratique.

– Je vais mettre votre bicyclette dans mon garage.

– Non ! Non, je la garderai avec moi dans le pavillon.

– Comme vous voulez.

Il laissa les draps sur une chaise près de la porte de la petite demeure. Une clé avait été placée sur le dessus.

– C'est la même clé que pour la maison. Je retourne au garage. Je rentrerai pour le souper, vous pouvez aller voir ce qu'il y a dans le frigo.

Il s'apprêtait encore à lui tourner le dos.

– Hé ! Et ma voiture ?

Elle s'attarda un peu plus sur son visage. Sa bouche était encadrée de deux minuscules rides de sourire, ce qui était plutôt surprenant. La mèche de cheveux qui lui tombait sans arrêt devant l'œil n'avait pas l'air de l'embêter outre mesure. Il était bronzé, il ne devait sûrement pas perdre de temps à s'enduire de crème solaire avant de travailler dehors. Ses yeux étaient durs, et ses sourcils, fournis. Il paraissait avoir près de quarante ans. Elle remarqua une fine cicatrice blanche qui lui barrait le coin de la lèvre supérieure, mais elle disparut lorsqu'il recommença à parler.

– Vous n'en aurez pas besoin, puisque vous voulez vous reposer, préparer les repas et peindre la véranda. On trouvera sûrement quelqu'un du village qui prendra la route vers Lingle, dans trois jours.

– C'est de la séquestration.

– Plutôt de l'économie de temps et de carburant. Bonne journée, mademoiselle… ?

Il fronça les sourcils, réalisa qu'il ne savait pas son nom.

– Harriet.

Il espéra qu'elle avait un deuxième prénom. Mais elle n'ajouta rien.

– Harriet qui ?

– Hopper. Harriet Hopper.

– Très bien. À plus tard, Hopper.

Lorsqu'il tourna les talons, il l'entendit s'offusquer dans son dos et ne put retenir un sourire en coin. La jeune femme avait toujours l'air de vouloir monter sur ses grands chevaux. Ça tombait bien, il adorait les défis. Et une crinière de feu comme la sienne ne courait pas les rues, dans le village.

Plantée derrière lui, Harriet regarda Wade s'éloigner d'une démarche nonchalante, mais étonnamment virile. S'il n'était pas vêtu comme la chienne à Jacques et qu'il prenait une douche de trois jours, il aurait peut-être l'air de quelque chose.

La porte du pavillon déverrouillée, son vélo en soins palliatifs dans un coin de la pièce unique, Harriet mit ses poings sur ses hanches et déchanta un peu. La bucolique maisonnette dégageait une odeur de renfermé et la femme de ménage n'était pas passée depuis un bail. Un cimetière de mouches mortes avait établi ses quartiers au bas des quatre fenêtres, les coussins défraîchis avaient grand besoin d'être secoués pour perdre poussière et acariens, et ce qui ressemblait fort à des excréments de petits rongeurs ornait le matelas double à ressorts.

Debout au milieu de sa demeure temporaire, Harriet se retrouva à nouveau en proie au doute quant à ses décisions impulsives. Depuis une semaine, elle excellait en la matière. Que lui arrivait-il ? Peut-être avait-elle une carence en magnésium ou était-elle en train de développer une maladie ? Une mononucléose, peut-être ?

S'occuper. Elle devait s'occuper. Elle ouvrit les armoires de la cuisinette, trouva un torchon et une bassine, ainsi qu'un restant de savon à vaisselle sous l'évier. Elle ne pourrait pas frotter en profondeur, mais ça ferait l'affaire pour commencer.

Une heure et demie plus tard, l'endroit était plus qu'habitable. Elle avait aussi nettoyé la minuscule salle de toilette et la cabine de douche où il ne fallait surtout pas échapper son savon en se lavant, puisqu'il était impossible de le récupérer sans devoir en sortir. Elle termina en ouvrant la fermeture éclair de son sac de couchage pour s'en faire une couverture qu'elle lissa par-dessus les draps.

– Voilà !

Les fenêtres ouvertes laissaient entrer une odeur de pin et le chant des cigales. La chaleur était bien installée maintenant, il était plus de treize heures.

Un peu vaseuse d'avoir seulement une barre protéinée dans l'estomac, elle sortit pour se diriger vers la maison. Par réflexe, tout en sachant qu'il n'y avait personne, elle sonna.

– Idiote.

Elle rit toute seule en ouvrant la porte, la même que Wade avait empruntée, à l'arrière de la maison. En cuissard et en camisole noire parce que sa garde-robe était plutôt limitée, elle laissa ses sandales poussiéreuses sur le tapis d'entrée. Un couloir s'étendait devant elle, les murs et les plafonds étaient recouverts de larges planches de bois.

Un bruit de griffes raclant le sol à toute allure lui fit raidir sa posture. Au détour du corridor, elle vit apparaître un jeune chien avec un foulard autour du cou, qui patinait maladroitement sur le parquet pour la rejoindre.

– Oh, bonjour !

Elle s'accroupit au moment parfait pour recevoir un coup de langue sur la joue, et éclata de rire. En fait, on n'aurait su dire si c'était un rire ou un sanglot. Ses parents avaient toujours refusé d'adopter un chien, malgré ses suppliques. Et lorsqu'elle avait acheté son condo pour quitter le nid familial, elle n'avait appris qu'une fois les papiers signés que les animaux y étaient interdits.

Le labrador blond devait avoir environ trois mois. Joueur et excité, il sautait partout et tenta de fuir avec une des sandales de la nouvelle venue, qu'elle s'empressa de lui retirer en le grondant comme un bébé.

– Comment t'appelles-tu ? Tu me fais visiter ?

L'animal dans les jambes, menaçant de trébucher à chaque pas, Harriet s'engagea dans le corridor. À gauche, une salle de bain immense. À droite, ce qui ressemblait à un bureau, vu la paperasse étendue sur la table de travail et les livres sur les étagères. Elle déboucha bientôt sur une large pièce à aire ouverte, donnant sur la véranda et le lac.

Un escalier grimpait jusqu'à une mezzanine, où se trouvaient probablement les chambres. Le comptoir de cuisine s'étirait à droite et faisait face au lac, sous les fenêtres. La partie gauche de la pièce était meublée d'une grande table et de divans un peu élimés, mais qu'on devinait confortables. Un imposant foyer en pierres des champs occupait le mur de ce côté de la demeure.

Harriet s'avança dans la cuisine, étonnamment moderne. Un réfrigérateur en acier inoxydable lui laissa découvrir des fruits et des légumes frais, du fromage et plein d'autres victuailles qui firent gronder son estomac sur-le-champ. Le congélateur s'avéra tout aussi prometteur.

– Je vais nous concocter un festin, déclara-t-elle à son nouveau compagnon, satisfaite.

Elle chaparda une carotte qu'elle éplucha, puis grignota son légume en se mettant à la tâche. L'après-midi fila à la vitesse de l'éclair et elle put même profiter du lac en fin de journée.

* * *

Lorsque Wade arrêta le moteur de son camion près de la maison, il prit le temps de s'étirer la nuque et de faire rouler ses épaules. Travailler sous les voitures ou penché sur leur capot menait la vie dure à ses muscles, et il ne dormait pas très bien depuis quelque temps. La faute à Bruno.

En sortant de sa camionnette, il eut le réflexe de se diriger immédiatement vers la porte arrière, mais changea d'avis à la dernière seconde, curieux de voir où en était sa locataire.

La vision de Hopper, assise au bout du quai dans une des deux chaises Adirondack, en train de caresser la tête du chien couché près d'elle, lui broya les entrailles. Il fit un pas en arrière. La scène aurait pu être immortalisée sur pellicule. Pourtant, Wade ne voyait que le souvenir qui se superposait à ce qu'il avait sous les yeux.

Il ne l'avait pas vue venir, celle-là. Vivement qu'elle dégage au plus vite, la rousse. C'était beaucoup trop dérangeant de l'avoir ici.

CHAPITRE 8

LE POULET DE LA POULE

Un sifflement retentit dans son dos et le chiot se précipita immédiatement vers cet appel amical. Le temps que Harriet se retourne, l'adorable bête était déjà en train de gravir l'escalier de bois pour rejoindre son non adorable maître.

Elle se leva à son tour et quitta à regret le bruit des vaguelettes toquant sur les montants du quai. Elle avait failli s'assoupir, ce qui ne lui arrivait jamais le jour. Même son ressentiment contre Philip lui paraissait maintenant futile.

– Bonjour ! lança-t-elle joyeusement en gravissant les marches qui menaient vers le garagiste encrassé.

Il avait même une coulisse d'huile dans le cou. Sa grande main noircie caressait distraitement la tête du chiot qui, grimpé sur deux pattes, quémandait des caresses en branlant la queue.

– Bonjour.

Il ne l'aurait pas saluée que ça n'aurait fait aucune différence. Sitôt les deux syllabes baragouinées, il prit la direction de la maison. En tant que cuisinière officielle, Harriet s'octroya le droit de le suivre. À l'intérieur, les effluves du repas rendaient la demeure encore plus accueillante. La jeune femme trottina derrière Wade, et lorsque celui-ci s'arrêta devant un guéridon pour y déposer ses clés, son téléphone et le portefeuille niché dans la poche arrière de son pantalon, elle s'empressa de le dépasser pour investir la cuisine.

– J'espère que vous avez faim. J'ai préparé un poulet avec des légumes rôtis, et une salade.

– Bien.

Peu bavard, l'homme s'assit à la table devant un des deux couverts déjà installés. Harriet se racla la gorge.

– Vous avez le temps de prendre une douche, vous savez.

– Non, ça ira. Je meurs de faim.

Contrariée, la cuisinière lui désigna le savon liquide dans le distributeur posé près de l'évier.

– Lavez-vous les mains et je vous sers, alors.

Cette fois, elle eut droit à un regard froid, tandis que le propriétaire des lieux posait les coudes sur la table et joignait les mains devant sa bouche. Il ne prononça pas un mot. Pas besoin. Le message était très clair, les phalanges de l'homme n'arboreraient pas une couleur plus rosée pour le repas. Debout à quatre mètres de Wade, elle rendit les armes et se retourna avec impatience.

– Malpoli, grinça-t-elle.

Elle prit quand même soin de dresser de belles assiettes. Harriet était fière d'elle. Elle avait éprouvé du plaisir à cuisiner, comme toujours. Elle s'était quand même retenue de préparer un dessert, avait ignoré à son corps défendant la barquette de fraises et le pot de crème fraîche qui lui faisaient de l'œil. Wade Larson ne méritait pas un tel traitement cinq étoiles.

Lorsqu'elle déposa les deux assiettes et prit place à côté du maître des lieux tandis que le chiot leur jouait dans les pattes sous la table, elle n'eut même pas le loisir d'étendre sa serviette sur ses genoux.

– Que faites-vous ?

La voix du garagiste était calme, mais Harriet sursauta quand même. Elle leva les yeux vers lui, qui tenait sa fourchette au-dessus de son repas.

– Ce que je fais ?

– Vous vous êtes engagée à préparer les repas, mais je n'ai pas le souvenir qu'il ait été question que nous les partagions.

– Qu... quoi ?

Les yeux écarquillés, elle était soufflée.

– Je mange chez moi, et vous dans le pavillon que je vous ai loué. Bonne soirée, Hopper.

Les deux bras de la jeune femme retombèrent de chaque côté de son corps.

– Vous n'êtes pas sérieux ?

– J'ai l'air de plaisanter ?

Non, il n'en avait pas l'air. Insultée, humiliée, Harriet se leva d'un bond en frappant du plat de la main sur la table. Elle saisit son assiette et sa fourchette, puis gagna la sortie.

– Espèce d'homme des cavernes, grommela-t-elle.

– Si vous voulez, répliqua-t-il dans son dos. Et la prochaine fois, des pommes de terre seraient les bienvenues. Je ne suis pas un lapin. Bruno ! Au pied, mon chien !

Le chiot rebroussa chemin à contrecœur et regagna le dessous de la table, au lieu de suivre Harriet comme il en avait eu l'intention. Elle claqua superbement la porte en sortant et faillit renverser le contenu de son assiette.

Pourtant, deux minutes plus tard, assise en tailleur sur une vieille chaise berçante devant le pavillon, elle changea d'humeur. Elle était bien mieux ici, avec la vue sur le lac et le silence, qu'avec le garagiste. Il n'avait sûrement rien d'intéressant à raconter, de toute manière. Par politesse, il aurait fallu qu'elle fasse semblant de s'intéresser à des histoires de radiateurs et de freins. Elle avait déjà donné dans le faux intérêt la veille, au dîner chez Bud et Roseanne ; elle n'aurait pas eu la force de feindre l'amabilité un deuxième soir de suite.

Le poulet et les légumes étaient délicieux. Dommage, elle n'avait pas eu le temps de se servir de la salade, et ne retournerait certainement pas à l'intérieur pour en demander. Il pouvait bien s'étouffer avec.

Avait-il appelé le chien Bruno ? Mais qu'est-ce que c'était que ce nom ? Si ça se trouvait, c'était celui qu'il avait donné à sa première voiture (bien sûr qu'il devait donner des noms à ses voitures !) et avait trouvé mignon d'appeler son chiot ainsi. Somme toute, la mignonitude chez les garagistes relevait d'une science qu'elle ne souhaitait pas approfondir.

Ses couverts nettoyés, Harriet s'emmitoufla dans son sac de couchage et reprit sa place dehors pour observer le soir tomber. La fraîcheur s'installait, et le bout de son nez commençait à geler, mais elle était de nouveau envahie par la quiétude des lieux.

Jusqu'à ce que quelque chose atterrisse près d'elle et la fasse sursauter.

– Tenez.

Un gallon de peinture et divers outils meublaient maintenant la petite terrasse du pavillon.

– Vous devrez sabler avant de peindre. Vous savez comment faire ?

– Pfff. Quelle question !

Elle ne savait pas du tout.

Elle releva la tête et se retrouva soudain devant un parfait inconnu. En jeans et en t-shirt, les cheveux encore humides, propre, le garagiste dégageait même une odeur d'après-rasage pas du tout désagréable. Harriet déglutit.

– Je sors.

Wade se retint de lui demander si elle avait tout ce qu'il lui fallait. Il se retint de lui dire qu'elle trouverait du bois sec derrière le garage si elle voulait allumer un feu pour chasser l'humidité du pavillon. Il se retint de lui dire que son poulet était délicieux, et qu'il avait vidé le saladier au complet.

Elle l'emmerdait trop pour qu'il lui témoigne de la considération et méritait une leçon de savoir-vivre. Le pauvre Bud était repassé au garage en après-midi, dans tous ses états, inquiet du sort de la cycliste dont il avait gâché le voyage. Wade avait compris qu'elle n'avait pas fait dans la dentelle avec le vieux. La poule de ville méritait de manger quelques cuillérées de misère.

Il se détourna et saisit ses clés dans sa poche en faisant craquer sa nuque.

La lumière des phares de son camion lui laissa l'image d'une flamboyante chevelure rousse. Le visage qui y était associé était de nouveau tourné vers le lac.

Les trois jours à venir s'annonçaient pénibles. Il avait besoin d'une bière et d'une partie de billard.

CHAPITRE 9

SAUVER LA FACE

– Je t'assure que tout se passe bien, maman. La route est superbe et je découvre plein de nouveaux endroits.

– Et ton compagnon de voyage, est-il gentil avec toi ?

Harriet pinça les lèvres une seconde en finissant de tresser ses cheveux à l'aveuglette. Il n'y avait pas de miroir dans le petit pavillon, et, elle venait de s'en rendre compte au lever du soleil, pas de rideaux non plus.

Le téléphone déposé sur son lit en mode mains libres lui permit d'ajuster l'élastique au bout de sa tresse, et de poser ensuite ses deux mains sur ses hanches.

Son compagnon de voyage ? Gentil ? Elle aurait pu éclater de rire. À l'heure actuelle, il méditait sûrement au lever du soleil, se félicitant d'avoir trouvé un sens prédestiné à sa solitude. Elle ne devait pas penser à lui, sa journée serait gâchée.

– Poussinette ? Tu es là ?

– Oui, oui, je suis là. Excuse-moi. Philip est très gentil et nous formons une équipe du tonnerre, sur la route. Il m'a même dit que c'était une de ses plus belles expériences de randonnée à deux.

Un court silence.

– Il te fait du charme. C'est certain qu'il veut te mettre dans son lit, poussinette. Une femme extraordinaire comme toi…

– Mais non, maman, ne t'inquiète pas, la coupa Harriet avec impatience. Je dois te laisser, d'accord ?

– D'accord, mais ton père et moi demeurons inquiets. Si tu te sens fatiguée, ou qu'un symptôme physique est alarmant pour ta santé, appelle-nous. Papa ira te chercher et t'emmènera voir le docteur Foster, d'accord ?

Outre les mille courbatures dues à l'inconfort du matelas et au froid dont elle avait souffert cette nuit, la cycliste sans vélo ne voyait pas ce qui pourrait la conduire chez son médecin.

– Je vais bien. Promis.

– Bon, comme tu veux, soupira sa mère. Mais j'espère que tu es consciente de l'angoisse que tu nous fais vivre...

– Je comprends. Je fais attention à moi, je te le promets. Bonne journée, maman.

Les salutations d'usage et les derniers conseils verbalisés, Harriet put remettre son cuissard de vélo et son chandail à capuche, pour se diriger vers la maison du garagiste. Elle avait eu connaissance du retour de l'homme vers une heure du matin, lorsque les phares de son camion avaient illuminé les fenêtres du pavillon pendant un instant.

Elle pénétra prudemment dans la demeure dont la porte n'était pas verrouillée. Il était à peine six heures, mais elle s'imaginait que l'homme devait partir tôt et elle souhaitait respecter son engagement de préparer les repas. À pas de loup, elle rejoignit la cuisine et eut le temps d'apercevoir Bruno endormi sur un coussin près du foyer éteint, une seconde avant que celui-ci n'ouvre les yeux et s'élance gauchement vers elle. Harriet s'accroupit en plaçant son index devant sa bouche, comme si l'animal pouvait décoder qu'elle lui demandait de ne pas faire de bruit. Elle câlina Bruno, qui avait grimpé ses deux pattes de devant sur sa poitrine, et songea un instant à le kidnapper, lorsqu'elle quitterait cet endroit.

– Viens, on va préparer le déjeuner pour l'homme de Cro-Magnon.

En gestes lents et silencieux, la jeune femme sortit les carottes du réfrigérateur et chercha désespérément un extracteur à jus dans les multiples armoires. Bien sûr, il n'y en avait pas. Le garagiste devait habituellement manger des œufs et du bacon. Mais comme c'était elle qui était mandatée pour faire les repas, il devrait s'y faire. Et, elle en était certaine, tout l'organisme de l'homme la remercierait de lui fournir quelques vitamines à ingérer.

En soupirant, elle se rabattit sur le mélangeur. Ça donnerait sûrement un genre de purée peu ragoûtante, mais elle pourrait ensuite la passer au tamis et en garder le précieux jus.

Une fois les légumes dans l'appareil, elle hésita. Le bruit allait être infernal et réveillerait sûrement Wade Larson... Puis, elle pensa à son attitude d'hier, lorsqu'il l'avait laissée embarquer et débarquer son vélo du camion toute seule et, surtout, lorsqu'il l'avait chassée de sa table.

Elle appuya sur le bouton de démarrage avec un sourire machiavélique.

Lorsqu'elle l'arrêta, elle pouffa de rire dans son poing et releva la tête pour regarder le lac en inspirant, satisfaite.

– J'étais déjà réveillé, vous savez.

La voix grave et un peu rauque la fit sursauter. Elle provenait de la mezzanine, mais n'était rattachée à aucun corps visible.

– Dommage, grogna-t-elle assez fort pour qu'il puisse l'entendre, et elle crut percevoir un rire.

Un instant plus tard, il apparaissait à la rambarde, en train de finir de boutonner sa chemise de travail.

– Vous avez bien dormi ? demanda-t-il, visiblement de meilleure humeur que la veille.

– Comme un loir.

– Vous n'avez pas eu froid ?

– Pas du tout.

Wade ne fut pas dupe de son air affirmé et de la lèvre qu'elle mordilla une seconde avant de retourner à sa besogne. La nuit avait été fraîche et l'humidité avait dû jouer les trouble-fête. Néanmoins, il s'amusa de cette fierté mal placée et de ce besoin de bien paraître qu'elle lui avait déjà servi à quelques reprises.

Harriet était troublée. Sa petite vengeance sur fond de bruit de mélangeur venait de se noyer dans le lac. Pire, l'homme était d'humeur joviale et intéressée.

Tandis qu'elle cherchait un tamis et des verres, elle entendit les marches craquer et sentit Wade se rapprocher d'elle dans la cuisine. Elle ne se retourna pas. Ç'aurait été lui témoigner beaucoup trop d'intérêt.

– Que faites-vous ?

– Le déjeuner.

L'homme étira le cou, passa derrière elle, souleva la planche à découper d'un œil circonspect.

– Où ça ?

– Là ! répondit-elle avec impatience, en désignant d'un geste de la main presque violent le mélangeur électrique.

Il regarda un instant la couleur éclatante du jus maison dans l'appareil, loucha ensuite vers la chevelure de la jeune femme, et recommença le même manège trois fois. Elle fulminait.

Puis, il partit d'un grand éclat de rire, saisit une pomme dans le saladier émaillé sur la table et se dirigea vers la sortie en frottant le fruit contre son torse.

– Je comprends mieux, maintenant.

Lorsque la porte moustiquaire se referma, Harriet sut comment elle allait occuper sa journée : en creusant un immense trou pour pouvoir enterrer le mal élevé à la tombée de la nuit.

– Quel connard !

Chaque fois qu'elle croyait qu'il était enclin à discuter avec elle, elle se faisait prendre au piège et boum ! Il l'envoyait valser. Venait-il vraiment de rire de la couleur de ses cheveux ? On n'était plus à la petite école !

Elle le croyait parti, mais il revint dans la maison et bifurqua dans son bureau. Plantée au milieu de la cuisine, furieuse, Harriet espéra qu'il ne prévoyait pas faire de la comptabilité à domicile, aujourd'hui. Elle n'en pouvait déjà plus de le voir, il fallait qu'il décampe.

– Tenez, dit-il en sortant de la pièce pour se diriger vers elle, un bout de papier à la main. Je vous laisse mon numéro de téléphone et celui du garage, si jamais vous avez une urgence.

Elle saisit rageusement le Post-it et le colla sur le comptoir près d'elle, puis replanta ses yeux dans les siens. Pas question de baisser la tête devant lui. Il sourit, amusé.

– Vous avez du caractère, Hopper. Vous devez seulement apprendre à vous en servir au bon moment.

– Ce n'est sûrement pas dans ce trou perdu que je vais apprendre quoi que ce soit, Yoda.

Les yeux du garagiste s'assombrirent et il s'avança d'un pas. Elle ne bougea pas.

– Faites bien attention, Hopper. Les gens qui habitent ce trou perdu, comme vous dites, forment une communauté extraordinaire, comme vous n'en avez sûrement jamais vu. Vous ne retirerez aucun avantage à vous mettre tout le monde à dos.

– Pfff. De toute manière, je suis coincée ici pendant que vous allez nager dans le cambouis. Et Bruno est fort sympathique, lui.

Wade hocha la tête plusieurs fois en silence. Cette femme allait le faire admettre à l'asile par son insolence et ses répliques condescendantes. Il choisit la sagesse, décida que cette joute verbale avait assez duré. Elle partait dans deux jours ; il n'avait qu'à l'ignorer.

Wade tourna les talons et saisit ses clés et ses effets personnels sur le guéridon, puis quitta la demeure.

Et Harriet chantonna dans la cuisine en finissant de préparer son déjeuner, satisfaite d'avoir remporté la bataille.

CHAPITRE 10

EXPLORATION ET INVITATION

Des images du film *Karaté Kid* défilaient dans la tête de Harriet, celles où Daniel LaRusso doit peindre la clôture pour renforcir son caractère et trouver, lui aussi, son moi profond.

La seule chose profonde aux alentours à cet instant, c'était le lac.

– Saleté.

La peinture s'écaillait sur toute la rambarde et une partie des barrotins ouvragés. Elle avait espéré donner la première couche de peinture aujourd'hui, mais réalisait maintenant qu'elle n'en verrait même pas la couleur.

Le décapage de la vieille couche de blanc lui avait déjà bouffé quatre heures de sa journée. Quatre heures où elle avait subi les piqûres de moustiques, les échardes, les ampoules, le soleil et, surtout, la solitude.

Pas celle qu'elle avait goûtée sous le porche du pavillon, la veille au soir. La solitude lourde et brûlante, celle qui venait avec une boule dans la gorge et une humeur massacrante.

Elle était surprise de ressentir autant de frustration. Comme si quelque chose en elle cherchait à sortir. Elle était une femme vaillante et ne craignait pas de faire de menus travaux, elle n'était pas une princesse. Non, ce n'était pas le sablage en soi qui rongeait sa joie de vivre, même si la tâche n'était pas plaisante à proprement parler. C'était autre chose.

Harriet posa son papier d'émeri et s'essuya le front, puis se paya le luxe d'avaler un verre d'eau dans la cuisine. Couverte de fines particules de peinture séchée, en camisole et vêtue de son éternel cuissard, elle songea à prendre une douche chaude dans la maison de Wade, pendant son absence. Mais elle n'avait pas un tel toupet. Elle redoutait qu'il surgisse à tout instant et ouvre le mince rideau de plastique pour ensuite la jeter dehors, complètement nue. Elle attendrait.

Les yeux sur le lac, les mains au bord de l'évier, Harriet perdait pied, mais elle ne saisissait pas pourquoi. Elle décida de sortir faire un petit tour du proprio et se retrouva bientôt près du garage, en sandales, Bruno sur les talons. L'odeur du bois coupé la calma un peu, et elle observa la hache fichée dans une bûche, près du tas de rondins.

Bizarrement, ce ne furent pas des images de meurtre du garagiste qui surgirent dans son cerveau, mais plutôt d'autres, plus coupables, de l'homme torse nu et en sueur.

– Franchement, Harri, tu n'as pas honte ?

Elle jeta un coup d'œil furtif à ses pieds et espéra bien fort que Bruno n'avait pas la capacité de lire dans les esprits. À voir sa tête penchée sur le côté et son air joueur, elle devina qu'il n'était pas médium.

C'est alors qu'elle *le* vit. Il avait déjà été bleu. Il avait déjà été exempt de rouille. Il avait fini ses heures de gloire depuis un moment. Mais le vélo appuyé contre l'arbre, un panier rouillé accroché au guidon, lui lança une invitation silencieuse à visiter les alentours. Elle s'en approcha prudemment et le sortit du branchage où il s'enracinait tranquillement.

Les pneus n'étaient pas dégonflés, un miracle. Harriet n'hésita même pas. Elle fit entrer Bruno dans la maison, laissa tous les outils sur la véranda, et prit la poudre d'escampette sur le chemin cahoteux.

Après quelques dizaines de mètres, elle se mit à rire. Il y avait bien longtemps qu'elle avait déambulé sur un vélo en position assise, plutôt que couchée sur les poignées ! Elle se permit quelques zigzags sur le chemin de terre, et balaya d'un soupir agacé les remontrances de sa mère qu'elle entendait dans sa tête sur l'importance de porter un casque.

La grande route apparut bientôt devant elle, et elle choisit de tourner à droite, à l'opposé du garage de Wade. Pas question de passer devant sa devanture de commerce et de se faire sommer de retourner au travail.

Une charmante maisonnette fleurie se profila sur sa droite. Quelques places de stationnement étaient disponibles devant l'enseigne « Le pot aux roses ». Curieuse de savoir ce qu'on y trouvait, Harriet appuya son vélo contre l'escalier qu'elle grimpa, puis pénétra à l'intérieur.

– Bonjour !

Une jeune femme blonde en tablier venait de se retourner pour la saluer, quittant par le fait même son chaudron et sa grande cuillère de bois.

– Bonjour ! Ça sent drôlement bon, ici !

– Oh, merci ! répondit la cuisinière en rougissant un peu. Je prépare un potage aux poireaux. Êtes-vous en visite dans le coin ?

Pendant que la campagnarde à l'air sympathique essuyait ses mains sur son tablier, l'autre observait avec intérêt les réfrigérateurs vitrés qui débordaient de pots et de sachets sous vide. Tout était étiqueté à la main et promettait d'être délicieux. Elle reconnut les marinades qui avaient constitué son repas chez Bud et Roseanne.

– Si on veut. J'ai atterri ici pour quelques jours, se contenta de dire Harriet en s'avançant vers le comptoir.

– Oh, c'est vous qui avez dormi chez monsieur le maire ?

Surprise, Harriet leva la tête des étalages de macarons faits maison qui ornaient la vitrine et comprit qu'elle avait vu juste dans ses déductions. Ce constat la fit pouffer de rire, et la cuisinière fronça les sourcils.

– Oui, c'est moi. Dites-moi, c'est vous qui faites tout ça ?

La rousse affichait une admiration sincère.

– Depuis presque un an maintenant !

– Et les affaires vont bien ?

La blonde retourna à son chaudron, le temps de brasser son potage, et revint prendre place derrière la caisse, face à Harriet.

– Oui, les affaires vont bien. Vous savez, les habitants du village sont de plus en plus âgés et pour certains, cuisiner est devenu ardu. J'offre une variété de mets complets ou d'accompagnements, et j'en profite pour faire goûter à mes clients des aliments qu'ils ne connaissent pas ! ajouta l'entrepreneure d'un air espiègle. J'ai fait un tabac avec ma mousse au chocolat l'autre jour, avant d'avouer à ma clientèle que l'ingrédient principal était le tofu ! Au fait, je m'appelle Lydia, termina-t-elle en tendant la main à la visiteuse.

– Et moi, Harriet. J'adore le concept de votre commerce, c'est vraiment une bonne idée !

– Merci ! Et on peut se tutoyer, si tu es d'accord. Tu es la bienvenue quand tu voudras ! D'ailleurs, si jamais tu as envie de passer au Blitz ce soir, c'est moi qui chante, ça me ferait plaisir de t'y voir !

– Oh. C'est que... je n'ai pas grand-chose à me mettre, vois-tu, et... tu sais, moi, les bars...

– Allez, viens, je suis certaine que tu passeras une belle soirée !

Harriet se rappela la robe de coton qu'elle avait glissée à la dernière minute dans sa sacoche de vélo, et qui tenait davantage du long t-shirt cintré que d'une robe digne de ce nom. Mais dans pareil endroit, où la chemise à carreaux devait être le vêtement traditionnel, elle ne détonnerait probablement pas.

– C'est d'accord, je passerai faire un tour.

– Super, je sens qu'on va bien s'amuser !

Conquise, Harriet quitta la boutique et se remit en selle en sifflotant. Sur le chemin du retour, elle aperçut la devanture d'une clinique médicale, qu'elle n'avait pas vue à l'aller. Tiens, peut-être pas si paumé que ça, le village, finalement ! La devanture était défraîchie, mais tant que le médecin des lieux ne l'était pas, c'était le principal.

Au bout du chemin de terre menant au lac, Harriet soupira à la vue du camion de Wade. Elle avait prévu se remettre à sa besogne avec une nouvelle provision de détermination et de positivisme, mais n'avait pas envisagé que monsieur le maire soit déjà de retour. Elle ne le laisserait pas gâcher sa journée par des remarques puériles sur sa chevelure.

Lorsqu'elle arriva près du garage sur sa monture d'une autre époque, l'homme émergea de la maison avec Bruno dans les pattes et descendit les quelques marches.

– Bonjour ! chantonna-t-elle.

Wade prit une grande inspiration. Elle était là, pas blessée, pas noyée dans le lac, pas perdue dans la forêt. Il y avait une bonne quinzaine de minutes qu'il la cherchait. Trouver la maison vide et les outils sur la véranda l'avait inquiété.

Mais elle n'avait pas besoin de le savoir.

– Bonjour.

– J'ai emprunté votre vélo, enchaîna-t-elle en passant près de lui. Il aurait besoin d'une bonne remise à neuf et d'un huilage de la chaîne, mais lui et moi, on a fait une belle balade. Je sais ! Je sais ! Je me remets au travail, ne râlez pas !

Amusé, il la regarda tourner le coin de la demeure sans s'occuper de lui davantage. Il plaça ses mains sur ses hanches, secoua la tête, et choisit finalement de retourner au garage.

Il était seulement passé voir si tout allait bien.

CHAPITRE 11

ÉRUPTION PARMENTIÈRE ET VISION COURBE

Sur certains blogues de beauté ou dans les magazines qu'elle affectionnait, Harriet avait déjà lu que l'eau froide sous la douche pouvait être bénéfique pour la peau et raffermissait les chairs. C'est ce qu'elle se tuait à se répéter depuis quatre minutes, mais elle arrivait de plus en plus difficilement à penser, tant le bruit de ses dents qui claquaient prenait de l'ampleur.

Elle commençait à réaliser que monsieur le maire s'était joué d'elle et prenait un malin plaisir à lui pourrir la vie. Il n'avait évidemment pas mentionné la quasi-absence d'eau chaude dans le pavillon, et ne lui avait certainement pas offert de se laver dans sa confortable demeure. Qu'à cela ne tienne, l'orgueil de Harriet avait lui aussi élu domicile dans le pavillon, et elle n'avait pas l'intention de fuir ni de s'effondrer.

Une fois sortie de la douche, et aussi propre qu'on peut l'être après s'être savonnée sous l'eau glacée, elle s'approcha de son lit et se sécha avec la minuscule serviette en microfibre qu'elle avait apportée pour le voyage.

– Bon, allez, c'est l'heure de votre repas, monsieur le maire.

En grommelant ces mots, elle enfila ses sous-vêtements et sa robe t-shirt en coton kaki. Elle n'avait pas pu se résigner à sortir sans soutien-gorge, même s'ils étaient tous sales. Elle devrait faire une lessive demain, se dit-elle, avec une pensée nostalgique pour ses dessous hors de prix qui dormaient dans les tiroirs de son condominium.

Un dernier essorage rapide de ses boucles, un coup de brosse et elle prit le chemin de la maison de Wade. Il était rentré depuis peu, elle avait entendu son camion, voilà quelques minutes. Si jamais il se risquait à ronchonner qu'elle ne lui avait pas servi son assiette au moment où il avait déposé ses fesses de garagiste crotté sur sa chaise, elle ne répondait plus d'elle.

– Bonjour ! lança-t-elle néanmoins d'un ton jovial en pénétrant dans la maison.

Pas de réponse.

Juste Bruno et le bruit désormais familier de ses griffes sur le plancher. Peut-être que le garagiste avait décidé de faire la sieste ? Auquel cas, elle se ferait un plaisir de lui laisser son assiette sur la table, recouverte d'une pellicule plastique, et de prendre la route du bar avec son nouveau-vieux vélo.

Le bœuf braisé qui cuisait depuis plusieurs heures embaumait la pièce. Satisfaite, elle prit un torchon pour sortir la cocotte du four et saisit deux assiettes. Elle mourait de faim. Elle garnit la sienne de viande et de salade, puis pigea quelques bouchées dedans, appuyée au comptoir, en observant la partie de la véranda qu'elle avait réussi à sabler au complet. Demain, au tour de la peinture !

– Bonjour.

Wade venait de faire son entrée dans la cuisine, et prenait maintenant place à la table sans la regarder. Il était concentré sur l'écran de son téléphone, et Harriet remarqua un bandage de fortune autour de sa main gauche.

Lorsqu'elle plaça son assiette devant lui, elle se mordit une joue pour ne pas pouffer de rire et revint sur ses pas pour saisir sa propre platée et sa fourchette.

– Vous êtes très drôle, dit-il lentement.

– Je sais, riposta-t-elle du tac au tac, joyeuse.

Wade leva la tête de son assiette où reposait un volcan de pommes de terre en purée assez gros pour nourrir quatre personnes, surmonté de bœuf braisé qui sentait vachement bon.

Mais toutes les odeurs de la pièce s'évanouirent quand sa vue prit le dessus sur ses autres sens. Un sourire satisfait aux lèvres, Harriet l'observait, le dos appuyé au comptoir, en train de manger sa salade. Ses boucles rousses encore humides descendaient sur le devant de son épaule et mouillaient le tissu de sa robe qui prenait une couleur plus foncée à la hauteur de sa poitrine. Hopper était une femme très séduisante.

Wade plissa les yeux, se demanda si la voyageuse tentait une approche aguicheuse.

Elle perdait son temps. Il ne la toucherait pas.

– Je ne vous embête pas longtemps, je termine mon assiette et je vous laisse. Qu'est-il arrivé à votre main?

Wade eut un soupir impatient. Il s'était ouvert la paume avec un bout de tôle en réparant une voiture, un peu plus tôt. De mauvaise humeur, il s'était contenté d'envelopper sa main dans un torchon propre et ne l'avait plus regardée.

– Une coupure.

– Vous voulez que je jette un œil?

Il considéra Harriet d'un air sceptique, mais elle était sérieuse et pleine d'assurance. Il coucha sa main sur la table, et commença son repas de l'autre.

Harriet lécha son pouce et délaissa son assiette, puis lava ses mains et vint s'asseoir près de Wade. Elle ne passa aucun commentaire sur ses paluches sales et sa tenue noircie, et retira le bandage délicatement. Une longue entaille assez profonde courait dans la paume calleuse.

– Si vous avez envie de choper une infection, c'est bien parti! Vous avez une trousse de premiers soins? le questionna-t-elle en relevant les yeux vers lui.

Il était beau.

Le constat s'imprima dans son esprit sans tambour ni trompette, juste comme une évidence. Il avait encore cette satanée mèche de cheveux devant l'œil, et cette cicatrice au-dessus de la lèvre qui demandait à raconter son histoire. Mais ses yeux étaient la partie la plus troublante de son visage. Des yeux sombres, fermés, scrutateurs.

– Dans l'armoire de la salle de bain.

En tenant la main de l'homme dans les deux siennes, assise près de lui à la table, Harriet prit conscience de leur proximité et de leur étrange cohabitation. Dans le regard de Wade, elle crut voir une brève étincelle de désir, et se demanda si monsieur le maire tentait une approche aguicheuse.

Il perdait son temps. Elle ne le laisserait pas la toucher.

Les pattes de la chaise raclèrent le sol, et Harriet se rendit dans la salle de bain pour chercher de quoi nettoyer la plaie et faire un pansement digne de ce nom à son maladroit patient mangeur de pommes de terre.

La trousse déposée près d'elle, Harriet passa en mode «travail». Dans un ballet de gestes pratiqués des centaines de fois, elle soigna la main blessée sans s'occuper du corps qui y était rattaché.

Wade continuait à manger de l'autre main, mais gardait les yeux rivés sur Hopper. Ils ne parlèrent pas pendant plusieurs minutes.

– Voilà. Évitez de la mouiller quand vous vous laverez. Si vous avez l'intention de vous laver, bien sûr, conclut-elle en ramassant les emballages de pansements.

– Vous êtes une pro, remarqua-t-il en observant son œuvre.

– Je suis infirmière. À vrai dire, votre entaille est assez insignifiante, j'ai vu bien pire. Bon, je vous laisse, maintenant. Je prends le vélo, vu que la ligne de métro est hors service.

Elle se permit un petit sourire en coin et se leva de table en envoyant sa chevelure dans son dos.

– Je vous ai fait un pain aux bananes pour le déjeuner. Je vais rester au pavillon demain matin, surtout si je rentre tard.

Dos à lui, elle rinçait son assiette dans l'évier, et lui se rinçait l'œil sur la courbe de ses hanches. Des courbes qui, combinées à celles du devant, pouvaient facilement éclipser le sale caractère de la locataire. C'était dangereux, ça.

Au moment où elle passa près de lui pour sortir par-derrière, il percuta et émergea de son quasi-mutisme.

– Hopper ? la héla-t-il en se retournant. Où allez-vous ?

Il se maudit pour le timbre beaucoup trop empressé de sa voix. Sourcils froncés, elle se retourna.

– Euh... je sors. Je vais au cinéma. Non, c'est vrai, il n'y en a pas. Je vais au restaurant. Non, suis-je bête, il n'y en a pas non plus. Franchement, monsieur le maire, où croyez-vous que j'aille en pareil endroit ?

Et sans plus d'égards, elle sortit et le planta là. Encore une fois. Wade pianota sur la table quelques secondes, puis continua son repas dans ce silence qu'il détestait de plus en plus.

Le Blitz ? Oui, elle allait sûrement au Blitz. Mais pourquoi ? Et avec qui ?

Une fois debout, son volcan de pommes de terre sérieusement attaqué mais son estomac incapable d'en prendre davantage, Wade se statufia entre l'évier et la table.

– Bruno, est-ce qu'elle vient de m'appeler monsieur le maire, ou j'ai rêvé ?

Il donna une grande claque sur le comptoir et éclata de rire.

CHAPITRE 12

TOUT CE QUI EST ACIDE

– Exactement ce que j'imaginais.

En appuyant son nouveau-vieux vélo contre le mur de planches du Blitz, Harriet hésita à lâcher le guidon. Rebrousser chemin était une option qui lui brûlait le bout des doigts, surtout après avoir aperçu l'enseigne de l'établissement, dont la moitié du néon était éteint depuis un siècle, peut-être. Dans le soir naissant, on en perdait quelques lettres et si on n'y prêtait pas attention, on pouvait avoir l'impression d'aboutir au Lit, le B et le Z ne brillant pas par leur présence. La chope de bière à la broue abondante au bout de l'enseigne, par contre, était difficile à manquer.

– Mais qu'est-ce que je fais ici ? s'admonesta-t-elle en se triturant les doigts, maintenant qu'elle avait eu le courage de rompre tout contact avec sa monture.

Oh, et puis quoi ? Elle avait été invitée par Lydia, qui semblait être une chic fille, quoique son commerce manquât un peu de panache, et elle avait envie de changer d'air. Elle ne resterait pas longtemps, malgré ce qu'elle avait laissé sous-entendre à son logeur.

Harriet gravit les trois marches de bois avec une bonne dose d'assurance et une pincée de condescendance, sa recette parfaite en toute circonstance.

Lorsqu'elle tira la lourde porte de bois, les premiers sons qui lui parvinrent aux oreilles furent des rires gras et le bruit des boules de billard s'entrechoquant. Puis, l'odeur de cigarette faillit avoir raison d'elle. La gentillesse de Lydia ne valait pas d'attraper un cancer du poumon par inhalation de fumée secondaire.

– Harriet ! Tu es venue !

Rebrousser chemin maintenant équivaudrait à une fuite. Et Harriet ne fuyait jamais. Elle se dirigea en souriant vers Lydia, assise au bar avec quatre ou cinq autres clients. En tout, il devait y avoir une vingtaine de personnes dans l'établissement. Autant dire une sacrée foule. La moitié des chaumières du village étaient vides, c'était certain.

Lydia déplaça l'étui de sa guitare et tapota le siège à côté d'elle.

– Bonjour ! chantonna la rousse en s'asseyant sur le tabouret gainé de cuir brun craquelé.

Les quatre clients les plus proches la dévisageaient avec intérêt. Elle reconnut l'oncle de Wade, celui qui n'était pas gentiment allé lui chercher un café. Un barbu égoïste aux mains noires, comme tous les autres. Il leva son verre de bière brune dans sa direction, elle lui adressa un sourire pincé.

– Hé, tout le monde ! C'est Harriet, elle est ici pour quelques jours, prenez-en soin pendant que je vais m'installer, d'accord ? ordonna Lydia en faisant les gros yeux à la ronde, avant de saisir sa guitare et d'abandonner la rousse à la bête compagnie des paysans.

– Mam'zelle, bienvenue dans mon bar ! Je m'appelle Josh. Qu'est-ce que je te sers ?

Ce tutoiement était déjà un faux pas, mais Harriet retint un reniflement dédaigneux. À la place, elle fit un sourire poli au barman, qui était beaucoup plus jeune que ce qu'elle aurait cru pour ce type d'établissement. La barbe bien taillée et les cheveux retenus dans un chignon désordonné, il devait avoir soufflé ses trente bougies depuis peu.

– Une limonade, si vous en avez.

– C'est comme si c'était fait ! répondit-il avec entrain en frappant sur le bar.

Rien à faire, les paysans ne cessaient pas de la regarder. Harriet épousseta du revers de la main le comptoir devant elle et leur lança un regard avant de se concentrer sur les joueurs de billard un peu plus loin, et sur Lydia qui branchait sa guitare acoustique dans un ampli.

– Vous êtes enceinte ?

– Je vous demande pardon ?

– Ta gueule, Paco.

Outrée, Harriet fusilla du regard le grand mince à la moustache mal taillée qui lui avait lancé cette question totalement déplacée, sur le même ton que s'il lui avait demandé d'où elle arrivait.

L'oncle Clay venait de donner un sacré coup de coude dans les côtes de l'effronté, après lui avoir dit sans détour de fermer son clapet.

– Ben quoi ? La dame boit de la limonade, j'ai juste voulu être gentil, moi !

La dame en question serra les dents et se rappela qu'elle était ici pour voir Lydia. D'ailleurs, les clients affluaient depuis deux minutes et s'installaient aux tables devant la minuscule scène. Décidément, la cuisinière attirait les foules, songea Harriet avec ironie.

– Merci beaucoup, dit-elle en souriant au barman qui venait de poser un verre devant elle. Dites-moi, combien y a-t-il d'habitants dans votre village ?

Elle ne lui mentionna pas qu'ajouter une cerise au marasquin et un filet de grenadine dans une limonade, c'était vachement quétaine. Elle prit une gorgée et grimaça. Beaucoup trop acide. Probablement achetée bon marché et faite de concentré.

L'homme appuya ses deux mains écartées sur le bar en réfléchissant, et tourna la tête vers les autres clients en les interrogeant du regard.

– Neuf cent huit… et demi, dit l'oncle Clay, très sérieux.

– Et demi ? douta Harriet en fronçant les sourcils.

Le vieux hocha la tête.

– Paco, répondit-il, laconique, en désignant son voisin du pouce.

Le barman éclata de rire et le concerné bomba le torse.

– Viens avec moi dehors, espèce de vieux décrépit. Tu verras si je compte pour une demie.

– Quoi qu'il en soit, reprit Josh, monsieur le maire aimerait bien attirer davantage de gens. Soit des résidents permanents, soit des touristes.

– Ah, oui, monsieur le maire, pouffa la rousse dans son verre. Parlons-en donc.

Les trois hommes tournèrent la tête vers elle, attendant la suite. Harriet se redressa et haussa les épaules avec une moue condescendante.

– Oui… c'est vrai que vous le connaissez, avança prudemment le barman. Il est pourtant apprécié et respecté de tous les habitants, et il a la communauté à cœur.

– Oui, sans doute, marmonna Harriet. C'est bien de se contenter de peu, c'est une belle qualité !

– Hé, ho ! s'emporta Paco. Surveillez vos paroles, mam'zelle !

Quelques joueurs de billard s'étaient approchés d'eux en entendant Paco élever la voix. Les pauvres. Ils n'avaient jamais habité ailleurs, ils ne pouvaient pas savoir que leur élu n'était pas crédible.

– Oh, je vous en prie, un maire ne croule pas sous deux livres de crasse à longueur de journée ! En plus, il a de la difficulté à aligner deux phrases, et je ne vous parle pas de son sourire. Ou plutôt de l'absence de son sourire.

Plus personne ne parlait autour d'elle.

À cet instant, il se passa deux événements, simultanément.

Une voix d'ange s'éleva derrière elle, accompagnée d'accords de guitare. Et deux hommes entrèrent ensemble dans le bar, en discutant joyeusement. Souriants tous les deux.

Wade se présenta au tabouret que Lydia avait occupé un peu plus tôt, et se pencha au-dessus du bar pour faire une accolade chaleureuse au barman.

Quant au vieux Bud, il vint se poster de l'autre côté de Harriet. Elle se retrouva donc coincée entre le maire et le tueur de vélo.

Lorsque Wade s'assit et appuya ses coudes sur le bar, son genou se retrouva contre la cuisse de la rousse. Il lui jeta un bref regard de côté.

– Bonsoir, Hopper.

Elle n'eut pas le temps de lui répondre, Bud avait placé une main sur son avant-bras.

– Comment allez-vous, ma petite Harriet ? Je suis content de vous voir ici, mais triste que vous n'ayez pas pu faire réparer votre bicyclette. Wade m'a dit que vous aviez loué son pavillon. Est-ce que vous aimez le coin ?

Comme elle ouvrait la bouche pour formuler une réponse polie, Paco la devança.

– Perdez pas votre temps, monsieur le maire. Elle n'est pas gentille, la dame. Et elle vous aime pas, c'est clair.

Bud, surpris, la dévisagea, tandis que Josh déposait une bière devant Wade.

– Quoi ? Mais je... bredouilla-t-elle.

– Ouais, continua Paco. Elle a dit que vous étiez toujours sale, et pas capable de sourire.

Bud, peiné, observa la rousse en soupirant.

– Vous m'en voulez encore pour votre vélo. Je comprends, ma petite Harriet, vous inquiétez pas, conclut-il en lui tapotant le bras, pour ensuite aller s'installer près de la scène où des gens l'accueillirent chaleureusement à leur table.

Estomaquée, les yeux ronds, Harriet quitta Lydia et le vrai maire des yeux, et se concentra sur le profil de Wade à ses côtés. En pleine absorption de houblon, il riait dans son verre tout en observant Josh qui avait plissé les yeux.

Lorsqu'il termina sa gorgée, il tourna la tête vers sa locataire. Ils se dévisagèrent plusieurs secondes, et elle n'aima pas du tout la lueur de triomphe dans son regard.

– Elle croyait que c'était moi, le maire, expliqua-t-il nonchalamment.

Il venait de l'humilier sur la place publique. Gratuitement. Alors qu'elle ne lui avait rien fait. Harriet était sous le choc. Et tandis qu'on entendait distinctement tout le monde se moquer et Josh taper sur le bar à répétition, Wade l'observa se liquéfier devant lui.

Pourtant, il savoura l'instant beaucoup moins longtemps qu'il ne l'aurait cru, et serra les mâchoires lorsqu'il la vit blêmir.

– Je vais rentrer.

Il agrippa son verre de bière de sa main valide au moment où Harriet se leva, et prit une autre gorgée quand elle sortit du bar. L'alcool lui brûla l'œsophage, mais il plaqua un sourire de circonstance sur son visage sous les félicitations de ses amis qui saluaient la leçon donnée à la bourgeoise.

CHAPITRE 13

NOYER LE POISSON

Il s'était bien payé sa tête.

Emmitouflée dans son sac de couchage, assise en boule sur une des deux chaises au bout du quai, Harriet ne se calmait pas.

Les événements jouaient clairement en sa faveur. Elle lui avait préparé ses repas, elle avait fait le ménage de son pavillon, elle lui fournissait un revenu supplémentaire pour sa fin de mois sûrement difficile, elle s'était même occupée de sa main blessée !

Et voilà que le grossier personnage organisait sciemment son lynchage devant tous ses copains. Pire, il s'était délecté de la situation ! Harriet n'arrivait pas à croire que des gens puissent faire preuve de méchanceté aussi gratuite.

Le menton appuyé sur les genoux, le nez gelé par la fraîcheur du soir et des larmes séchées sur ses joues, elle se fit la réflexion que si elle avait sa voiture à portée de main, là, maintenant, elle partirait. Et lorsqu'elle entendit le bruit caractéristique du camion de Wade et que la lumière des phares illumina la cime des arbres autour du lac, elle se fit toute petite sur sa chaise en espérant qu'il ne la verrait pas.

Sur le promontoire, en haut de l'escalier, Wade sortit de sa camionnette les épaules basses. Il avait écouté la voix de Lydia avec moins de plaisir que d'habitude et avait décliné l'offre de Paco de faire un billard. Même la bière avait eu un goût désagréable.

Pourtant, il s'en tenait à sa mission première : la princesse ne pouvait pas distribuer son mépris partout ainsi, et la leçon avait été parfaitement orchestrée. Tout le monde avait jubilé lorsque la rousse avait quitté l'établissement. Seule Lydia avait eu de la peine que sa nouvelle amie n'ait pas assisté à son spectacle, et Wade se sentait mal. Coupable.

À son entrée dans la maison, il caressa la tête de Bruno qui avait grimpé sur sa jambe et vida ses poches sur le guéridon. Il prit une cigarette et sortit sur la véranda devant la maison avant de l'allumer, puis s'accouda à une des poutres en prenant une longue bouffée.

La lune était belle, ce soir. Apaisante. Wade tira une autre bouffée et en soufflant la fumée, son attention fut attirée par un mouvement sur le quai. Pas de doute, sa locataire était recroquevillée sur une chaise.

Surpris, l'homme fit mentalement le chemin jusqu'à la mezzanine plusieurs fois pour se conditionner, et se défendit de descendre au lac pour discuter avec la rousse. Elle méritait de ruminer sa frustration. Il n'était pas question qu'il aille la voir.

Harriet s'essuya le nez avec sa manche, et renifla lamentablement pour une énième fois. Seul le chant d'un huard lui répondit, mais le son ressemblait étrangement à un rire moqueur, et elle avait eu sa dose pour ce soir.

– Ça suffit.

Elle se redressa, toujours emmitouflée dans son sac de couchage, et entama sa progression sur le quai, mais se figea en voyant une silhouette se dirigeant vers elle. Bruno se jeta sur le bas du sac de couchage et elle chancela un peu, le mouvement du quai créant un bruit de vaguelettes cognant sur le bois.

– Vous êtes venu me narguer encore un peu ? brava-t-elle, sans voir autre chose que le bout incandescent d'une cigarette.

– Non.

Harriet resserra davantage les pans de sa couverture matelassée autour d'elle, une bien mince armure contre le garagiste sans scrupule.

Elle attaqua la première.

– Est-ce que vous arrivez à imaginer comment je me suis sentie ce soir, devant tous vos amis ? Ou bien votre gloire est-elle tellement grande que vous vous souciez du bien-être d'autrui comme d'une guigne ?

Elle crut l'entendre ricaner.

– Est-ce que vous arrivez à imaginer comment Bud s'est senti lorsque vous l'avez rabroué comme s'il était un moins que rien ? Et comment la moitié des gens du village se sentent depuis que vous avez débarqué avec vos grands airs ? Vous avez goûté à votre propre médecine.

– Ça n'a rien à voir.

– Bien sûr que si. Vous arrivez avec votre mépris et vos jugements faciles, sans chercher à connaître les gens. Personne ici n'est digne de vous, et vous ne vous gênez pas pour le faire sentir à tout le monde.

– C'est faux.

– C'est on ne peut plus vrai.

Avoir une conversation sans voir les traits de son interlocuteur pouvait être un avantage. Wade n'était pas distrait par la beauté de la rousse et ses yeux de pauvre victime, et Harriet ne le connaissait pas assez pour deviner s'il était furieux ou s'il se payait encore sa tête.

– Vous vous donnez l'air de celle qui sait tout, continua-t-il, et qui connaît la vraie vie. Et si la vraie vie, c'était ici, Hopper ? Si c'était vous qui étiez à côté de la plaque, dans votre sûrement chic condo moderne et votre ville impersonnelle ?

– Pfff. Pitié, ne m'assommez pas avec le sempiternel débat entre la ville et les champs de purin, c'est ridicule.

Elle le vit écraser son mégot contre la semelle de sa botte, puis le glisser dans une poche de son jeans, où il laissa ses mains.

– C'est ça. Encore de la condescendance, hein ? Bravo, Hopper. Finalement, la leçon de ce soir, vous ne l'avez même pas comprise. Ça vous donne juste une occasion de plus de mépriser les habitants du coin.

En prenant bien soin de ne pas s'empêtrer dans son sac de couchage, Harriet s'approcha de Wade et tenta de le dépasser, mais sans succès. Elle ne réussit qu'à progresser un peu sur son flanc, et leva la tête vers lui. En colère. Elle était très en colère. Du moins focalisait-elle sur cette émotion, au lieu de s'avouer blessée.

– Ce soir, commença-t-elle lentement en le regardant droit dans ses sombres yeux qu'elle arrivait à distinguer un peu mieux vu leur proximité, j'étais seule contre toute votre bande. Je vous aurais vu à ma place, dans MA ville, dans un des bars que je fréquente, avec MA bande se moquant de vous. Ça s'appelle une douche froide, monsieur Larson. La deuxième à laquelle j'ai eu droit ce soir.

L'homme retint un sourire. Elle avait donc apprécié le confort du pavillon jusque dans la petite cabine de douche.

– Vous le méritiez, maintint-il. Vous êtes insupportable, on ne vous l'a jamais dit ? Eh bien, je me fais une joie d'être le porte-parole de l'humanité.

Wade ne vit pas le geste venir. Elle le poussa habilement de tout son corps et, estomaqué, il n'eut pas le réflexe d'agripper la diablesse et de l'entraîner dans sa chute avec lui. Il tomba lamentablement dans le lac glacé.

Lorsqu'il émergea en toussant et déposa ses pieds au fond, de l'eau jusqu'au torse, le pauvre Bruno était en panique et courait de gauche à droite sur le quai, en jappant.

– Vous venez de prendre votre propre douche froide, déclara-t-elle fermement. C'est bon pour la peau, et sûrement pour vos mains crottées aussi. Bonne nuit, monsieur le justicier du village.

– Sale enfant gâtée ! cria-t-il tandis qu'elle montait l'escalier.

Wade jura plusieurs fois en sortant de l'eau, mais se retint d'aller la relancer dans le pavillon.

Ça suffisait pour aujourd'hui.

En espérant que demain soit plus tranquille.

Quant à Harriet, elle verrouilla la porte du pavillon en s'y engouffrant, et pria pour qu'il ne vienne pas la brutaliser ou la jeter au milieu de la grande route en pleine nuit.

– Tu y as été un peu fort, Harri, se morigéna-t-elle.

Postée derrière une des petites fenêtres, elle vit Wade arriver en haut de l'escalier, Bruno sur les talons, et disparaître derrière la maison. Elle soupira de soulagement. Tout de même, elle se coucha en chien de fusil en ayant pris grand soin de garder une arme à portée de main.

Une vieille fourchette. C'était ce qu'elle avait trouvé de mieux pour espérer arriver à crever les yeux de son logeur, si jamais il s'avisait de forcer la porte du pavillon.

CHAPITRE 14

NOIR

C'est à pas prudents que la rousse noyeuse de garagiste pénétra dans la maison le lendemain matin. Elle ne savait pas trop comment elle serait reçue en ce début de sa dernière journée de locataire et anticipait le pire : que Wade la surprenne au détour du corridor en lui lançant un seau d'eau froide au visage.

Elle considérait qu'ils étaient quittes pour l'horrible moment qu'il lui avait fait vivre au bar, mais n'aurait pas gagé une paie d'infirmière qu'il voyait les choses de la même manière.

Bruno courut jusqu'à elle, et Harriet s'accroupit sur le pas de la cuisine pour le prendre dans ses bras, ridiculement triste à l'idée de le quitter.

– Et si je t'emmenais avec moi, ça te dirait ? murmura-t-elle en lui grattant les oreilles. Je pourrais te kidnapper. Allez, tu veux ?

Le chiot lui lécha la joue et elle éclata de rire, puis réalisa en levant la tête que le propriétaire des lieux (et du chien !) était adossé au comptoir, face à elle, une tasse de café dans une main.

– Je devrais alors me rendre chez vous, vibra la voix basse de l'homme dans la maison encore froide au matin.

Harriet se sentit rougir et se releva en frottant ses mains sur son cuissard pour se donner une contenance.

– Je blaguais.

– Je vous ai préparé un café.

– Empoisonné ?

– Noir.

Suspicieuse, Harriet prit la tasse qu'il venait de saisir derrière lui et en huma le contenu pendant qu'il souriait.

Il n'y avait pas de tension, les deux entêtés étaient calmes. Se pouvait-il qu'ils aient fini de régler leurs comptes et soient prêts à repartir sur de bonnes bases ?

En guise de preuve de confiance, la jeune femme prit une gorgée du café en observant Wade droit dans les yeux. Il releva un sourcil, elle douta. Il finit par rire, elle le trouva craquant. Dommage qu'elle doive partir, se dit-elle à la vitesse de l'éclair, pour se reprendre presque immédiatement.

– Je vais peindre la véranda, aujourd'hui, dit-elle doucement. Étant donné que je pars demain.

– Hum.

Ils étaient cloués l'un face à l'autre. La maison était immense, et pourtant leurs deux corps couvraient à peine plus d'un mètre carré. Wade pencha la tête légèrement de côté et plissa les yeux.

– Vous m'avez poussé dans le lac, hier soir.

– Je m'en souviens. Vous m'avez humiliée, hier soir.

– Je m'en souviens.

– Voilà, conclut-elle en haussant les épaules, pour ensuite se détourner de lui et se diriger vers le réfrigérateur.

– Je vous demande pardon, Hopper.

La rousse esquissa un petit sourire de victoire devant le frigo. Elle reprit cependant un air stoïque en faisant à nouveau face au garagiste.

– Je vous pardonne, monsieur Larson.

– Je vous pardonne aussi, Hopper.

Il lui fit un clin d'œil provocateur, puis déposa son café et se rendit vers la console pour y saisir ses effets personnels.

– Je ne vous ai pas présenté d'excuses ! plaida-t-elle.

– Vous le ferez, se contenta-t-il de répondre sans la regarder, déjà en progression dans le couloir. Sinon, vous devrez vous trouver un autre chauffeur pour regagner votre véhicule demain matin !

L'impoli claqua la porte moustiquaire en quittant la maison.

Soufflée et sans possibilité de répliquer, Harriet ravala sa frustration et prit son petit déjeuner sur la véranda, où elle se permit de jouer un peu avec Bruno. Elle attaqua ensuite sa tâche de peinture et y prit un réel plaisir. Elle ne pensait à rien. Elle se concentrait sur le mouvement du pinceau, sur le détail des barrotins qui demandaient plus de minutie, sur le bruit du vent dans les arbres, sur le chant des oiseaux et l'adorable mâchouillage de Bruno qui faisait la vie dure à un os en cuir brut.

Tant et si bien qu'elle ne vit pas le temps passer.

À seize heures, le dos endolori mais la seconde couche de blanc presque terminée, Harriet réalisa qu'elle n'avait rien prévu pour le souper. Il y avait bien une ou deux pièces de viande congelées, mais qui nécessiteraient des heures de cuisson.

L'occasion était belle d'aller rendre visite à Lydia et lui expliquer pourquoi elle n'avait pas assisté à son spectacle de la veille. Harriet voulait revoir la sympathique jeune femme avant de partir. Elle en profiterait pour rapporter de quoi souper pour Wade et elle.

Fière de son idée, elle rangea son attirail de peinture puis alla chercher son chandail et sa sacoche de vélo, contenant son téléphone et son portefeuille. Bruno sur les talons, elle se rendit jusqu'à son nouveau-vieux vélo et s'apprêtait à partir, lorsqu'elle avisa la mine triste du chiot et ses gémissements plaintifs.

– Oh, tu veux venir avec moi, mon beau ? Pourquoi pas ? Ça te fera faire un peu d'exercice.

La laisse du chiot reliée à une poignée, Harriet prit le chemin de terre battue tout doucement, au rythme de son compagnon. Elle était si bien. La journée avait été simple mais parfaite, néanmoins, la perspective du retour chez elle la ramenait à des états d'âme qui la rebutaient. Elle verrait ça demain.

– Tu entres avec moi ? s'enquit-elle en détachant Bruno, après avoir appuyé le vélo contre un arbre près du commerce. Allez, viens !

La sonnette tinta lorsque la rousse ouvrit la porte, et le sourire de la cuisinière s'évanouit lorsqu'elle vit entrer la cliente. Harriet se surprit à en éprouver du malaise et de la déception.

– Bonjour, Lydia !

– Bonjour, Harriet.

La blonde s'essuya les mains sur son tablier. La pièce embaumait le chocolat. Reprenant ses esprits, la visiteuse se dirigea vers les frigos et se racla la gorge.

– Je cherche quelque chose de bon pour le souper, il doit y en avoir assez pour Wade et moi. Que me conseilles-tu ?

Son ton jovial sonnait un peu faux, mais c'était tout ce qu'elle savait faire, prétendre que tout allait bien.

– La salade de lentilles est délicieuse. Avec une terrine de perdrix et une baguette, tu ne te tromperas pas.

L'entrain de la veille avait disparu dans la voix de la commerçante.

– Ça me va !

Lydia quitta l'arrière du comptoir pour venir saisir un sachet sous vide de terrine sur une des tablettes du frigo, puis retourna derrière son présentoir où elle prit un contenant pour emporter qu'elle remplit de salade de lentilles.

– Tout ça a l'air délicieux !

Lydia eut un pauvre sourire et glissa une baguette dans un sac de papier, puis empila le tout près de la caisse où elle compila les prix. Harriet sortit son portefeuille et régla la facture, ne sachant plus quoi dire, affreusement gênée. Encore une fois.

Comme elle saisissait le sac de plastique et raccourcissait la laisse de Bruno qui menaçait de grimper sur la vitrine des desserts, Lydia releva la tête avec un air déterminé.

– Tu sais, commença-t-elle avec la voix tremblotante, les gens ici sont de bonnes personnes : Bud, Wade, Joshua, Clay, même Paco, et tous les autres. Et moi, j'ai cru que toi aussi, tu étais une bonne personne. Mais ma mère dirait que tu es une personne noire. Tu fais de la peine aux gens, mais tu t'en fiches.

Harriet déglutit, puis tenta de se justifier, mais Lydia secoua la tête pour l'en dissuader.

– Il n'y a pas beaucoup de gens de mon âge, ici. J'étais super contente de faire ta connaissance, et je me disais que j'aurais pu te faire découvrir le coin, t'emmener visiter, tout ça... Mais au fond, tu n'en as aucune envie. Alors, je te souhaite un bon retour chez toi, et un bon appétit. Transmets mes salutations à Wade.

Sans plus de cérémonie, Lydia lui tourna le dos et recommença à brasser sa préparation au chocolat. Harriet quitta le commerce sans un mot de plus et descendit les marches qui menaient à son vélo. Le tintement joyeux de la clochette en haut de la porte lui parut totalement déplacé.

C'est à ce moment que Harriet réalisa que la monture avait disparu. Elle fit le tour de l'arbre, du commerce, elle balaya des yeux les alentours, mais la bicyclette n'était plus là.

Les larmes aux yeux, découragée, Harriet remonta sa sacoche de vélo sur son épaule et releva la tête. Sans doute que des gamins du coin avaient subtilisé le vélo et l'épiaient, cachés tout près. Pas question qu'elle leur fasse le plaisir de se donner en spectacle.

Elle allait marcher.

– Viens, mon chien.

Ses sandales galochaient sur le bitume, et la poignée de plastique coupait la circulation du sang dans sa paume et ses doigts.

Le ciel était gris, son cœur aussi. Lydia ne lui avait pas planté un poignard dans le dos, comme l'avait fait Wade. Elle venait plutôt de piquer mille aiguilles dans son âme, avec toute sa candeur. Harriet se sentait comme si quelque chose voulait sortir de sa poitrine. Le même sentiment de colère et d'oppression qu'elle avait eu la veille.

La marche s'éternisait, et aucun véhicule ne passait dans le coin. Harriet espérait que Wade ne la gronderait pas d'avoir perdu le vélo, et que celui-ci n'avait pas de valeur sentimentale pour lui. Elle n'avait même pas songé à le lui demander, avant de le prendre…

Lydia avait l'air d'un ange. Un ange sans malice, incapable de vouloir du mal sciemment à quelqu'un. C'était la raison pour laquelle ses paroles faisaient du chemin dans l'esprit de Harriet, un chemin aussi douloureux que celui qu'elle était en train de parcourir à pied.

Elle longeait maintenant un boisé, et savait que l'entrée du chemin menant chez Wade n'était plus très loin. Des gouttes de pluie commençaient à tomber, mais pour l'instant, elles étaient les bienvenues et plus que rafraîchissantes.

En voulant soulager sa main endolorie par le plastique, elle s'arrêta un instant pour interchanger la laisse du chien et le sac.

Pile au moment où un écureuil traversa la rue et s'engouffra dans la forêt près d'eux.

Si l'animal laissa la rousse complètement indifférente, ce ne fut pas le cas pour le chiot, qui s'élança aussitôt à sa poursuite en jappant. La laisse glissa des mains de Harriet.

– Bruno ! Reviens, mon chien !

Ni une ni deux, elle s'élança à son tour dans les bois. Cette fois, les larmes de dépit coulaient librement sur ses joues, arrosant la journée d'une tristesse encore plus grande.

La forêt était dense, le sol jonché de branches et de racines. Harriet entendait japper Bruno, elle ne désespérait pas de le rattraper.

Mais ça, c'était avant.

Avant qu'une de ses sandales se brise et qu'elle trébuche en envoyant valser le sac de nourriture au-dessus d'elle. Avant que son genou ne heurte des branches et que sa tête bute contre des cailloux saillants.

Avant que Harriet sombre dans le noir, le repas du soir répandu autour d'elle.

CHAPITRE 15

LES FRISSONS

– Je rentre, Clay. À demain !

Wade tapa sur l'épaule de son oncle et se dirigea vers la porte du commerce. L'ouvrage de la journée était fait, et le vieil homme s'était proposé pour attendre Martin qui viendrait chercher sa voiture dans quelques minutes. L'enseignant du village voisin avait malencontreusement heurté une borne-fontaine en reculant dans le stationnement de l'école, sous les applaudissements des élèves hilares. Quand on connaissait le personnage, on n'était pas surpris.

– Ta pensionnaire part demain ?

Une main sur la porte, Wade se tourna vers son oncle qui l'observait, la joue dans sa paume.

– Exact.

– Je l'aime bien, moi, la p'tite. Elle a du caractère et c'est tout un brin de femme !

– Je peux t'arranger un rendez-vous avec elle, si tu veux, le coupa Wade.

Le vieil homme eut un petit rire en plissant les yeux.

– Moi, non. Mais tu ne vas pas finir ta vie seul, mon gars. Faudra que tu te remettes en selle, un jour.

– Je suis très bien seul. À demain, Clay.

Wade se dirigea vers son camion en se frottant la nuque sous la pluie et, une fois assis, s'alluma une cigarette. Il ne fumait presque plus, mais celle de la fin de la journée était difficile à supprimer. Celle qu'il consumait le soir aussi, sur la véranda, avant d'aller dormir. Dans les derniers jours, la fumée qui s'envolait prenait immanquablement le chemin du pavillon, comme si elle cherchait à l'envoûter et à l'y conduire.

En s'engageant sur le chemin qui menait chez lui, les essuie-glaces s'en donnant à cœur joie sur le pare-brise, Wade se surprit à avoir envie de passer une agréable dernière soirée avec Hopper. Peut-être pourraient-ils s'installer au coin du feu et bavarder comme deux adultes civilisés... Il n'aurait qu'à s'asseoir à bonne distance des flammes, si jamais elle manifestait des envies de l'y pousser.

Une fois le camion stationné près de sa demeure, c'est en courant que Wade s'engouffra dans la maison. Aucun son ne l'accueillit, aucune odeur de cuisson non plus. L'homme passa la main sur son visage pour enlever l'eau de pluie et retira ses bottes avant de s'avancer vers la cuisine.

– Bruno ? Hopper ?

Bizarre. Rien ne traînait sur le comptoir, pas de traces d'un repas en préparation. Pendant un instant, Wade envisagea que sa locataire se soit véritablement carapatée avec le chiot, comme elle l'avait comploté ce matin. La phrase « Non, elle ne ferait jamais une chose pareille ! » était difficilement convaincante dans son esprit.

Wade vérifia par la fenêtre si elle avait eu la bête idée de continuer à peindre par un temps pareil, remarqua du même coup que le travail avait bien avancé. Il retourna dehors et constata que le vélo qu'elle avait utilisé la veille n'était pas là, et la présence de sous-vêtements qui séchaient dans le pavillon lui indiqua que Hopper avait l'intention de revenir. Il retourna dans sa demeure.

Soit elle était partie en promenade et s'était réfugiée quelque part quand la pluie avait commencé, soit elle était allée rendre visite à Lydia. Il ne voyait pas d'autre option et saisit son mobile.

– Allô, Lydia ?

– Tiens, salut, Wade. Le repas était bon ?

L'homme fronça les sourcils.

– Quel repas ? De quoi tu parles ?

– Celui que Harriet a acheté pour vous deux. Elle est passée cet après-midi, vers seize heures trente.

Wade leva la tête vers l'horloge murale. Il était dix-huit heures passées. Une sueur froide descendit le long de son dos. Avaient-ils eu un accident ?

– À ce que je comprends, Harriet n'est toujours pas rentrée ?

– En effet. Et Bruno n'est pas dans la maison non plus.

– Il était avec elle cet après-midi... Écoute, Wade, je n'ai pas été douce avec elle. Il se pourrait qu'elle m'en veuille.

– Ne t'en fais pas pour ça, la rassura l'homme, alors que lui-même ne l'était pas du tout.

– Elle s'est peut-être abritée de la pluie quelque part ?

– Oui, c'est sûrement ça. Je te laisse, Lydia, conclut-il, déjà en train d'embarquer dans son camion.

– Tiens-moi au courant !

Bien qu'il eût souhaité rouler en fou, Wade se retint, de peur de voir surgir Bruno ou une tignasse rousse devant lui. Un ennui avec le vélo ? Une crevaison ? Une âme charitable du village l'avait sûrement accueillie chez elle. Quoique...

Son inquiétude grandissante mourut d'un coup et un sourire naquit même sur ses lèvres lorsqu'il aperçut le vélo en question appuyé contre la façade du Blitz. Nul doute que Josh avait servi une boisson chaude à Hopper, en attendant que l'averse se calme. Wade aurait tout de même souhaité que son ami lui file un coup de téléphone pour l'aviser.

Il tira la porte de l'établissement avec beaucoup de vigueur et parcourut immédiatement la pièce des yeux, à la recherche de sa locataire. Au second balayage visuel, il tomba dans les prunelles de son ami qui l'observait avec les sourcils en accent circonflexe, pendant que Paco sirotait une bière et pianotait sur son téléphone.

– Où est-elle ?

Joshua recula un peu la tête en signe d'incompréhension.

– Hopper. Le vélo est devant le bar. Où est-elle ?

Le barman ne comprit pas pourquoi il méritait ce ton impatient et coucha ses avant-bras sur le comptoir pour sonder son ami davantage.

Pourtant, ce fut Paco qui, se retournant, tout sourire, prit la parole.

– Hé, Wade ! Il est pas mal, mon vélo, hein ? Sur le coup, quand je l'ai trouvé, je me suis dit qu'il ressemblait à celui de Brenda. Mais il roule plutôt bi...

– C'EST celui de Brenda, grinça le garagiste en s'approchant dangereusement du pauvre bougre qui perdit son sourire. J'imagine, continua-t-il avec un calme qui n'était qu'apparence, que tu l'as volé devant la boutique de Lydia ?

Paco bomba le torse.

– Je n'ai rien volé ! riposta-t-il avec véhémence. Il était appuyé contre un arbre, au bord de la route. Quand on met un objet au bord de la route, c'est pour qu'il soit ramassé par les éboueurs, non ? Je lui ai évité le dépotoir ! Et d'ailleurs, pourquoi t'es allé jeter le vélo de Brenda devant la boutique de Lydia ?

Wade serra les poings, mais se retint d'en encastrer un dans la mâchoire de Paco ; ça ne servirait à rien. Il se contenta de s'approcher de Josh et de lui serrer l'épaule.

– Si elle débarque ici, tu m'appelles.

– Sans faute.

De retour dans son camion, frissonnant dans l'humidité, Wade ferma les yeux une seconde et serra le volant à deux mains.

Logiquement, Hopper devait s'être dirigée vers la maison en quittant le commerce de Lydia. Mais elle n'avait plus de vélo. Elle avait marché avec Bruno. Elle se trouvait donc quelque part entre les deux, mais il n'y avait que deux maisons sur cette portion de la route, dont une laissée vacante et à vendre depuis des lunes.

Il était dix-neuf heures lorsque Wade, découragé, appuya ses avant-bras sur la boîte du camion. La pluie s'était arrêtée. Il avait vérifié la maison vide, sonné à l'autre, personne n'avait vu Hopper. Peut-être avait-elle fait du pouce et était-elle tombée sur quelqu'un de malveillant ? Des images intolérables tentèrent de se frayer un chemin dans son esprit, mais il les chassa en secouant la tête.

Les dents serrées, Wade sortait son mobile de sa poche pour appeler la police, lorsqu'il l'entendit. Il se redressa immédiatement et tendit l'oreille, le cœur battant à tout rompre.

Il n'avait pas rêvé. Un jappement provenait de la forêt, de l'autre côté de la route. C'était Bruno. L'homme s'élança.

Les bois étaient denses et de plus en plus sombres, sans parler des gouttes de pluie qui tombaient des arbres et qui s'infiltraient dans le col de sa chemise de travail. Mais il s'en foutait.

– Bruno !

Wade siffla. Plusieurs jappements lui répondirent, lui permettant de s'orienter. Ce fut alors le chiot qui vint à l'homme, surmontant difficilement les obstacles qui jonchaient le sol. Le maître s'accroupit et accueillit le chien mouillé et crotté dans ses bras. L'animal grelottait contre lui.

– Viens, Bruno. Montre-moi où est Harriet, allez !

Comme s'il avait compris la requête et se faisait un devoir de remplir fièrement sa mission, Bruno repartit en sens inverse, Wade sur les talons.

S'il avait été seul, il l'aurait probablement ratée. Une silhouette recroquevillée contre le tronc d'un arbre, un sac de plastique éventré sur la tête en guise de parapluie de fortune. Son souffle se bloqua dans ses poumons, et il fut incapable de prononcer une parole en rejoignant Hopper. Il se contenta de s'accroupir devant elle, et de la serrer contre lui.

Il pensait qu'elle était évanouie, mais ce n'était pas le cas. Elle avait les yeux fermés et pleurait en silence. Puis, il remarqua qu'elle avait son téléphone dans une main. De l'autre, elle s'agrippa à lui comme s'il venait de la sauver de la noyade. Il retira le sac de plastique converti en chapeau qui lui donnait un air assez comique, mais n'eut pas envie de lui en faire la remarque. Il se contenta de placer une main contre sa tête. Ses doigts touchèrent une substance poisseuse, et Wade comprit qu'elle était blessée.

– Je voulais... je voulais appeler quelqu'un, commença-t-elle en sanglotant. Mais je n'a... n'avais personne à qui demander de l'aide ! Et je n'avais pas votre numéro ! Vous vous rendez compte ? J'avais un téléphone, et du réseau, mais je ne savais pas qui appeler !

– Chut, tout va bien... Le 9-1-1, Hopper. C'est le numéro que vous auriez dû composer.

– Mais vous imaginez la honte ? ! continua-t-elle d'une toute petite voix pâteuse, comme si elle était en état d'ébriété. Il me restait mes parents, mais ils auraient appelé l'armée et une armada de médecins... Et le souper est fichu, aussi !

Elle se mit à pleurer à gros sanglots dans la chemise de Wade, qui était de plus en plus amusé devant cette perte de moyens mélodramatique. Il resserra son étreinte et tenta de lui prodiguer un peu de chaleur, le temps qu'elle reprenne ses esprits.

– J'ai perdu votre vélo, renchérit la blessée sur un ton boudeur, et Bruno a eu envie de se payer un écureuil. C'est vous qui lui avez montré à faire l'idiot comme ça ? Et Lydia ne m'aime pas, et j'ai réussi à me mettre un village complet à dos en deux jours, vous vous rendez compte ? Vous ne m'aimez pas non plus, je suis une plaie insupportable !

Les sanglots reprirent de plus belle. Wade se mordit la joue, s'appliquant à empêcher ses épaules de tressauter sous le rire qu'il retenait.

– Harriet, êtes-vous capable de marcher ? Je vous ramène.

– Non, s'entêta-t-elle. Laissez-moi mourir ici. Je servirai de nourriture aux coyotes, tout le monde sera content.

– Allons, venez.

Avec sa manche de coton ouaté détrempée, Harriet essuya son nez et releva la tête vers Wade.

– Est-ce que vous trouvez que je suis une personne noire ? murmura-t-elle, les lèvres tremblantes.

Il ne répondit pas tout de suite, écarta les cheveux roux de son visage et lui sourit.

– Présentement, avec tout ce sang qui coule de votre tête, vous êtes plutôt rouge. Mais ça vous va bien. Avec vos cheveux, on dirait les nuances du feu.

Les larmes coulèrent à nouveau sur les joues de la jeune femme, silencieuses cette fois-ci.

– Je vous demande pardon de vous avoir poussé dans le lac, murmura Harriet.

Cette fois, le sourire de l'homme découvrit ses dents.

– Je vous l'avais dit, se moqua-t-il. Espérons que vous vous en souviendrez demain. Allez, venez.

– Je me suis fait mal au genou.

– Vous vous appuierez sur moi. Bruno, viens, mon beau.

En progressant lentement dans les bois vers la camionnette de Wade, ses dents et tous ses os s'entrechoquant de froid, Harriet se fit la réflexion que c'était bon de s'appuyer sur quelqu'un.

CHAPITRE 16

LA NAISSANCE DU FEU

Les neurones de Harriet reprirent leurs fonctions normales au moment où Wade l'aida à monter dans le camion. Sa fierté la fouetta d'un coup lorsqu'il tira la ceinture dans le but évident de la boucler sur son flanc, ce qui aurait nécessité qu'il se penche sur elle.

– Ça va aller, souffla-t-elle, au comble du malaise.

Elle avait profité de sa chaleur et de son bras puissant autour de sa taille lors du lent périple pour sortir de la forêt, et avait cessé de pleurer quand il s'était mis à lui raconter l'histoire de Paco qui avait pris le vélo en pensant qu'il était au rebut. D'abord furieuse, elle avait écouté le récit des autres exploits du villageois un peu sot en souriant de plus en plus, comme la fois où il avait eu besoin d'argent pour s'acheter une nouvelle moissonneuse-batteuse.

Le pauvre bougre avait quadrillé son pâturage en traçant des lignes de peinture en aérosol sur le sol. Il y avait envoyé sa vache Sally, et invité tous les habitants du coin à prédire dans quel carré elle finirait par faire ses besoins. Les gageures avaient été nombreuses, et Paco avait gardé la moitié du magot à la fin de l'événement. Le villageois qui avait misé sur le bon carreau avait empoché l'autre moitié, après cinq heures où la foule avait attendu désespérément que cette pauvre Sally finisse par se vider les intestins.

Depuis, l'activité « Chie, Sally ! » était devenue un événement annuel qui accueillait même les résidents des municipalités voisines.

Wade se releva et sonda la jeune femme du regard. Les lèvres pincées, elle fuyait tout contact visuel et avait redressé le dos et la tête. L'orgueilleuse. Il lui remit la boucle de la ceinture dans la main.

– Comme vous voulez.

Il referma la portière à deux mains, et contourna le camion par l'arrière en passant une main dans ses cheveux mouillés et en soufflant fort. Harriet était frigorifiée et avait le genou et le front amochés, mais elle était maintenant en sécurité. Il respirait mieux.

– Dieu seul sait ce qui serait arrivé si tu n'avais pas été là, toi, constata l'homme en se penchant pour caresser la tête de Bruno qui branlait la queue, fier de son exploit. Je t'achèterai un écureuil en peluche pour te récompenser.

Wade ouvrit sa propre portière et aida Bruno à grimper à l'intérieur, le véhicule étant encore trop haut pour le chiot. Une fois installé à son tour, il regarda brièvement sa passagère. Elle fixait le pare-brise, grelottante. Il démarra.

Le trajet se fit en silence. L'homme avait mis le chauffage dans l'habitacle, mais vu la courte distance qu'ils avaient à parcourir, Harriet ne parvint pas à se réchauffer. La vue de la maison se profilant au bout du chemin lui fit curieusement monter les larmes aux yeux. Elle ne put retenir un minuscule sanglot, pile au moment où Wade arrêta le moteur. Il se tourna vers elle.

L'espace était exigu et sentait le chien mouillé, le coupable roulé en boule entre les deux humains tout aussi humides.

Wade observait la jeune femme, une main sur le volant. Le changement qui s'opéra sous ses yeux fut fascinant. Elle inspira profondément, rigide, puis posa le dos de sa main sur sa bouche. Centimètre par centimètre, il la vit ployer. Ses épaules rentrèrent vers l'intérieur, elle pencha la tête et une mèche de cheveux bouclés tomba devant son visage. Il ne la replaça pas, ne sachant pas si elle le laisserait faire.

Finalement, elle passa ses deux mains sur ses joues et les y laissa, de sorte qu'il entendit à peine les paroles qu'elle prononça.

– J'aimerais que vous me reconduisiez à ma voiture, tout de suite. S'il vous plaît.

La demande l'agaça et, allez savoir pourquoi, le déçut. Il tiqua.

Bruno releva la tête au même moment, comme s'il avait compris la question et qu'il protestait.

– Pourquoi ne pas attendre demain ? demanda Wade avec calme.

La pluie recommençait et meublait le silence en s'écrasant en gouttelettes sur le pare-brise. Le moteur de la camionnette émettait quelques craquements sporadiques, comme s'il s'étirait après le voyage.

– Parce que je suis misérable, que vous avez sûrement hâte de vous débarrasser de moi, et que... Eh bien, j'ai froid, la nuit, dans le pavillon.

Wade allait s'occasionner des crampes de joues à force de retenir autant de sourires moqueurs.

– Écoutez, nous sommes tous les deux trempés, votre front est ouvert, vous avez sûrement faim autant que moi, et votre genou droit ne semble pas en état d'appuyer sur une pédale.

Il ne se laissa pas décourager par le haussement d'épaules détaché de la rescapée.

– Je vous propose de rentrer dans la maison, de manger et de vous installer au coin du feu. Le canapé se déploie en lit, vous pouvez y dormir cette nuit. Nous verrons demain pour le reste. Qu'en dites-vous ?

En vérité, Harriet ne souhaitait pas tant que ça se taper deux heures de route dans ses vêtements mouillés. Elle voulait juste disparaître et ne plus être avec lui. Wade était aimable, et elle était vulnérable. Un dangereux mélange pour une fille habituellement en parfait contrôle de toutes les situations.

Bruno marcha sur le tissu de la banquette et vint caler sa tête sur la cuisse de Harriet, puis releva les yeux vers elle dans une adorable moue à laquelle personne ne pouvait résister. Elle soupira et lui gratta les oreilles.

– Ne crois pas que tu te feras pardonner si facilement, toi, gronda-t-elle l'animal. C'est d'accord, souffla-t-elle. Je vais rester pour la nuit.

Le garagiste avait encore cette mèche qui lui tombait devant l'œil, et de la bienveillance dans les yeux. Il aurait peut-être fait un bon maire, finalement.

Elle accepta la main qu'il lui tendit pour descendre du véhicule. Elle accepta son aide pour monter l'escalier, et accepta d'aller prendre une douche chaude pendant qu'il allumait du feu et sortait la trousse de premiers soins. Elle accepta tout, sauf d'analyser l'émoi que le contact de Wade lui causait.

– Doux Jésus ! s'exclama Harriet devant le miroir de la salle de bain.

Elle avait l'air d'un zombie. Des entailles et de la terre partout, sans compter la longue coulisse de sang séché qui lui barrait le visage à partir du cuir chevelu.

On toqua à la porte.

– Tout va bien ?

La jeune femme vacilla sur sa jambe valide, sous l'effet de la surprise.

– Oui, oui, ça va !

– Je vous ai apporté des vêtements propres.

Harriet ouvrit la porte et saisit la pile de vêtements que Wade lui tendait, confuse.

– Ce sont les miens, précisa-t-il devant son air perplexe. Ce sera un peu grand, mais c'est le mieux que je puisse vous offrir.

Un peu grand ?

Lorsqu'elle ressortit de la salle de bain trente minutes plus tard, en chandail à capuche aux manches roulées et en pantalon de pyjama serré au maximum à la taille, Harriet était réchauffée et reconnaissante. Elle laissa tomber sa pile de linge sale sur une chaise et clopina jusqu'au canapé, où elle s'assit pour observer Wade accroupi devant l'âtre et un feu naissant.

Le silence s'étira, Bruno aussi. Maintenant sec et couché devant les flammes, le chiot avait épuisé toute son énergie pour la journée.

Le crépitement du feu était le seul son qui troublait le silence de la maison.

Jusqu'à ce qu'une sonnerie stridente se fasse entendre. Wade se retourna vers Harriet en fronçant les sourcils, et elle n'eut pas le loisir de l'admirer dans le reflet des flammes, puisque son téléphone sonnait toujours.

– Zut ! Mon sac ! s'écria-t-elle en tentant de se lever.

– J'y vais.

Le garagiste se déplia avec souplesse et lui rapporta son sac maintenant redevenu silencieux. En sortant son portable, la jeune femme paniqua un instant. Un appel manqué de ses parents. L'appareil dans les mains, elle n'eut qu'une envie : le lancer dans le lac.

– Je vais chercher la trousse, dit Wade dans son dos.

Elle hocha distraitement la tête avant d'appuyer sur l'écran.

– Harri ? ! Oh mon Dieu !

– Bonjour, maman. Comment vas-tu ?

– Je ne vais pas bien ! cria sa mère.

La jeune femme éloigna l'appareil de son oreille en grimaçant, tandis que Wade revenait et s'asseyait près d'elle sur le divan, la trousse sur les genoux.

– Que se passe-t-il ?

– Tu n'es pas sérieuse, j'espère ? Tu ne donnes pas de nouvelles ! J'ai cru que tu étais morte, que cet homme – comment s'appelle-t-il déjà ? Enfin, peu importe – t'avait agressée et laissée dans le caniveau, que sais-je encore ? Tu nous as fait une peur bleue !

– Je suis désolée, maman, murmura Harriet, au bord des larmes.

Elle était exaspérée, fatiguée et n'avait qu'une envie, raccrocher.

– Tout se passe bien, poussinette ? demanda sa mère d'un ton radouci. Ta voix est lasse…

Tu parles...

– Oui, maman, tout va bien. Je rentre demain comme prévu. Je suis seulement un peu fatiguée, c'est tout.

La phrase à ne pas dire.

– Je le savais ! Manges-tu adéquatement ? Ton compagnon te traite bien ? As-tu eu des malaises ?

Le front maintenant appuyé sur ses doigts pendant qu'elle entendait Wade fouiller dans la trousse près d'elle, Harriet soupira.

– Tout va bien, maman, je t'assure. Je mange bien et je prends soin de moi. Je suis désolée de vous avoir inquiétés.

– Tu es ce que nous avons de plus précieux, Harri, tu le sais bien…

Harriet serra les dents. Une envie de révolte la saisit, comme si elle avait quinze ans et qu'elle en avait marre de se faire interdire de sortir par ses parents. Sauf que la comparaison était boiteuse, puisqu'elle n'était jamais sortie à quinze ans.

– Je sais. Je vous appelle demain. Je t'embrasse.

Une fois qu'elle eut raccroché, elle résista à l'envie de lancer le téléphone dans les flammes.

– Bon, tournez-vous vers moi pour que j'examine votre front. J'ai hâte d'aller me doucher, moi aussi.

– L'entaille est propre, et pas assez profonde pour nécessiter des points, j'ai vérifié, déclara-t-elle en se tournant tout de même vers lui. Pour le genou, c'est probablement une entorse. Si vous avez de la glace, ça fera l'affaire.

Le ton froid le surprit, mais il commençait à comprendre certaines choses. Il referma la petite valise.

– Très bien. C'est vous qui voyez, poussinette.

Outrée, la jeune femme ouvrit la bouche quelques secondes.

– Vous avez tout entendu ? !

– Difficile de faire autrement, constata Wade. Votre mère hurlait dans le téléphone… Bon, je vais me laver ! Je nous préparerai un en-cas après. Oh ! Par contre, j'aime Harri. Ça sonne plutôt bien.

Sans comprendre pourquoi, la blessée se sentit rougir.

Son logeur se leva et s'apprêtait à quitter le salon avec la trousse de premiers soins dans une main, lorsque la voix de Harriet, bien moins sûre d'elle, résonna dans son dos.

– Wade ? Euh… merci. J'ai eu vraiment peur, tout à l'heure. Dans la forêt.

Wade stoppa son élan. Les mots percutèrent sa colonne et ses omoplates, traversèrent ses poumons en lui coupant le souffle, heurtèrent son cœur en l'affolant un peu, et lui filèrent la chair de poule en ressortant par sa poitrine. Des mots lumière, porteurs d'une vérité qu'il combattait, mais qui était plus forte que lui.

Il ne voulait pas qu'elle parte demain. Et Dieu lui en soit témoin, il aurait préféré avoir hâte qu'elle déguerpisse.

Lentement, il se retourna.

Prudemment, il revint vers elle.

Doucement, il mit une main sur l'accoudoir du canapé et se pencha.

Il la vit retenir son souffle puis écarquiller les yeux, comme si elle croyait qu'il allait l'embrasser. Il en avait envie, mais il se contenta de l'observer gravement pendant plusieurs secondes. Elle avait des taches de rousseur sur le nez et les joues. Jolies.

– Je vous ai sauvée.

La rescapée reprit de sa superbe devant le ton satisfait que Wade avait employé. Il était si facile de la faire changer d'humeur, sa fierté mal placée s'avérait une protection que l'homme apprenait à déjouer. Elle approcha à son tour son visage, puis fronça le nez.

– Vous devriez vraiment aller prendre une douche, maintenant.

Harriet Hopper était une femme complexe aux mille facettes. Wade avait de quoi s'étonner avec elle. Il rit et se dirigea vers la salle de bain.

CHAPITRE 17

(SE FAIRE) CUISINER

Le bruit de la douche venait de cesser et Harriet était en train de prendre des glaçons pour les déposer dans un linge, lorsque son mobile sonna de nouveau. En équilibre précaire, elle le sortit de sa poche et referma du même coup la porte du congélateur.

Numéro masqué.

Elle déposa l'appareil ainsi que son butin sur le comptoir, et répondit en mettant l'appel sur haut-parleur.

– Allô ?

– Bonsoir, Harriet. Ta mère vient de m'appeler, au bord de la crise d'angoisse. Que se passe-t-il ?

Mortifiée, la jeune femme imagina le docteur Foster en plein repas entre amis, dérangé par l'appel intrusif de sa mère. Elle entendait des voix derrière son médecin ; elle n'était probablement pas si loin de la vérité...

Harriet leva les yeux et appuya ses deux mains sur le comptoir, observant la lune se reflétant sur le lac, dans l'espoir de se calmer. Son cœur battait vite, elle était furieuse contre sa mère et intimidée par la voix toujours bienveillante de Robert Foster.

– Il ne se passe rien, docteur. Je suis en voyage à vélo, alors je suis juste un peu fatiguée.

Toute sa vie lui paraissait dorénavant appartenir à une autre planète, et parler avec lui ou ses parents l'agaçait. Elle se sentait envahie dans son cocon boisé.

– C'est bien, un petit voyage ! Pas de douleur récurrente dans tes vertèbres thoraciques ?

– Non.

– Pas de bosse ou d'enflure dans ton dos ?

– Non plus.

– Pas de fièvre ? De fatigue extrême ?

– Non, docteur Foster. Je suis tombée, je me suis blessée au genou et ouvert le front, mais si vous le dites à ma mère…

– Elle enverra un hélico, pouffa le médecin. Harriet… hésita-t-il avant de reprendre un ton plus déterminé, te souviens-tu de l'âge que tu avais quand nous nous sommes rencontrés ?

– Quatorze ans, souffla-t-elle en agrippant le bord du comptoir.

La glace fondait dans le linge, près de sa main.

– Et dis-moi, quel âge avais-tu lorsque tu as sonné la cloche, alors que j'étais là avec toute l'équipe pour t'applaudir ?

– Dix-huit, dit-elle dans un murmure douloureux.

– Hum, si ma mémoire est bonne, ton anniversaire est bientôt, n'est-ce pas ?

Harriet sourit à son reflet dans la fenêtre.

– J'aurai trente et un ans demain. Vous avez bonne mémoire, docteur.

Laisser s'étirer le silence était une technique du médecin à laquelle Harriet avait goûté plus d'une fois. C'était souvent le signe annonciateur d'une vérité un peu crue.

– Ne crois-tu pas qu'il serait temps de t'imposer auprès de tes parents ? Vis ta vie comme tu l'entends et cesse de tout craindre, Harriet. Ce contrôle extrême de ta santé est un héritage de ta mère. Sors de cette cage... et profite pleinement, tu l'as mérité bien plus que la majorité des femmes de ton âge. Tu vas bien, maintenant.

Harriet essuya sa joue et éclata d'un rire teinté d'un sanglot.

– Merci, docteur Foster. Retournez auprès de vos amis, maintenant.

– Nous célébrons les fiançailles de ma plus jeune, ça ne me rajeunit pas ! déclara le bon médecin en riant. Appelle-moi si TU en ressens le besoin, Harriet. On se voit le mois prochain pour ton examen médical annuel.

Elle mit fin à l'appel après avoir transmis ses félicitations à l'homme qui avait joué un rôle de premier plan dans son adolescence escamotée. Les examens médicaux annuels du docteur Foster auraient pu s'espacer dans le temps depuis belle lurette, mais la mère de Harriet tenait mordicus à ce que la fréquence des rendez-vous demeure régulière.

Perdue dans ses souvenirs et dans la contemplation du lac, Harriet décela du mouvement dans le reflet de la fenêtre et Wade arriva près d'elle pour fouiller dans le réfrigérateur.

– Je meurs de faim, pas vous ? grogna-t-il, penché sur les tablettes pleines de victuailles. Allez mettre la glace sur votre genou, pendant que je nous prépare un énorme sandwich avec le restant de bœuf d'hier.

Harriet referma le linge contenant la glace et, son baluchon à la main, hésita en observant le profil de l'homme.

– Un sandwich ? Et vous y mettrez des légumes ? Je peux faire une salade…

Wade se retourna lentement en appuyant sa main sur le dessus de la porte du réfrigérateur.

– Vous voulez vous en occuper ? la défia-t-il.

Elle eut bien envie de le prendre au mot, mais son genou l'élançait et s'appuyer sur une seule jambe n'était pas de tout repos. Elle haussa les épaules et secoua la tête, puis prit le chemin du salon en claudiquant.

Lorsqu'elle étendit ses jambes sur le canapé et qu'elle releva le pantalon trop grand sur celle de droite, Harriet grimaça. Son genou ressemblait à un pamplemousse. Elle coiffa l'indésirable agrume du linge rempli de glace, et prit quelques secondes pour s'habituer à la désagréable sensation.

Dans la cuisine, elle entendait Wade s'affairer à la préparation de leur repas. Elle tourna la tête. L'observer popoter avait quelque chose d'étrange, l'impression d'une soirée au caractère intime, d'un rendez-vous où il chercherait à lui plaire. À l'impressionner.

– Vous avez l'air à l'aise dans une cuisine, lui dit-elle par-dessus le dossier du canapé.

Il haussa les épaules, mais ne releva pas les yeux, concentré à couper les sandwichs en deux.

– Brenda, ma femme, n'arrivait qu'à créer différentes variations de l'apocalypse dans une cuisine. C'est moi qui m'occupais des repas.

Ce coup fut plus dur que le choc de la roche sur son front, un peu plus tôt. Harriet se prit une bombe dans le plexus, et se remonta un peu contre le dossier rembourré du divan.

– Votre femme ?

– Hum.

– Que lui est-il arrivé ?

Wade ne releva pas la question et se retourna pour se laver les mains. Elle compatissait, la douleur de perdre l'être aimé devait être épouvantable.

– Elle est morte ? Elle a eu un accident ? Une maladie ? Oh mon Dieu, elle s'est noyée dans le lac, c'est ça ?

Une assiette dans chaque main, Wade rejoignit la rousse qui le regardait dans une attente horrifiée, une main sur la bouche et les yeux grand ouverts. Il plaça les assiettes sur une petite table qu'il approcha, puis loucha sur les jambes qui occupaient tout l'espace sur le canapé.

Après une infime hésitation, il souleva délicatement les mollets de Harriet et s'installa sur le divan à ses côtés, en déposant les jambes de la jeune femme sur ses cuisses.

Puis, il se pencha, prit les deux assiettes et lui en tendit une qu'elle ne saisit pas. Amusé, il avança la tête comme pour lui faire une confidence.

– Elle est partie, Harri. Pas partie dans un autre monde, juste partie dans une autre ville. Avec un autre homme.

– Oh.

– Oui, Hopper. Oh.

Il attendit qu'elle prenne son assiette d'une main distraite, puis déposa son propre butin sur l'accoudoir et mordit dans son sandwich.

Alors, Harriet réalisa que ses jambes étaient sur lui. Que sa femme était partie. Qu'il lui avait préparé un sandwich qui avait l'air délicieux. Mais plus que tout, elle réalisa qu'elle voulait en savoir plus sur Brenda. Une curiosité malsaine, et une envie de la détester d'emblée.

Elle mordit dans son sandwich pour assimiler tout ça, ne put retenir un « hum ! » gourmand. Il avait mis de la mayonnaise, de la moutarde de Meaux, du brie aussi. Mais le docteur Foster avait dit de profiter de la vie. Ce sandwich était à se rouler par terre.

– C'est quoi, la cloche que vous avez sonnée à dix-huit ans ?

Une bouchée bloquée dans la joue, la jeune femme se figea. Wade avait étendu un bras sur le dossier du canapé et son autre main émiettait son pain dans son assiette. Encore une fois, il ne l'observait pas.

– Ce ne sont pas vos affaires, déclara-t-elle brusquement.

Elle se mit ensuite à mâcher sa bouchée, puis dégagea prudemment ses jambes de sur lui. Une fois retournée vers le feu, les chevilles sur la table basse et la glace replacée sur son genou, elle grimaça.

– Il y a trop de viande dans mon sandwich. Tenez, je vous le laisse.

Wade prit l'assiette sans dire un mot.

– Et je crois que j'aimerais dormir, continua-t-elle sur un ton pincé. Ça vous ennuierait de m'aider à déplier le canapé ?

– Comme vous voulez, princesse.

Harriet renifla avec dédain, Wade se retint d'exploser. Elle lui faisait vivre le chaud et le froid en permanence, c'était fou, ça ! De toute évidence, c'était une tactique pour éviter de se confier à lui. Elle aurait pu simplement lui dire qu'elle ne souhaitait pas en parler, mais ça ne semblait pas faire partie de ses habiletés sociales.

Il se leva et alla chercher des couvertures et un oreiller, une belle occasion de prendre trois grandes inspirations. Fermer les doigts sur les plumes de la couette au lieu de les enrouler autour du cou de son invitée. Un exutoire moelleux plus que bienvenu.

Quand il revint au salon, elle avait commencé à retirer les coussins du canapé. Il s'approcha et saisit la poignée pour ouvrir le lit.

– Je crois qu'il faut soulever les coussins du dossier, avant.

Il lui jeta un regard noir, elle mit les mains sur les hanches et leva le menton.

Wade poussa la table basse du pied pour faire de la place.

– Vous ne devriez pas la placer si près du feu. Les tisons…

À bout de patience, frustré, l'homme se releva sans avoir ouvert le lit, replaça la table basse, et se dirigea vers l'escalier pour rejoindre son propre lit.

– Mais… !

Un pied sur la première marche, il se retourna.

– Vous avez l'air de savoir ce qu'il faut faire, alors je vous laisse. Bonne nuit, Hopper.

Une fois sur la mezzanine à aire ouverte où on ne retrouvait que son lit, une commode et deux fauteuils orientés vers les grandes fenêtres donnant sur le lac, Wade éteignit les lumières, et rit silencieusement en entendant le flot de surnoms barbares dont elle était en train de l'affubler.

N'empêche, cette cloche le taraudait.

CHAPITRE 18

S'OBSERVER DE HAUT

Le feu n'était plus que braise, en train de s'éteindre.

Dans le foyer, seulement.

Dans l'esprit de Wade, ça flambait toujours. Les questions le brûlaient, la frustration aussi.

Les avant-bras sur la rambarde de la mezzanine, il l'observait dormir. Elle avait remis les coussins sur le canapé et s'était étendue dessus sans l'avoir déplié. Dormir n'était peut-être pas le mot approprié ; il entendait les couvertures se froisser lorsqu'elle bougeait, et une plainte étouffée s'échappait parfois dans le silence de la maison. Elle devait avoir de la difficulté à trouver une position confortable, avec son genou blessé.

La lune était plutôt voilée, de sorte que l'intérieur de la maison était plus sombre que lors des nuits de ciel dégagé. Et Wade ne trouvait pas le sommeil. Il pensait à Brenda, à sa douceur et à son calme inébranlable, à sa personnalité effacée, à cette vie sans vague qu'ils avaient connue, jusqu'à ce qu'elle lui annonce qu'elle voulait plus, et qu'elle n'était pas heureuse dans cette existence paisible. Du jour au lendemain, elle était partie avec le médecin nouvellement installé à la clinique du village, en décapotable rouge, comme dans les films. Et lui s'était senti misérable et ennuyant.

Le chat sauvage qui était étendu sur le canapé n'avait rien à voir avec Brenda. Hopper était caractérielle, égoïste et imprévisible. Mais merde, elle le faisait revivre. La colère, l'inquiétude, la curiosité... le désir ? Toutes ces émotions ne faisaient plus partie de son quotidien depuis un bon moment. Il avait envie de se bagarrer avec elle à propos de tout et de rien, juste pour le plaisir de la voir redresser le menton et le défier.

À vrai dire, Wade avait compris.

Elle avait peur. Harriet Hopper avait peur de tout. Et quand on a peur, on essaie de tout contrôler. Avoir le contrôle, c'est rassurant.

Il se redressa et entreprit de descendre l'escalier sans faire craquer le bois des marches. Il tenta une approche furtive du foyer, pour y ajouter une bûche. Les soirées étaient de plus en plus fraîches et il eut un petit accès de culpabilité en se disant qu'effectivement, Harriet avait dû frissonner dans le pavillon, lors des nuits précédentes. Un tout petit accès de culpabilité. Accroupi devant l'âtre, il sourit en y ajoutant un rondin de bouleau, le plus doucement possible.

– Quand j'avais quatorze ans, j'ai commencé à ressentir des douleurs au dos.

Le murmure un peu rauque et timide lui commanda de ne pas bouger. Accroupi sur les chevilles, les avant-bras sur les genoux et les mains jointes au milieu, il regarda l'écorce du bois s'enflammer en crépitant.

– Mes parents disaient que c'était normal. Des poussées de croissance. Mais c'est devenu insupportable.

Harriet soupira et ramena ses mains sous l'oreiller, couchée en chien de fusil autant qu'elle en était capable. Elle voyait le dos de Wade, et ses fortes épaules en contre-jour. Elle percevait le découpage de ses muscles sous le tissu de son t-shirt. Il aurait pu avoir l'air menaçant, mais elle se sentait curieusement en confiance, malgré toute la frustration qu'il lui faisait ressentir depuis trois jours. Prête à lui confier des choses que même Seth n'avait jamais sues. Que personne n'avait jamais sues.

– Un ostéosarcome, souffla-t-elle. Une tumeur cancéreuse dans les vertèbres. C'est drôle, mais le souvenir le plus marquant que j'ai du diagnostic, c'est l'anéantissement de mes parents. Ma mère a hurlé dans ma chambre d'hôpital pendant dix minutes. Moi, j'étais tétanisée.

Wade se releva avec lenteur. Comme elle s'apprêtait à se redresser pour lui faire une place sur le canapé, il arrêta son élan en posant une main sur sa hanche.

– Restez comme ça.

Il s'assit simplement par terre, le dos contre le divan, un genou relevé, le visage toujours tourné vers les flammes. En tendant la main, elle aurait pu glisser les doigts dans ses cheveux, caresser son menton et sa joue, ou, s'il lui lançait une phrase insolente et provocatrice, lui enfoncer un doigt dans l'oreille.

Elle sourit et replongea dans ses souvenirs.

– J'ai reçu mon premier traitement de chimiothérapie à quatorze ans. J'ai cessé l'école, eu des hauts et des bas, beaucoup de bas. Au début, mes amies venaient me rendre visite, mais la maladie s'est étirée sur plusieurs années. Elles ont continué leur vie, je ne leur en ai pas voulu.

Les appels joyeux de ses amies s'étaient espacés. Elle n'avait rien à raconter et ses copines censuraient la majeure partie de leur formidable emploi du temps d'adolescentes normales, pour ne pas lui faire de peine. C'était devenu trop lourd.

– J'ai passé quatre ans en traitement, sans parler des opérations. Ma mère a cessé de travailler, elle m'enseignait ce qu'elle pouvait et engageait parfois des professeurs privés, quand j'étais assez en forme. Je n'ai pas eu d'anniversaire gigantesque à seize ans, pas de cérémonie de remise de diplôme, pas de bal des finissants. J'étais avec maman, vingt-quatre heures sur vingt-quatre.

Harriet se retourna lentement sur le dos et fixa le plafond sans vraiment arriver à le voir, tant il était haut. La lueur des flammes ne rougeoyait pas jusque-là.

– Il y a une cloche, au département d'oncologie de l'hôpital où on m'a traitée. Les enfants la sonnent avec toute la vigueur dont ils sont capables après leur dernier traitement. Je l'ai fait à dix-huit ans. Je connaissais tout le monde sur l'étage. Ironiquement, je n'avais pas envie de partir, ce jour-là. En dehors de cette équipe, je n'avais plus personne, termina-t-elle avec un rire sans joie.

Le silence s'invita dans la maison, une fois de plus. Le crépitement du bois qui se consumait aidait Harriet à garder contact avec ce qui l'entourait. La discrète odeur de savon qui émanait de Wade aussi.

– Je suis fatiguée, Wade.

– Je vais vous laisser.

– Non, ce n'est pas ce que je veux dire. Mes parents ont eu beaucoup de difficulté à avoir un enfant, eux qui rêvaient d'une famille nombreuse. Ils sont formidables, vous savez. Mais ils me répètent sans cesse que je suis ce qu'ils ont de plus précieux, et que je dois faire attention à ma santé. Je mène une vie irréprochable, presque monacale. Maman martèle que je suis un miracle, et que je dois en être digne.

– C'est beaucoup de pression, murmura-t-il.

– Et je ne m'en étais jamais aperçue, avant d'atterrir ici. C'est insensé. Votre maison, le lac… c'est comme un refuge, un havre…

En tournant la tête vers lui, elle découvrit qu'il l'observait. Elle en fut gênée et se racla la gorge en tentant de se relever. Une main appuya sur son épaule.

– Cessez de revêtir votre cape d'invincibilité, Harriet. Vous n'en avez pas besoin avec moi.

La main restait là, le pouce caressait l'épais chandail à hauteur de la clavicule.

– Je crois que ça explique bien des choses, risqua-t-il, prudent.

Comme il s'y attendait, elle fronça les sourcils et serra les mâchoires un instant, mais finit par reprendre sa position initiale sur le côté. Leurs visages étaient à quelques centimètres l'un de l'autre.

– Je vous écoute.

– Vous avez de la difficulté à entrer en relation avec les gens. Vous êtes sans doute habituée à être servie et ménagée par vos proches. Vos besoins ont probablement toujours passé au premier plan... Vous n'avez pas le réflexe de vous mettre à la place des autres, ni de vous faire passer en deuxième.

Il était prêt à tout. Un coup de poing, un crachat au visage, une claque derrière la tête. Toutes ces options passèrent peut-être dans l'esprit de la rousse. Pourtant, elle se contenta de plisser les yeux, fixant les flammes sans réellement les voir.

– Possible.

Un grondement incongru mit fin au moment, et Harriet se sentit rougir de honte, tandis que Wade riait. Il ne l'avait pas quittée des yeux. Elle grimaça adorablement.

– Avez-vous gardé mon sandwich ? Je n'en ai pris qu'une bouchée, et...

– Dans le frigo. Je vais vous le chercher.

Rester seule quelques secondes permit à Harriet de reprendre ses esprits. Elle se sentait apaisée, soulagée d'un poids. Une fois assise, elle glissa ses cheveux derrière son oreille et replia sa jambe valide sous elle, puis étendit l'autre sur le canapé. Lorsque Wade revint et lui tendit son assiette, elle fit un mouvement pour soulever sa jambe afin qu'il s'installe comme il l'avait fait un peu plus tôt, mais il déclina d'un signe de tête et s'assit plutôt sur le large accoudoir, face à elle. Elle prit une bouchée de son sandwich et lui adressa un sourire reconnaissant, qu'il lui rendit.

– Combien de temps durent vos vacances ?

– Deux semaines, articula-t-elle du mieux qu'elle le put, la main devant la bouche pour ne pas lui offrir une vue sur la nourriture qu'elle mastiquait.

Il glissa ses coudes sur ses cuisses.

– Restez tant que vous le voulez, Harri. Prenez le temps de vous poser, profitez du havre, comme vous dites. Et si vous me laissez déplier le canapé-lit sans vous en mêler, vous serez beaucoup plus à l'aise, vous verrez.

Elle baissa la tête, contrite.

– Je voulais seulement vous aider…

Il expira bruyamment.

– Je ne crois pas. Vous vouliez sentir que j'avais besoin de vous. Et vous le faites probablement souvent avec les gens pour vous sentir incluse et compétente, sauf que vous ne réalisez pas à quel point c'est chiant.

Elle remit son sandwich dans son assiette en roulant les yeux.

– Oh, vous n'allez quand même pas vous prendre pour un chaman ou un truc du genre ! Je n'ai pas besoin d'une thérapie, merci.

Le rire de Wade coupa son élan de protestation. L'homme se leva du canapé et, rendu à la hauteur de la jeune femme, se pencha vers elle. Harriet releva la tête, son assiette toujours sur ses cuisses. Il lui tendit la main pour l'aider à se mettre debout, saisissant du même coup les restes de son repas qu'il déposa sur la table basse. Puis, il déplia le canapé sans que Harriet intervienne, avant de placer les draps et les oreillers. Elle lui adressa un sourire reconnaissant et s'installa sous les couvertures, que Wade remonta sur elle. Son visage à quelques centimètres de celui de la blessée.

– Bonne nuit, Harri. Et…

Sa grande main glissa sur son cou et s'enfouit dans ses cheveux sur sa nuque. La jeune femme se raidit de surprise. Puis, elle sentit un baiser sur son front. Un baiser doux, un peu hésitant.

– … joyeux anniversaire.

Le temps qu'elle assimile tout ce qui venait de se passer en gestes et en paroles, il était déjà en train de gravir l'escalier.

Elle avait trente et un ans. Pourtant, elle se sentait renaître.

CHAPITRE 19

LES DOMAINES DU COACHING

Après le départ de Wade et cette conversation où elle s'était livrée comme jamais, Harriet avait bien dormi. Déballer son vécu à un inconnu et, en plus, accepter les quatre vérités dont il l'avait gratifiée en la poussant à se remettre en question avait quelque chose de libérateur. Décidément, son séjour en sol rural lui allégeait les épaules.

Et la douceur de ce baiser sur son front...

Elle en avait eu les larmes aux yeux. Seth était d'une tendresse incroyable quand ils formaient un couple et avait toujours de petites attentions pour elle. Mais le geste de l'homme qui l'hébergeait, la nuit dernière, avait provoqué l'émergence d'un désir nouveau : celui de s'abandonner. Laisser quelqu'un piloter à sa place. C'était surprenant. Elle se sentait petite devant lui, et non au-dessus comme souvent avec les gens. Petite ne voulait pas dire *écrasée*, cependant. C'était plutôt une envie de le laisser prendre les rênes, sur certains aspects.

Ce matin-là, elle clopina vers la cuisine avec l'intention de préparer le café, parce que ça lui faisait réellement plaisir. Elle laissa son téléphone sur le comptoir et prit la carafe pour y mettre de l'eau. Se faisant, elle tenta de s'appuyer sur son genou raide et encore douloureux.

– Aïe.

– Mauvaise idée, grommela une voix grave derrière elle. Il n'y a même pas vingt-quatre heures que vous l'avez tordu, laissez-lui le temps...

– Et dire que c'est moi l'infirmière, répondit-elle en soupirant, mais avec un sourire moqueur.

Elle ressentait quand même de la gêne de se retrouver face à lui, ce matin. Cette nuit, dans la faible lueur des flammes, les confidences avaient été faciles. Maintenant, les rayons du soleil diffusaient une lumière franche qui ne laissait place à aucune cachette. Et, à la façon dont Wade l'observait présentement, Harriet était certaine qu'il avait parfaitement capté la rougeur de ses joues.

– Bien dormi ?

– La deuxième partie de la nuit, beaucoup mieux. Et vous ? demanda-t-elle, tandis qu'il lui prenait la carafe des mains et vidait l'eau dans le percolateur.

– Moi aussi.

Pendant qu'elle sortait deux tasses d'une armoire, Wade ajouta le café dans la machine et la mit en marche. Ils se retrouvèrent ensuite face à face, séparés par l'îlot. Entre eux, deux tasses et un téléphone mobile décoraient le silence.

Entre doutes et désir, Wade frotta son menton avec ses doigts pendant plusieurs secondes, pensif. Harriet tenta de s'éloigner de l'îlot pour aller prendre une pomme dans le saladier. Non pas qu'elle avait tant envie d'un fruit, mais elle voulait occuper ses mains.

Un problème se posa pourtant. Un problème sous forme de doigts qui la retinrent par le chandail sur sa taille. Le souffle en cavale, elle se laissa retourner de nouveau face à lui, pivotant sur sa jambe valide, mais quand même un peu tremblante.

Presque nez à nez avec Harriet, Wade réalisa à quel point sa locataire était grande. Pas autant que lui, mais tout de même assez pour qu'il ait à peine besoin de pencher la tête pour lui parler dans le blanc des yeux. Ou l'embrasser. Il glissa une main dans ses cheveux, sur sa nuque, comme il l'avait fait quelques heures plus tôt. Elle ferma les yeux, puis pencha la tête sur son bras.

– Harri, je...

Il crut qu'une sonnerie lui intimant de ne pas aller plus loin se déclenchait dans son cerveau, et il sursauta. Puis, il réalisa que la jeune femme aussi avait tressailli, et que le son provenait de l'appareil posé sur l'îlot. Harriet se pencha brièvement pour voir sur l'écran l'identité de l'appelant, puis se redressa en reculant un peu, comme si elle s'était brûlée.

– Pas lui, en plus ! Je ne veux pas lui parler...

Wade fronça les sourcils et étira le cou, puis eut un ricanement mauvais. Son mouvement du bras fut trop rapide pour qu'elle puisse l'empêcher de saisir le téléphone.

– Moi, je veux bien causer avec lui. Allô ? ... Oui, vous êtes au bon numéro. Que puis-je pour vous ? ... Wade Larson, le propriétaire du garage où vous avez abandonné Harriet. ... Quoi ? Ah ouais, mort d'inquiétude, elle est bonne celle-là ! ... Et dis-moi, espèce de sans-cœur, dans les trois derniers jours, ça ne t'a pas effleuré l'esprit de l'appeler pour savoir si elle était bien rentrée ? ... Ouais, c'est ça. ... Au coin du chemin Craig, c'est noté. ... Non, elle ne veut pas te parler... C'est ça, débarrasse, pauvre con !

Lorsqu'il raccrocha, Harriet avait la bouche ouverte et les yeux ronds comme des roues de bicyclette.

D'un calme olympien, Wade déposa le téléphone et s'empara des deux tasses pour les remplir au percolateur. Il lui en glissa une entre les mains, puis mit un peu de lait dans son propre café et s'adossa au comptoir, amusé. Elle finit par se secouer les puces et fit un signe de la main l'invitant à se lancer.

– Le fermier chez qui vous avez laissé vos voitures a appelé le blanc-bec ce matin pour savoir quand vous aviez l'intention de revenir. Vos voitures commencent à le gêner. Du coup, l'imbécile a compris que votre véhicule était encore là et, je cite, il était « fou d'inquiétude ».

– Il est gonflé ! souffla Harriet.

– Jusqu'au cerveau. Toujours est-il que j'aimerais avoir vos clés pour aller chercher votre auto. Non, pas question que vous m'accompagniez, la devança-t-il en levant une main en l'air. Votre genou a encore besoin de repos.

Puis, il se mit à boire son café en silence et Harriet fit de même, sourcils froncés.

– Même lui me déteste, grinça-t-elle. Après vingt-quatre heures, il n'était déjà plus capable de me voir en peinture, termina-t-elle en se massant le front de ses doigts.

Un frisson courut sur sa peau sous l'épais chandail, lorsque Wade s'approcha d'elle et laissa glisser sa main de son épaule à son poignet.

– C'est un idiot. Il ne mérite pas que tu lui accordes de l'importance.

Le son grave de sa voix, le conseil à la deuxième personne, le souffle sur son front, tout lui commanda de lever la tête. Docilement. Un adverbe qui n'avait jamais autant fait partie de ses actions que depuis qu'elle était ici.

Les yeux sombres de Wade se plissèrent, comme s'il avait une dernière hésitation, puis il lui prodigua un sourire adorable et une caresse sur la joue. Un arôme de café et de tendresse plana entre les deux.

– Tes clés.

Harriet lui aurait donné tout le contenu de son maigre bagage, s'il le lui avait demandé. Elle était complètement hypnotisée par la voix et la proximité de l'homme incroyablement viril qui lui tenait la hanche. Elle s'agrippa à sa chemise sur son bras.

– Dans mon sac.

Les trois syllabes lui avaient demandé toute sa concentration.

– Je reviens. Ne fais pas de bêtises.

Elle hocha la tête, et il s'éclipsa après avoir saisi son téléphone et son portefeuille sur la console, comme les autres matins. Lorsque le claquement de la porte d'entrée confirma le départ de Wade, Harriet se laissa glisser doucement sur la chaise la plus proche.

– Eh ben, ça alors…

Bruno vint lui lécher la main pour lui rappeler que lui aussi existait. Jaloux.

* * *

Pendant ce temps, Wade lançait un appel en mains libres dans sa camionnette.

– Humph ?

– Lève-toi, paresseux, j'ai besoin de toi pour aller récupérer une voiture.

– Tu as retrouvé ta locataire ? grogna le dormeur.

– Je l'ai retrouvée, confirma Wade, un sourire dans la voix. Je suis chez toi dans deux minutes.

– Tu fais chier.

Wade ricana et mit fin à l'appel.

Malgré ses protestations, Joshua l'attendait sur son perron, assis, en train d'attacher ses bottes. Ses longs cheveux étaient malmenés par le vent, et tandis que Wade se garait, le jeune homme saisit l'élastique qu'il avait entre les dents et attacha sa tignasse dorée. Vêtu d'une épaisse chemise à carreaux doublée qui le gardait sûrement au chaud dans la fraîcheur du matin, il prit la tasse isotherme posée près de lui et se leva. Il rejoignit le véhicule en traînant le pas.

– Un jour, faudrait que tu comprennes que je me couche à trois heures du matin, moi, grommela le tenancier du Blitz en refermant sa portière.

– Je l'ai compris, répliqua Wade avec calme. C'est ce qui fait que tu es disponible ce matin. Et y avait longtemps qu'on avait passé du temps ensemble, alors on fait d'une pierre deux coups, tu devrais être content…

Josh grogna et se tourna vers la vitre en rongeant l'ongle de son pouce. Wade et lui se connaissaient depuis toujours, même si le conducteur de la camionnette était un peu plus âgé.

– Et on va où ?

– À la jonction du chemin Craig. La ferme de Grimson.

– T'es pas sérieux ?! C'est presque sur Mars ! Avoir su, j'aurais apporté ma brosse à dents et des vêtements de rechange...

Wade sourit à la route devant lui. Josh n'était pas, mais vraiment pas matinal. Un oiseau de nuit qui se réalisait pleinement dans son bar.

– Alors, raconte-moi ce qu'il s'est passé hier soir, avec ta rousse, s'enquit le jeune homme après avoir pris une gorgée de café.

Wade se gratta le cuir chevelu quelques instants en se demandant ce qu'il s'était passé hier soir. Beaucoup de choses. La route n'était peut-être pas assez longue, finalement.

– Je l'ai trouvée dans la forêt, blessée. Elle avait tenté de rattraper Bruno qui lui avait filé entre les doigts. Sur le coup, je me suis demandé si je la laissais là, conclut-il avec un rire qui lui parut faux.

Josh tourna la tête vers lui, appuyé contre sa portière.

– Me la joue pas macho et détaché, Wade. Elle te plaît, cette fille. Si tu avais vu ta tête quand tu t'es pointé au bar, j'ai cru que t'allais me péter un infarctus du myocarde. Et vu qu'on n'a plus de médecin, depuis qu'il est parti en roulant sur l'arc-en-ciel avec Brenda...

– Ah ouais, c'est malin, ça. Très drôle, je te remercie, bougonna Wade, tandis que Josh riait doucement.

– Ce que je veux dire, c'est que tu devrais... Je sais pas. Tu devrais saisir cette occasion, elle a un je-ne-sais-quoi, même si elle a foiré sa première impression avec la moitié des gens du village.

– Dis pas de conneries, Josh. Cette fille n'est que de passage. Elle s'en va dans quelques jours.

– Comme tu veux.

Le silence investit l'habitacle de la camionnette pendant plusieurs minutes, jusqu'à ce que Wade décide de plonger. Son ami avait presque terminé son café, ça devrait le faire.

– Et toi, Josh... Parle-moi de Lydia.

– Je ne connais pas de Lydia, tu dois faire erreur, répondit le passager sur un ton d'avertissement.

Wade soupira.

– C'est triste de vous voir, tous les deux, chacun dans votre coin à souffrir. D'aussi loin que je me souvienne, tu l'as toujours eue dans la peau...

– Elle était avec mon frère, je te rappelle.

Bien sûr qu'il se rappelait. Blake, le grand frère de Josh, avait été son meilleur ami pendant plus de vingt ans. Ils avaient tout partagé. Blake avait été son témoin lorsqu'il avait épousé Brenda. À l'époque, Blake était avec Lydia depuis quelques mois. Deux ans plus tard, il encastrait sa voiture sport dans le grand chêne à l'entrée du village, tard un vendredi soir. Wade avait perdu son frère de cœur; Josh, son frère de sang; et Lydia, son premier amour.

– T'as quel âge, Josh? Trente-cinq ans? T'as vraiment comme projet de rester célibataire toute ta vie, et de cacher ta chair de petit poulet sur tes bras chaque fois que Lydia fera entendre sa voix de fée dans le coin du billard?

– Ouais, ben toi, t'en as trente-sept et t'es pas plus avancé, j'te signale.

Les deux hommes exhalèrent un long soupir en même temps, et finirent par éclater de rire.

– On fait une belle paire, Larson. Je devrais m'acheter un chien, moi aussi. Sauf que je lui donnerais un prénom moins cynique que ton Bruno!

Le sourire qui étira un coin de la bouche de Wade n'était pas lié à l'anecdote qui avait donné son nom à son chiot, mais plutôt au fait qu'il venait de se rappeler que Harriet aussi l'accueillerait à la maison quand il reviendrait, tout à l'heure.

Il était dans de sales draps.

CHAPITRE 20

LE PIÈGE

Les yeux dans le vague, tournée vers le lac, Harriet attendait. Elle ne pouvait rien faire d'autre. Assise par terre au bout de la véranda, le pinceau déposé sur le seau de peinture blanche, elle avait appuyé son dos contre la maison et se laissait bercer par le vent et le temps qui s'écoulait.

Lorsqu'elle entendit le camion de Wade approcher sur le chemin de terre, elle redressa un peu les épaules et se mordit la joue.

Zut, zut et rezut.

Puis, elle reprit sa position décontractée. Un peu forcée, cette fois-ci.

Il venait d'entrer dans la maison, elle percevait le bruit de ses bottes sur le plancher. Elle espérait qu'il n'avait pas fait entrer Bruno, et qu'il l'avait laissé attaché à sa longue corde, derrière la maison.

– Harri ?

– Sur la véranda !

Il l'avait sûrement entendue à travers la porte moustiquaire. Lorsqu'elle vit celle-ci s'ouvrir et Wade apparaître sur le pas de la porte, les bras croisés et l'air mécontent, elle afficha son plus beau sourire.

– Tu es une vraie tête de mule. On n'a pas idée de repeindre une véranda avec une blessure au genou !

Harriet prit un air rassurant et le ton de voix qui allait avec.

– Mais non, ne vous en faites pas, j'étais assise et j'ai pris mon temps. Et puis... Je m'étais engagée à le faire, en plus des repas. Vous avez préparé le souper hier soir, alors je voulais terminer ce que j'avais commencé ici. De toute manière, vous le voyez bien, je relaxe en regardant le lac.

Wade haussa un sourcil, puis laissa errer son regard appréciateur sur la véranda repeinte d'un bout à l'autre. Assise à son extrémité, Harriet semblait détendue, et non en souffrance à cause de son entorse.

– Très bien. Tu rentres ?

– Non... Non, je vais rester ici encore un moment.

Quand il disparut à l'intérieur, Harriet souffla de soulagement et jeta un œil inquiet à la surface de bois qui séchait. Avec un peu de chance, il repartirait au garage...

L'homme repassa la tête dans le cadrage de la porte à l'instant même. Harriet sut qu'elle était grillée quand il éclata d'un rire qui résonna en écho sur le lac. Elle crispa les mâchoires.

– Tu es prisonnière, pas vrai ? Tu as peint le plancher de la véranda, tu t'es retrouvée coincée au bout, et là, tu dois attendre que ça sèche.

– Pas du tout, répondit-elle sans le regarder, les lèvres pincées.

– Espèce d'orgueilleuse.

Wade s'assit dans le cadrage, le dos appuyé d'un côté et les pieds de l'autre, en continuant de rire doucement. Elle croisa les bras.

– Harriet, ce n'est pas grave. C'est seulement drôle.

– Non, ça ne l'est pas.

– Bon, d'accord. Et dis-moi, si j'avais été à ta place et que tu m'avais découvert ainsi, quelle aurait été ta réaction ?

La jeune femme fronça les sourcils, puis mit sa main devant sa bouche afin de cacher son sourire. Imaginer Wade, assis au bout de la véranda, coincé pour une bonne demi-heure, était savoureux. Elle aurait sans doute ri et se serait payé sa tête. Oui, elle aurait ri.

– D'accord, vous avez raison, souffla-t-elle à contrecœur. Mais je... je déteste avoir l'air ridicule.

– Pourquoi ?

– J'en sais rien, je…

Bien paraître en toutes circonstances. Garder la tête haute, sa fierté calée sous le menton pour bien la tenir. Sauver la face. Toujours. Harriet ne connaissait pas l'autodérision, elle n'était pas celle qui divertissait les gens ou les faisait rire en racontant des frasques de son passé. Elle trouvait que les gens exubérants étaient… vulgaires. Peut-être parce qu'au fond…

– Je les envie.

Elle avait murmuré en fixant le lac, enfoncée dans l'un de ses premiers voyages intérieurs. Elle était tellement envieuse… de tout le monde. Pas nécessairement pour ce qu'ils avaient, mais pour ce qu'ils étaient.

– J'aimerais avoir cette facilité à être moi-même, à recevoir les critiques, à m'excuser… expliqua-t-elle avec un rire désabusé. Je crois que, dans toute ma vie, vous êtes le seul à qui j'ai présenté des exc…

Harriet n'eut pas l'occasion de finir son mot. Une grande main d'homme venait de cueillir sa joue et, au moment où les lèvres de Wade s'écrasèrent sur les siennes, elle décida que cette conversation était superflue. Elle s'agrippa à son poignet, ferma les yeux et savoura la sensation de cette bouche exigeante qui venait de la faire taire, de la plus troublante façon qui soit. Elle ne l'avait pas entendu s'approcher, il avait dû voler…

Elle se recula brusquement et observa les pieds de l'homme accroupi devant elle.

– Wade ! La véranda !

– On s'en fout. Je la repeindrai.

Sa voix était un peu rauque, caverneuse. Elle se décida à relever la tête vers lui, qui n'avait pas retiré la main de son visage. De son pouce, il caressait sa mâchoire, et la tendresse qu'elle vit dans ses yeux la mit mal à l'aise. Elle tira sur son chandail.

– Je porte des vêtements pratiques depuis quatre jours, je suis affreuse. Et mes cheveux…

– … sont parfaits. Peux-tu mettre ton cerveau à l'arrêt pendant deux minutes, Harri ? Ça nous ferait un bien fou à tous les deux, j'en suis certain.

– Mais…

Devant la panique dans ses yeux, Wade soupira et rompit tout contact physique avec elle. Il demeura accroupi et se demanda comment faire pour apprivoiser la rousse sans l'effrayer. Il gratta son crâne et se releva.

– Tu retournes au garage ? demanda-t-elle prestement.

– Non, nous sommes dimanche. C'est fermé, aujourd'hui. Et d'ailleurs, le Blitz est fermé aussi, le dimanche. Josh nous invite à veiller autour du feu chez lui, ce soir. Ça te dirait ?

– Oh.

Elle prit la main qu'il lui tendait et se mit debout avec précaution, tout en se demandant quoi répondre. Avait-elle envie de passer une soirée avec des gens ? De s'exposer ? Elle n'avait pas fait fureur au Blitz et, s'ils étaient au courant de sa mésaventure dans la forêt, ils risquaient de se payer sa tête allègrement…

– Viens, c'est sec.

En effet, nulle trace visible des bottes de Wade, ce qui confirma à Harriet qu'elle aurait pu rentrer à l'intérieur avant qu'il arrive. Mais alors, elle n'aurait pas ressenti ce feu dans son corps au contact de ses lèvres… Et pourtant, elle l'avait repoussé. Elle n'avait jamais été aussi vulnérable que depuis qu'elle le connaissait, toute sa vie était bousculée : ses croyances, ses principes, ses peurs…

Elle en avait assez d'avoir peur.

– Wade ?

Ils étaient maintenant dans la maison, elle appuyée à une chaise de la table, lui en train de se diriger vers l'entrée, soit pour sortir de la maison, soit pour y laisser ses bottes. Elle ne courut pas le risque de le voir partir.

Lorsqu'il se tourna vers elle, elle cessa de réfléchir.

– J'aimerais… j'aimerais que tu fasses du feu. Et m'allonger sur le divan.

Il fronça les sourcils, elle serra le dossier de la chaise.

– D'accord…

– Avec toi. M'allonger avec toi. Habillée. Dans tes bras. Qu'est-ce que je raconte…? se reprit-elle en se passant une main dans les cheveux. Laisse tomber.

Feignant une bonne humeur exagérée, elle enchaîna:

– Bon, je vais nous faire mijoter quelque chose de bon pour le souper, qu'en dis-tu?

Au moment où elle lui tourna le dos, Harriet l'entendit jurer.

– La seule chose qui va mijoter tout l'après-midi, Harri, c'est toi et moi sur le canapé. Et peut-être Bruno, s'il veut se tailler une petite place à nos pieds. On a eu une nuit trop courte et je trouve que ton idée est la meilleure que tu aies eue depuis celle de louer mon pavillon.

Harriet sourit à l'évier et se dit qu'elle pourrait prendre goût à la spontanéité.

CHAPITRE 21

LES LUEURS

Le soleil commençait à décliner, ayant atteint depuis peu la cime des grands pins. Wade regardait par la fenêtre, étendu sur le dos, une chevelure rousse coulant dans son cou. Ses deux mains étaient occupées. La gauche grattait le cuir élimé du divan au bout de son bras replié, derrière sa tête. Quant à la droite, posée sur la taille de la jeune femme reposant à moitié sur lui, elle servait autant à empêcher Harriet de tomber en bas du canapé, qu'à la maintenir bien serrée contre lui.

Elle avait été longue à s'endormir.

Lorsqu'il s'était couché sur le divan et qu'il avait étendu le bras pour l'inviter à le rejoindre, elle avait évité son regard en se triturant les doigts. Il était certain qu'elle changerait d'avis, et pourtant, elle s'était avancée dans le crépitement des flammes nouvellement allumées et s'était calée dans son bras. Il avait soupiré de bien-être. Pas elle. Pas tout de suite, en tout cas. Il s'était mis à lui parler de tout et de rien, à lui dire que sa voiture l'attendait bien sagement chez Josh, à lui raconter toutes les rénovations qu'il avait effectuées dans la maison de ses parents au fil des ans.

Petit à petit, elle s'était décrispée. Quand sa respiration avait pris un rythme régulier et qu'elle avait eu de petits soubresauts, il avait souri dans la chevelure rousse, et s'était assoupi à son tour.

Le feu n'émettait plus de que de rares crépitements, la braise finissait de diffuser les dernières ondes de chaleur. Raison probable pour laquelle Bruno choisit exactement ce moment pour sauter sur eux et profiter de la tiédeur de leurs deux corps enlacés.

Harriet sursauta lorsqu'une patte lui broya les côtes.

– Bruno ! gronda l'homme en chuchotant. Fais attention !

Tout penaud, le chiot baissa les oreilles et se coucha, la tête sur une des chevilles de Wade.

– J'ai dormi longtemps ? murmura la voix ensommeillée de la jeune femme.

– Presque deux heures, je dirais.

– Tant que ça ?

Elle se frotta un œil et releva la tête pour le regarder. La vue de son visage encore endormi et de la marque sur sa joue causée par un pli dans sa chemise l'attendrit jusqu'aux tréfonds de son âme. Il écarta une mèche de son visage et lui sourit. Dieu qu'il avait envie de l'embrasser.

– J'aimerais bien aller à ce feu chez Josh, ce soir. Ça te dirait de m'accompagner ? demanda-t-il doucement.

Elle se rembrunit et bougea sur le canapé, avant de s'asseoir.

Merde.

Il laissa sa main sur sa hanche, tandis qu'elle passait ses doigts dans ses boucles.

– J'en sais rien… Je n'ai pas de vêtements pour ça, même pas de chaussures… Tu me vois avec des chaussettes de laine dans mes sandales ?

Wade éclata de rire.

– Tu n'auras qu'à mettre le pantalon et le chandail que je t'ai prêtés, hier soir. Pour les chaussures, j'ai peut-être de quoi dépanner et sinon, je suis certain que Lydia se fera un plaisir de t'en apporter. Elle sera là aussi.

– Hum, je ne sais pas trop… Tout le monde va se demander ce que je fais là et, surtout, comment je suis fagotée…

– Tu sais quoi ? l'interrompit Wade. Je suis certain qu'en ce moment même, Paco est en train de se casser la tête en cherchant quoi mettre ce soir.

Harriet pouffa et secoua la tête quelques instants, puis le regarda avec un brin de découragement dans les yeux.

– Comment tu arrives à faire ça ? Je veux dire... Comment tu arrives à te moquer de moi, mais à te montrer rassurant en même temps ? C'est fou, ça.

– Sais pas, répondit-il en haussant les épaules. J'aime quand les choses sont simples et je déteste me prendre la tête. En revanche, je ne déteste pas quand mes phrases te piquent un peu... Quand tu pinces tes lèvres et que tu redresses le menton, je trouve ça amusant.

– Tu t'amuses à mes dépens, c'est charmant...

– Je sais. Allez, approche.

Il mit une main derrière son épaule et suivit le mouvement timide qu'elle amorça vers lui. Elle ferma les yeux et posa ses lèvres sur celles de Wade. Il la laissa mener le bal et dut réfréner ses envies une fois de plus, tandis qu'elle lui donnait un baiser doux comme la brise d'un matin tranquille sur le lac.

– Considère-toi chanceuse que j'aie un chiot sur les chevilles, murmura-t-il contre sa bouche, sinon je t'emporterais dans mes bras et je te ferais admirer la vue de la mezzanine.

– Oh.

Ni une ni deux, la rousse s'était redressée, et même mise debout malgré son genou récalcitrant. Wade soupira et passa sa main sur son visage, souhaitant du même coup y effacer les dernières traces de désir qui pourraient y être encore visibles.

– Allez, ouste, Bruno, je voudrais me lever, maintenant.

Le chiot rechigna, et Wade se fit la réflexion qu'il venait de rejeter son chiot qui avait de grands espoirs de promiscuité, exactement comme Harriet venait de le faire avec sa pauvre personne.

– C'est d'accord pour le feu chez Josh, annonça Harriet avec une bonne humeur nouvelle.

Il soupçonna que c'était sa manière de lui signifier qu'elle ne souhaitait pas passer la soirée seule avec lui, et se prit une bonne dégelée. Qu'à cela ne tienne, il savait maintenant à quoi s'en tenir.

Une fois leur souper frugal ingurgité sur fond de discussion banale tournant principalement autour de la température extérieure et de l'exode rural, Harriet prit place près de Wade dans son camion. Elle avait revêtu le pantalon et le chandail trop grands de son hôte, ainsi que des bottes en caoutchouc qui galochaient à chacun de ses pas, puisqu'elles étaient au moins deux pointures trop grandes.

Dormir dans les bras de Wade, c'était comme confier sa vie à un gardien. Le feu aurait pu se propager dans toute la demeure, elle était certaine qu'elle en serait sortie indemne, et lui aussi. Elle l'avait embrassé quand il en avait exprimé l'envie, et qu'il avait ainsi mis des mots sur son propre désir, qu'elle n'osait formuler.

Et pourtant, elle demeurait cloîtrée derrière une barrière de taille. Celle de l'intimité. Elle n'avait pas apporté les dessous hors de prix qu'elle aimait porter pendant l'amour, et qui lui insufflaient la confiance dont elle avait tant de difficulté à se draper lorsqu'elle se retrouvait dans un lit avec un homme.

Elle avait toujours été mal à l'aise dans l'intimité. Pas de traumatisme ou d'agression passés, rien à voir non plus avec la cicatrice chirurgicale dans son dos, qui avait blanchi avec le temps et n'était pas vilaine. Non, c'était autre chose. Une difficulté à s'abandonner dans la luxure, comme si c'était avilissant. Un sentiment absurde, mais plus fort qu'elle.

Malgré la noirceur installée, Harriet distingua sa voiture dans une allée de gravier qui menait à une maison toute simple en planches de cèdre.

– Tu veux que je t'aide à descendre ? demanda Wade en arrêtant le moteur.

– Non, ça va aller.

– Je m'en serais douté.

Il avait l'air plus tendu que tout à l'heure, et Harriet ne savait pas comment réagir. Elle quitta l'habitacle du camion et, en passant près de sa voiture, elle envisagea de trouver les clés et de partir dès ce soir, en douce.

– Oublie le projet, grogna Wade devant elle, sans même se retourner. Hé, salut, tout le monde !

En tournant le coin de la maison, on arrivait sur une vaste étendue gazonnée, bordée d'une série d'arbres gigantesques au fond du terrain. En avant-plan, plusieurs personnes assises autour d'un feu crépitant dans une structure ronde confectionnée de briques. Harriet reconnut Joshua, Clay, Paco et Lydia, tous assis dans des chaises Adirondack semblables à celles que Wade avait installées au bout de son quai. Quelques personnes que Harriet avait aperçues au Blitz complétaient le groupe. Wade était déjà en train de faire sa tournée de poignées de main en devisant joyeusement.

– Hé, Harriet, comment vas-tu ? s'écria Josh en se levant pour venir l'accueillir.

– Bien ! Je vais super bien ! Merci de m'avoir invitée, c'est très gentil ! répondit-elle avec une bonne humeur composée. Bonsoir, tout le monde !

Les invités lui envoyèrent la main et, alors qu'ils retournaient à leurs discussions, elle prit place dans la dernière chaise disponible. Ce faisant, elle vit Wade se retourner sur lui-même un instant, puis partir chercher un vieux banc de bois un peu plus loin, sur lequel il s'assit.

– Une bière, Harriet ?

– Non ! Non merci, je ne bois pas d'alcool, se dépêcha-t-elle de répondre en mettant les deux mains devant elle, afin de freiner l'élan de Josh qui s'apprêtait à lui lancer une canette.

– Oh. D'accord, alors.

Il tendit plutôt la boisson à Wade qui l'ouvrit et en prit une gorgée, avant d'appuyer ses coudes sur ses genoux pour suivre l'histoire que Clay racontait.

Harriet l'observait à la lueur des flammes. Le soir était bon, et il la ramena soudain au week-end à la montagne qu'elle avait partagé avec Seth et la famille Blandford. Un fiasco sur toute la ligne. Elle avait eu l'impression de ne pas faire partie du groupe qui se connaissait depuis toujours, et n'avait pas su comment faire sa place. Une sueur froide descendait maintenant sur sa nuque, alors qu'elle voyait le même cauchemar se profiler à l'horizon.

Que faire ? S'enfermer dans sa bulle et observer les étoiles ? Aller attendre dans le camion ? Demander à Wade s'ils pouvaient partir ? Ils venaient juste d'arriver...

Wade, Lydia et Josh se remémoraient maintenant quelques mauvais coups qu'ils avaient faits dans leur jeunesse, tandis que Clay ronchonnait et leur répétait à quel point il avait voulu les étriper à mains nues, bon nombre de fois...

À l'évocation de Josh qui avait été laissé derrière volontairement par les autres afin de servir de coupable pour blanchir le reste de la bande, Harriet ne put s'empêcher de rire.

– Qui est Blake ? demanda-t-elle à brûle-pourpoint.

Il y eut un mouvement général d'abaissement de têtes, et Lydia prit une gorgée tandis que Josh se raclait la gorge. Harriet sut qu'elle avait gaffé. Encore. Ce fut Wade qui lui répondit.

– Le frère de Joshua. Le petit ami de Lydia. Mon meilleur ami. Il nous a quittés il y a un moment, dans un accident de voiture.

Elle se maudit et amorça même un mouvement pour se lever et quitter le groupe. Quitter le village, même.

– Je suis désolée, je...

– Ça va, Harriet, tu ne pouvais pas savoir, intervint doucement Lydia. Nous avons tendance à nous remémorer plein de bons souvenirs de lui. Ça fait du bien.

– Je comprends.

Mortifiée, elle jouait avec un cordon du chandail qu'elle portait.

– Et toi, continua la blonde, as-tu fait les quatre cents coups étant jeune, Harriet ?

Surprise par la question et par la perche tendue pour l'inclure dans le groupe, elle eut le réflexe de faire ce qu'elle réussissait le mieux : sauver la face.

– Oh oui, tu n'imagines pas ! lança-t-elle avec un rire forcé.

Son regard fut attiré par la silhouette de Wade. Il venait de courber les épaules, juste un peu, et secouait la tête en fixant les flammes. Déçu, elle devinait.

L'attention de tout le monde était portée sur elle, attendant qu'elle raconte un souvenir divertissant ou un vilain tour inavouable. Elle prit une grande inspiration et leur sourit… puis se figea.

– En fait… Non. Je n'ai pas fait les quatre cents coups. J'étais malade. J'ai passé plusieurs années à faire des allers-retours entre l'hôpital et la maison. Mais ne faites pas ces têtes-là ! s'empressa-t-elle d'ajouter. Continuez vos anecdotes, c'est très drôle.

Elle ouvrit la main vers les gens présents en une invitation muette, accompagnée d'un sourire sincère. Sourire qui lui fut rendu, et la conversation joyeuse reprit.

– Ça me fait de la peine pour toi.

La voix venait de Paco, assis à côté d'elle. Il avait les sourcils froncés et observait les flammes.

– Moi aussi, j'ai souvent séjourné à l'hôpital, quand j'étais jeune. Je faisais des crises d'épilepsie, et je perdais conscience pendant plusieurs minutes. Je comprends un peu.

Harriet se tourna vers lui et mit sa main sur son avant-bras.

– Et maintenant, tu vas mieux ?

Il hocha vigoureusement la tête.

– Ça va mieux. À propos, désolé pour le vélo. Et pour t'avoir demandé si t'étais enceinte, aussi.

– C'est rien, Paco. Ne t'inquiète pas. Et moi, je… je m'excuse d'avoir été déplaisante, au bar. Je crois que je vous ai tous mal jugés.

Paco lui tendit un poing, contre lequel elle cogna le sien. Curieusement émue, elle jeta un œil à Wade. Il l'observait, un doux sourire aux lèvres. Son cœur implosa et la propulsa hors de la chaise.

Harriet claudiqua jusqu'au banc, et s'assit près de l'homme qui s'était redressé à son approche. Elle glissa son bras sous le sien et appuya son menton sur son épaule. Les conversations n'avaient pas cessé, mais Harriet vit clairement Josh donner un coup de coude à Lydia, qui eut un petit sourire en les observant, Wade et elle.

– Tu sais, commença la rousse en pilant sur ses dernières hésitations, je veux bien observer la vue de ta mezzanine, en revenant chez toi.

Le corps de l'homme se raidit contre elle, et il tourna la tête jusqu'à effleurer son front de sa bouche.

– Promets-moi d'éteindre ton foutu téléphone.

CHAPITRE 22

TOUT LÂCHER

– C'était une belle soirée.

– Oui, sauf le moment où tu as annoncé haut et fort que c'était mon anniversaire, et que tout le monde s'est mis à chanter !

– C'était parfait.

Babillage anodin et nerveux, à la limite du pathétique. Harriet et Wade étaient au pied de l'escalier, face à face, chacun ayant posé une main sur un poteau d'érable tourné. La volée de marches s'étirait entre eux, trop immobile pour pouvoir les attirer jusqu'à la mezzanine où, de toute évidence, ils avaient tous deux envie de monter. Une timidité de premier rendez-vous, avec tout ce que ça impliquait : l'envie de plaire, la peur de déplaire, le goût pressant de l'autre, le souci de ne pas presser l'autre.

Ce fut finalement Wade qui fit le premier mouvement. Il baissa brièvement la tête sur ses orteils, et la releva en même temps qu'il saisit les doigts de Harriet entre les siens. Un geste un peu gauche et brusque, comme s'il avait perdu à roche-papier-ciseaux contre lui-même.

– Tu montes avec moi ? murmura-t-il, son flegme habituel soudainement moins solide.

– D'accord.

Nerveuse comme jamais, la jeune femme le précéda dans l'escalier. Même si elle avait voulu rouler les hanches ou laisser glisser le bout de ses doigts sur la main courante de manière provocatrice, elle n'aurait pas pu. Elle gravit les marches comme elle le put, effectuant un petit saut de jambe à chacune et s'accrochant à la rampe de ses deux mains.

Lorsqu'elle arriva finalement en haut, elle était essoufflée et en nage. Charmant. Vraiment charmant. Elle n'aurait pas pu souhaiter meilleure situation. Ses vêtements (qui ne lui appartenaient même pas) sentaient la fumée et témoignaient du genre de soirée qu'ils venaient de passer. Elle portait des sous-vêtements pratiques. Pratiques et pas sensuels pour deux sous, à moins que le lycra à bretelles croisées dans le dos et support maximal ait soudain acquis la cote au rayon des tactiques de séduction. Depuis combien de jours ne s'était-elle pas rasé les jambes et les aisselles ?

– Arrête de penser.

Sa culotte était confortable. Avec tout ce que ça sous-entendait. Pas de dentelle, pas de fioriture. Elle n'avait pas enduit son corps de crème parfumée après la douche, ni tressé ses cheveux pour dompter ses boucles indisciplinées.

– J'ai dit…

Des mains enlacèrent sa taille par-derrière, par-dessus l'épais chandail que Wade lui avait prêté.

– Arrête…

Des lèvres s'invitèrent sur sa nuque, et un souffle chaud caressa son oreille.

– … de penser.

Le torse de l'homme vint s'appuyer contre son dos, en même temps qu'une de ses grandes mains se glissait sous le chandail et faisait connaissance avec la peau de son ventre.

– N'en as-tu pas assez de te casser la tête, Harri ? Dis-moi à quoi tu pensais...

Entourée de ses bras, elle laissa sa tête aller contre son épaule et observa la magnifique vue qui s'étendait devant elle. Le lac brillait à travers les fenêtres démesurées, sous les rayons de la lune.

– Je voudrais être belle pour toi, je voudrais te plaire...

Elle se sentit ridicule au moment où les mots franchirent ses lèvres.

– Tu vois le lac ? Regarde-le bien. Aimes-tu la vue, cette nuit ?

– C'est magnifique.

– C'est bien vrai. Et s'il y avait un orage épouvantable, avec des éclairs déchirant le ciel et des vagues s'écrasant contre le quai ?

– Je trouverais ça fascinant.

– Fascinant, en effet. Et si le lac était recouvert de neige et les arbres dépouillés de toutes leurs feuilles ?

– Où veux-tu en venir, Wade ?

Il la retourna face à lui, doucement, en lui tenant les épaules.

– Je te trouve belle, Harriet. Et désirable, tu peux pas savoir à quel point. Si tu portais une nuisette de satin, je te l'enlèverais de toute manière. Je ferais seulement attention de ne pas la déchirer. Je me fous royalement du chandail et du pantalon que tu portes présentement.

Pour appuyer ses dires, il prit son visage en coupe et l'embrassa fiévreusement.

Harriet se ressaisit. Bon sang, elle n'était pas une gamine et ne s'apprêtait pas à vivre sa première expérience sexuelle ! Et pourtant, selon toute vraisemblance, elle avait laissé sa confiance en ses charmes dans son condo de Denver. C'était complètement idiot.

Wade recula la tête et la scruta, attendant qu'elle lui donne le feu vert pour la suite.

– Ça fait longtemps, pour moi, murmura-t-elle.

– Pour moi aussi, pouffa-t-il. Il n'y a eu personne depuis Brenda.

Et pour elle, personne depuis Seth. Se sentant sur un pied d'égalité avec Wade, elle reprit de l'assurance.

– Harri… On peut aussi descendre et se faire un café. On peut aller sur la véranda ou discuter sur le quai. Il n'y a vraiment…

Sa phrase et sa respiration furent coupées lorsque la jeune femme s'éloigna d'un pas et retira le coton ouaté trop grand pour elle d'un mouvement fluide et décidé. Le tissu molletonné fit un bruit sourd en tombant sur le plancher, mais Wade n'y prêta pas attention. Pas plus qu'il n'entendit le froissement du pantalon s'échouant autour de ses chevilles. Gracile, Harriet quitta le tas de vêtements et se rapprocha de lui pour se blottir dans ses bras. Elle frissonnait.

– Ne te force pas, chérie. Tu trembles, voyons.

Le petit rire gêné de l'infirmière lui explosa les synapses et il l'emprisonna dans ses bras lorsqu'elle lui fournit une explication en trois mots.

– J'ai froid.

– Viens.

Il l'attira en douceur vers le lit où des draps écrus étaient coiffés d'une courtepointe olive. Il ouvrit les couvertures et elle s'y glissa, tandis qu'il allait retirer ses vêtements et les déposer sur une chaise, dans un coin de la pièce.

– Wade ?

– Hum ? fit-il en revenant vers elle, en boxeur et nerveux comme un adolescent.

– C'est vraiment moche comme prénom, Brenda.

– Tu trouves ? lança-t-il nonchalamment en retenant un éclat de rire au souvenir de ce que lui-même avait pensé de « Harriet ».

Il se glissa dans les draps à son tour, et s'installa face à elle, une main sous l'oreiller et l'autre qui s'aventura sur la hanche de la rousse.

– Et Bruno aussi. C'est bizarre comme nom de chien.

Wade sourit. Elle était nerveuse. Elle déblatérait sur n'importe quoi pour cacher son trouble, il n'était pas dupe. Il avança un genou et s'en servit pour caresser sa cuisse, tandis que sa main remontait sur son flanc.

– Il y a quelques mois, un huissier est venu m'apporter les papiers du divorce. L'homme en était probablement à ses débuts dans le métier, il bégayait et évitait de me regarder dans les yeux. Je me suis demandé comment un parfait inconnu pouvait jouer un si grand rôle dans ma vie.

Il sourit, conscient qu'avec le recul, son histoire était effectivement bizarre. Harriet avait froncé les sourcils.

– Lorsqu'il est parti, j'ai vu son nom sur les papiers. Bruno Atkins. Peu de temps après, Josh me faisait cadeau du chien et, sur un coup de tête, je l'ai appelé Bruno. Ça lui va plutôt bien, je trouve, conclut-il en haussant l'épaule qui n'était pas appuyée sur le matelas.

Il y eut plusieurs secondes de silence, puis ils éclatèrent de rire tous les deux en même temps.

– C'est sinistre, ton histoire.

– J'ai envie de toi, Harri.

Le «moi aussi» qu'elle prononça dans un hoquet fut étouffé sous le baiser qu'il lui donna. Le haut de sport de la jeune femme ne fit pas long feu sous ses mains impatientes. Elle s'enhardit et le laissa lui retirer sa culotte, tandis qu'elle tirait sur l'élastique de son boxeur. Il comprit le message et s'en débarrassa illico, puis s'étendit sur elle sans cesser d'explorer son corps.

Quand il glissa doucement les doigts vers son intimité, elle serra les cuisses et détourna le regard. Il s'inquiéta.

– Que se passe-t-il?

– Je... Rien. C'est juste que... ça me gêne...

– Quoi? Que je te regarde pendant que je te donne un orgasme?

Elle hocha la tête, et il approcha la sienne de son cou.

– Je t'ai dit d'arrêter de penser? Je veux te rendre folle, que tu aies chaud, que tu transpires, et que tu jettes toutes tes inhibitions, comme tu l'as fait avec tes vêtements. Laisse-moi te faire vivre ça, Harri. Il est temps que tu profites de tout, OK?

L'écho des paroles de Wade avec celles de son médecin donna à Harriet le coup de fouet dont elle avait besoin. Elle décrispa ses cuisses et son esprit, s'abandonna dans les bras et les yeux de son compagnon.

Les minutes suivantes furent intenses, nouvelles, inattendues. Elle fut gênée par ses propres gémissements, mais l'homme avait bien pris le contrôle de la situation.

Sauf sur un aspect.

Tous les deux sursautèrent dans les draps, et Wade sentit un poids grouillant sur ses jambes, puis sur son dos.

– BRUNO !!!

CHAPITRE 23

MÉNAGE À TROIS, OU COÏT INTERROMPU

– Ce chien est adorable, plaida Harriet en riant, assise en tailleur dans le lit pendant que Wade remontait l'escalier.

Elle avait ramené le drap sous son menton. Lui avait remis son boxeur, ainsi que son air dur.

– Adorable si tu veux, mais pas le bienvenu pour l'instant. Où j'en étais...

Il grimpa sur le lit et progressa vers la rousse avec un sourire gourmand spontané qui la mit mal à l'aise.

– Dis-moi que tu ne l'as pas vraiment enfermé dans la salle de bain, le pauvre !

– Bien sûr que si, répondit-il dans son cou, avant de la pousser délicatement contre les oreillers. Je le laisserai sortir tout à l'heure, ou quand nous aurons fini. Dans trois jours, peut-être, termina-t-il en grognant sur sa peau.

Sans qu'elle comprenne comment il avait réussi ce tour de passe-passe, il était maintenant de retour sous les couvertures avec elle. Elle s'était abandonnée sous l'impulsion du moment, quelques minutes plus tôt, mais n'était plus certaine de pouvoir retrouver cet état d'esprit et de relâchement aussi facilement que son compagnon le souhaitait.

Néanmoins, à en juger par son corps qui s'arquait déjà contre celui de Wade, son cerveau n'était pas maître du jeu.

– Houhou !

Elle ouvrit les yeux. Wade l'observait intensément, en caressant son cou. Il lui adressa un regard faussement réprobateur.

– J'aimerais poursuivre l'agréable conversation que nous avions il y a quelques minutes, avant l'arrivée de la tornade poilue...

Harriet fronça les sourcils.

– Nous ne parlions même pas...

– Exactement. Cette conversation-là. Juste ton corps et le mien qui discutent.

Lorsque la main de l'homme s'aventura à nouveau vers le bas de son corps, Harriet s'agrippa à ses épaules et retint son souffle. Il glissa un genou entre ses jambes et lui imposa un lancinant supplice avec ses doigts, parfois légers comme un souffle et d'autres fois plus aventuriers. Lorsqu'elle sentit monter le plaisir, elle eut le réflexe d'enfouir son visage dans le cou de son tortionnaire, mais lui ne l'entendait pas de la même façon.

– Reste avec moi, ordonna-t-il. Je veux voir tes yeux.

Elle n'aurait jamais, de sa vie, osé regarder un homme dans les yeux pendant un orgasme. Et pourtant, c'est ce qu'elle fit. Elle eut vaguement conscience que ses ongles étaient enfoncés dans les épaules de Wade et qu'elle tremblait de la tête aux pieds. Mais ce qu'elle vit dans ses yeux à lui fut encore plus fort. Un éclat de tendresse et, surtout, une espèce de fierté mélangée à de la gratitude. Comme s'il la félicitait pour cette nouvelle étape franchie dans l'acceptation de la perte de contrôle, et qu'il la remerciait d'avoir partagé ce moment avec lui.

Reprendre contact avec la réalité lui prit quelques secondes, le temps que Wade s'étende sur le dos et la ramène contre lui.

– J'ai... Je... tenta-t-elle ridiculement, avant de déglutir.

– J'en suis très heureux, répondit-il en lui caressant le dos, pour ensuite lui donner un baiser sur le front. Mais je suis loin d'en avoir terminé avec toi, alors si tu veux retrouver toutes les voyelles et les consonnes que tu viens d'égarer, grouille-toi.

D'abord surprise, elle releva la tête en se demandant s'il se payait sa tête. À voir ses yeux fermés et son sourire moqueur, c'était clairement le cas. Contre toute attente, Harriet eut un rire léger et prit l'initiative de l'embrasser à son tour.

Wade n'attendait qu'un signe pour pouvoir continuer les festivités, et il la bascula à nouveau sous lui tandis qu'elle poussait un petit cri de surprise.

Pour l'heure suivante, Harriet se moqua bien de la vue sur le lac, de son genou et de son vélo estropiés, de l'état de sa pilosité, du réchauffement climatique ou du défi que représentait l'extraction du jus de carotte sans extracteur à jus. Elle froissa les draps de ses doigts crispés, griffa la peau du dos de son amant, s'agrippa même, à un certain moment, à un travers de bois de la tête de lit.

C'était... jouissif. Au sens propre.

Wade ne fut pas en reste. Dans une totale perte de lucidité, Harriet avait laissé ses mains prendre des chemins inconnus, prendre les devants, prendre possession du corps de l'homme.

Maintenant rassasiés et vannés, le garagiste déboulonné et la cycliste échevelée étaient blottis l'un contre l'autre et soignaient leur rythme cardiaque à grandes bouffées d'air.

– Doux Jésus...

Wade laissa traîner un rire grave dans la mezzanine.

– Je trouve que pour deux personnes qui ont pratiqué l'abstinence dans les derniers mois, on s'en est très bien sortis.

– Je suis d'accord, approuva Harriet en riant à son tour.

C'est à ce moment qu'ils perçurent tous les deux un son plaintif venant du rez-de-chaussée.

– Oh, Wade, laisse-le sortir, le pauvre !

Un long soupir lui répondit, puis le corps de l'homme bougea en même temps qu'il écarta les draps.

– Très bien. Il y a une salle d'eau au fond, je vais utiliser celle d'en bas. Je reviens dans quelques minutes.

Il ne se donna pas la peine de saisir son boxeur pour s'en vêtir, et prit le chemin de l'escalier en exhibant ses fesses et son dos striés de griffures au regard de son amante. Elle s'en voulut pour quelques secondes, mais, une fois devant le miroir de la salle d'eau, réalisa qu'elle avait eu son compte, elle aussi. Des marques rouges décoraient son cou et sa poitrine, sans qu'elle puisse les classer dans les catégories « poigne ferme », « bouche avide » ou « barbe piquante ». Peu importait, de toute manière.

Contrairement à Wade, elle revint au pas de course vers le lit, sa pudeur ayant quand même encore la mainmise sur ses actions dans l'intimité.

Wade remonta vers elle d'un pas traînant et lorsque Harriet le vit apparaître à contre-nuit, elle ne put s'empêcher de sourire. C'était un homme incroyablement beau et sexy, mais plus encore, c'était un homme d'exception. Et elle s'attachait, pas de doute là-dessus.

Au moment où il revint près d'elle sous les draps et la cala dans son épaule, elle ne put s'empêcher de relever brièvement la tête et de fouiller le plancher des yeux.

– Où est Bruno ? murmura-t-elle.

– Sur son coussin, en bas. Comme d'habitude.

Son débit était ralenti, le sommeil le guettait déjà. Il se lèverait tôt pour aller travailler, alors qu'elle pourrait paresser dans son lit.

– Pourquoi ne l'as-tu pas laissé monter pour dormir avec nous ?

Il lui caressa distraitement les cheveux.

– Parce que je l'habitue à dormir sur son coussin. Si je lui donne cette permission, tout sera à recommencer lorsque tu partiras.

– Oh.

Harriet reposa sa tête sur la poitrine de Wade, sonnée.

Elle était tellement naïve.

CHAPITRE 24

LES RÉVEILS

Harriet aurait pu s'offusquer. Se lever du lit, s'habiller et se rendre en claudiquant dans le pavillon qu'elle avait loué, en se rappelant les raisons pour lesquelles elle était ici. Elle aurait pu injurier Wade, peut-être même le gifler, en le traitant de profiteur et en l'accusant de... de quoi, au juste ?

Voilà. Il ne lui avait rien promis. Il ne lui avait rien demandé. Il ne lui avait rien offert d'autre qu'un agréable moment entre deux adultes consentants.

C'est pourquoi elle restait blottie dans la chaleur de l'homme, recroquevillée contre son flanc, entièrement nue. Elle avait besoin de profiter de chaque seconde de ce tableau, et ce besoin était plus fort que toutes ses frustrations ou déceptions.

On aurait quand même pu dire qu'elle était triste. *Oui, assurément,* se dit-elle en sentant son menton trembler.

Les jours qui venaient de passer avaient été surréalistes. Harriet avait adopté des comportements qui lui étaient totalement étrangers et, pire encore, qu'elle aurait probablement désapprouvés chez une autre personne. Par exemple, si elle avait vu une parfaite inconnue aller se blottir contre un homme qu'elle ne connaissait que depuis trois jours, comme elle l'avait fait elle-même au feu chez Josh, elle l'aurait trouvée vulgaire.

Quelle ironie.

C'était comme si le destin la faisait payer pour ses actions passées. Maintenant qu'elle était bien dans un endroit, dans les bras de quelqu'un et même dans son propre corps, maintenant que la vie l'avait placée sur le chemin d'un homme envoûtant... il ne voulait pas d'elle.

Pour remuer encore plus le fer dans la plaie, le grand corps étendu à côté du sien bougea.

– Tourne-toi, marmonna Wade.

Il amorça le mouvement et Harriet suivit, se retrouvant couchée sur le côté, son amant collé contre son dos. Elle sentait son souffle régulier sur ses cheveux, et son bras musclé venait de la ceinturer aussi sûrement que s'il voulait l'empêcher de partir.

Au moins, maintenant, les choses étaient claires. Il n'y avait pas lieu d'interpréter le langage du corps, puisque les paroles avaient épinglé tous les papillons qui auraient pu avoir envie de faire de la voltige dans le ventre de Harriet.

Lorsque tu partiras.

Elle s'abandonna dans les bras de Wade et de Morphée un moment.

Ce fut une main cajoleuse qui la tira du sommeil tôt le matin, caressant la rondeur d'un sein. La jeune femme bougea paresseusement une jambe pour signifier à l'homme qu'elle était réveillée. L'aube projetait des teintes d'ocre et de jaune légèrement rosées dans la chambre. La lumière était tout simplement magnifique, songea Harriet lorsqu'elle ouvrit les yeux.

– Tes cheveux brillent dans le soleil. On dirait des fils de cuivre. De toute beauté.

Les mots chuchotés à son oreille la firent sourire.

– Pourtant, tu t'es moqué de mes cheveux, le premier matin.

– Mais non. Je me moquais de ton petit déjeuner. Nuance.

Harriet se tourna sur le dos pour observer Wade. Il avait la tête appuyée dans sa main, le coude enfoncé dans le matelas.

– Bonjour, dit-il.

Puis, il se pencha pour l'embrasser. Un baiser prologue, qui marqua le début d'un nouveau chapitre dans les draps. Cette fois-ci, ce fut doux, à l'image d'un réveil progressif. Comme quelques heures plus tôt, Harriet s'échoua sur la poitrine de Wade une fois leurs ébats terminés.

– Tu dois aller travailler, gronda la jeune femme en lui caressant le ventre.

– C'est mon commerce, je fais ce que je veux.

– C'est vrai.

Elle se demanda s'il était vraiment aussi pauvre qu'elle l'avait cru. Rien n'était moins sûr. À l'évidence, le garage prospérait et le propriétaire ne mangeait pas de la misère au souper. Elle réalisa que ça ne changerait rien à l'image qu'elle avait de lui, de toute manière. Il aurait pu être riche comme Crésus, ou pauvre comme Job, elle n'aurait pas voulu quitter ses bras.

Mais il le fallait.

– Je vais préparer le déjeuner, offrit-elle en quittant la chaleur de l'homme. Et je crois que je vais embarquer avec toi et aller chercher ma voiture chez Josh, afin de pouvoir la ramener ici.

Wade parut déconcerté, mais se reprit aussitôt.

– Pas de problème. Tu crois pouvoir conduire ?

– J'en suis certaine.

Pour appuyer son propos, elle se força à faire bonne figure et à marcher le plus naturellement possible en se levant du lit. Elle saisit rapidement le long chandail que Wade lui avait prêté et qui dégageait encore une odeur de feu de bois, puis le glissa par-dessus sa tête. Elle avait si hâte de retrouver une garde-robe plus garnie !

– Harri ?

– Hum ? fit-elle en se retournant, en haut de l'escalier.

– Juste…

Il plissa les paupières, puis parut se reprendre.

– Pas de jus de carotte, d'accord ?

S'il avait dit ça pour la faire rire, c'était raté. Elle pinça les lèvres et se contenta de hocher sobrement la tête pour ensuite amorcer sa descente. À dire vrai, son genou se débrouillait bien mieux que la veille, même si elle n'était pas prête à défiler gracieusement vêtue de Dior sur un podium.

Elle se posta face à la porte du réfrigérateur ouverte, puis réfléchit à ce qu'elle allait préparer, en jouant avec une de ses boucles.

– Pourquoi un tel casse-tête chaque fois pour la nourriture ? s'enquit Wade en passant le bras près d'elle pour saisir la brique de jus d'orange dans le frigo.

– C'est important de bien manger… Tu sais… Pour rester en santé…

Maintenant qu'il connaissait son passé, il pouvait comprendre le sous-entendu. Elle se tourna vers lui et referma la porte du réfrigérateur. Il avait passé ses vêtements de travail.

– Tu sais, commença-t-il sans la regarder en attrapant deux verres dans une armoire, bien manger peut avoir plusieurs significations, Harri. Toute la viande qu'il y a ici provient directement d'élevages des environs. Les œufs viennent de chez Bud, les légumes aussi. Et le pain a été fait par Lydia ; il est à tomber. Ce sont toutes de bonnes choses, sans agents de conservation ni ajouts d'aucune sorte, termina-t-il en relevant la tête pour lui adresser un sourire tout à fait charmant.

– Je n'y avais pas pensé, mais tu as raison.

– De toute manière, je n'ai pas très faim. Si tu veux profiter de mon camion, va t'habiller, belle dame. Je nous prépare une tartine.

Quinze minutes plus tard, Wade la déposait devant chez Josh. Le trajet avait été silencieux. Harriet avait grignoté sa tranche de pain et son bout de fromage pendant que son chauffeur avait baissé la fenêtre pour profiter de l'air matinal. Contrairement à ceux de Denver, les matins d'ici sentaient le foin et la terre retournée.

– Hé. Approche, entendit-elle au moment où elle allait pousser la portière.

Elle se retourna vers lui. Il se pencha et saisit son menton pour l'embrasser avec beaucoup de délicatesse.

– À plus tard.

– À plus tard.

Elle ne savait plus quoi penser.

– Wade ?

– Quoi ?

Il tenait toujours son menton et l'observait intensément.

– Cette nuit, tu as dit…

Harriet déglutit. Se sentit ridicule de vouloir demander une explication sur une phrase qui était claire comme le lac devant la maison.

– J'ai dit… ? répéta-t-il en avançant légèrement la tête pour faire comprendre à la jeune femme qu'il attendait la suite.

– Rien. C'est bon, j'ai oublié.

Les secondes s'envolèrent par la fenêtre ouverte, et Wade attendit. Mais Harriet avait retrouvé son masque utile en toutes circonstances, et le sourire qu'elle avait plaqué sur ses lèvres marquait clairement la fin de la conversation.

– Fais attention à ton genou en conduisant.

– Mais oui.

Elle descendit de la camionnette. Wade lui fit un dernier signe de la main avant de s'éloigner.

Le garagiste lui avait mentionné que Josh avait laissé les clés sur le pare-soleil. Harriet arrivait à la portière côté conducteur lorsqu'elle entendit une porte s'ouvrir. En levant la tête, elle vit Lydia sortir de la demeure de Josh et en refermer la porte tout doucement, emmitouflée dans un châle, les cheveux emmêlés. Elle descendit les trois marches, et aperçut Harriet.

Lydia ramena les pans de son châle sur ses épaules, et parut gênée. Dans la fraîcheur du matin, les deux jeunes femmes laissaient échapper de petits nuages de condensation en expirant.

Après cinq petits nuages, Lydia porta la main à sa bouche et ses yeux s'emplirent de larmes.

– Je pense que j'ai fait une connerie, Harriet, prononça-t-elle difficilement.

La rousse eut un pauvre sourire.

– Alors, on est deux. Monte.

CHAPITRE 25

QUAND LUCIDITÉ ET CLAIRVOYANCE PARTENT EN VACANCES

– C'est vraiment gentil à toi de m'aider.

– Ça me fait plaisir, et dans les circonstances, ça m'occupe.

Harriet grimaça, et eut conscience que Lydia avait pouffé dans son dos. Les deux jeunes femmes étaient au commerce de la blonde et préparaient l'ouverture dans un silence préoccupé depuis une vingtaine de minutes. Lydia avait sangloté sans parler dans la voiture, mais s'était reprise depuis. Aucune des deux ne paraissait avoir envie d'ouvrir les vannes.

Harriet finit de disposer des biscuits dans la vitrine et se tourna vers la propriétaire des lieux. Celle-ci posa un deuxième café dans une soucoupe et invita d'un signe de tête son apprentie à prendre place à la minuscule table au bord de la fenêtre. Les premiers clients n'arriveraient pas avant une bonne heure, avait murmuré la blonde en préparant les boissons chaudes.

Regarder dehors par la grande vitrine ne procura pas à Harriet le même sentiment de plénitude que les autres matins. Les nuages avaient décidé de parsemer le ciel, et s'attardaient. On aurait dit qu'ils ne voulaient pas quitter le village sans connaître l'histoire des deux jeunes femmes. De vraies commères à bonnets blancs.

– Oh, Harriet…

La voix de Lydia était étouffée. Et pour cause, car elle avait les deux mains devant le visage, les coudes posés sur la table de chaque côté de son café. Harriet porta le sien à ses lèvres et en prit une petite gorgée afin d'éviter de se brûler la langue. Puis, elle reposa la tasse doucement.

– Raconte-moi.

Cette requête lui occasionna un léger malaise. Il y avait belle lurette qu'elle avait été la confidente de quelqu'un et ne savait pas si elle serait à la hauteur. Mais elle se dit qu'elle devait encourager Lydia à parler. On verrait après. La cuisinière hocha la tête et prit une grande inspiration.

– OK, chuchota-t-elle, les yeux dans son café. OK. Hier, après le départ de tout le monde, je suis restée chez Joshua. Pour l'aider à ramasser les canettes qui traînaient sur la pelouse près du feu, et aussi… Eh bien, parce que je n'avais pas envie de rentrer. Juste l'idée de terminer la soirée seule dans ma maison une fois de plus me donnait la nausée. Josh et moi, on rigolait, puis il m'a invitée à entrer chez lui. Je l'ai fait.

Elle se frotta le front du bout des doigts et fit claquer sa langue sur son palais, comme si ses pensées la mettaient mal à l'aise.

– Il était à l'évier et me parlait de la prochaine soirée où je dois chanter au Blitz. Je ne sais pas ce qui m'a pris. Je me suis approchée de lui et je l'ai enlacé par-derrière. J'ai appuyé ma joue contre son dos.

Joshua s'était raidi de surprise, puis avait posé sa main mouillée sur les doigts de Lydia qui les avait entrelacés sur ses abdos. Il avait soupiré longuement et baissé la tête.

– Lydia…

Elle avait éclaté en sanglots.

– Garde-moi avec toi, Joshua, je t'en prie. Ne me laisse pas aller me morfondre chez moi avec le tic-tac de l'horrible horloge grand-père que tes parents nous avaient donnée.

Les deux avaient éclaté de rire en même temps, et Josh s'était retourné pour la regarder dans les yeux. Elle avait laissé ses mains autour de lui, il l'avait enveloppée de son regard et avait essuyé une de ses larmes avec son pouce.

– Garde-moi avec toi, avait-elle répété.

– Tout ce que tu veux, Lyd.

Harriet observait Lydia et attendait qu'elle poursuive son histoire, mais les secondes s'étiraient dans le silence du commerce. La rousse croisa finalement ses jambes sous la table, et le mouvement eut l'effet escompté. Lydia cligna des yeux et secoua la tête.

– Bref, il m'a bordée dans la chambre d'amis. Lorsqu'il a refermé la porte, j'étais… en colère. Frustrée. Je me souviens avoir frappé sur les draps, termina-t-elle en riant d'elle-même.

Un tracteur circulait lentement sur la route et prenait son temps pour passer devant la boutique. Comme les nuages. Plein de spectateurs curieux.

– Tu es allée le rejoindre.

– Je suis allée le rejoindre.

Les deux femmes avaient parlé en même temps. Elles sourirent dans leur café, tandis que Harriet se faisait la réflexion qu'elle ne s'en sortait pas si mal, comme amie.

Lydia avait ouvert la porte doucement, mais n'avait pas pu empêcher les gonds de la porte d'annoncer son arrivée. Josh s'était aussitôt assis dans le lit en se frottant un œil. De la lumière filtrait par la fenêtre. Il était torse nu.

– Lyd ? Tu as besoin de quelque chose ?

– Je voudrais dormir avec toi.

Il n'avait pas caché sa surprise, et avait commencé par secouer la tête lentement. Mais elle s'était approchée, pieds nus sur le plancher de bois centenaire, en culotte et en t-shirt. Fonceuse, elle s'était penchée au-dessus de lui et avait saisi la couette.

– Pousse-toi, avait-elle grommelé en appuyant contre son épaule avec son autre main.

Il s'était finalement décalé dans le lit et lui avait fait une place. Elle s'était blottie dans la chaleur des draps et avait rabattu la couette sur elle. Les doigts de Josh l'avaient fait sursauter lorsqu'ils avaient caressé ses cheveux.

– Tu as fait un mauvais rêve? avait-il demandé d'une voix légèrement pâteuse.

– Non.

– OK.

Elle s'était approchée de lui et avait positionné elle-même le bras de l'homme afin de s'y installer. Il l'avait refermé sur elle, et tous deux avaient soupiré en même temps. Lydia avait eu à nouveau envie de pleurer, mais elle ne savait pas trop pourquoi.

– Josh?

– Hum?

– Arrête de penser, d'accord?

– Qu'est-ce que tu veux di…

Elle avait redressé la tête, pris appui sur son torse et l'avait embrassé.

Un baiser de survie.

– Je l'ai embrassé, Harriet. Et ça a explosé en moi. Je ne pourrais pas mettre des mots là-dessus. C'est comme si mon âme s'était nourrie de ce baiser.

– Et quelle a été sa réaction? demanda doucement la rousse.

Lydia haussa les épaules et avala difficilement, en plissant les paupières.

– Il m'a repoussée. Gentiment, tout de même, précisa-t-elle avec cynisme.

– Pas comme ça, Lyd. Je ne peux pas jouer ce rôle. Je ne peux pas être celui qui t'aidera à oublier mon frère.

Elle avait été glacée jusqu'aux os et s'était mise à trembler.

– Oh mon Dieu… avait-elle murmuré, une main devant sa bouche.

– Chut, ça va. Ne te mets pas dans tous tes états. Tout va bien. Tu peux rester ici, avec moi. Je comprends ta tristesse. Chut…

Il lui avait caressé les cheveux jusqu'à ce qu'elle s'endorme. Elle l'avait quitté au petit matin, avant qu'il émerge du sommeil.

– Il m'a dit qu'il ne voulait pas être celui qui servirait à me faire oublier son frère. Le problème, Harriet, c'est que... Oh, Seigneur...

Lydia renifla et essuya une larme sur sa joue en voûtant les épaules. Harriet s'approcha un peu plus d'elle et, malgré une certaine gêne, elle glissa sa main sur le bras de la blonde. Ce geste eut l'air de faire effet, puisque Lydia recouvrit la main de Harriet de la sienne.

– Pas une seule fois... commença-t-elle difficilement, pas une seule fois je n'ai pensé à Blake. À la seconde où j'ai enlacé Joshua dans sa cuisine, il n'y avait que lui et moi. Mais c'est une impasse. Il a raison. Il ne peut rien y avoir entre nous parce que le fantôme de Blake sera toujours là.

– Je comprends.

Blake avait été aimé. Profondément. Lydia et Joshua partageaient cette perte et cette douleur. Lorsqu'elle analysait la situation, Harriet voyait qu'il y avait effectivement impasse.

– C'est malsain, murmura Lydia.

– J'en arrive à la même conclusion, entérina Harriet.

– Je ne me sentais pas coupable, lorsque j'ai rejoint Joshua cette nuit. Mais maintenant, oui.

– Écoute, je... je ne connais pas grand-chose à tout ça, mais... Si je me fie à ce que j'en sais, si une relation ne t'apporte pas que du positif, alors c'est que tu dois y renoncer.

Les épaules de Lydia s'affaissèrent un peu plus, et Harriet eut de la peine pour elle. Vraiment. Elle ressentit la tristesse de son amie. Et savoura ce lien d'amitié qui la faisait se sentir moins seule dans ses malheurs.

– Tu as probablement raison. Et toi, pourquoi as-tu dit que tu avais fait une connerie ?

Se confier était une autre étape à franchir. Mais l'amitié impliquait du donnant-donnant, et Lydia avait sûrement, elle aussi, de bons conseils à lui prodiguer.

– J'ai… euh… j'ai couché avec Wade.

Lydia siffla en écarquillant les yeux, puis mit son menton dans sa paume, tout ouïe.

– Et c'était comment ?

– C'était… commença Harriet, gênée par le sourire qui venait d'étirer ses lèvres malgré elle. C'était formidable. Mais il ne veut pas que je reste. Il l'a dit clairement. Alors… Alors, je vais rentrer chez moi. Aujourd'hui, probablement.

Lydia hocha la tête, pensive. Elle prit une longue gorgée de café et reposa sa tasse, sur laquelle elle toqua l'ongle de son majeur à quelques reprises.

– Tu sais, je connais Wade depuis toujours. Le départ de Brenda l'a vraiment affecté. Je ne veux pas te faire de peine, mais… Je ne suis pas certaine qu'il s'en soit remis, ni qu'il soit prêt pour une autre relation.

La confirmation de ce que Harriet pensait venait de claquer dans la pièce comme une sentence de mise à mort. Pourtant, la jeune femme eut la réaction inverse de Lydia, quelques minutes plus tôt : elle redressa les épaules et sourit avec sérénité.

– C'est ce que je pensais. Mais ça va. Je lui ai sans doute permis de s'évader, autant qu'il m'a aidée à m'épanouir. Je… je n'ai jamais été très à l'aise avec les hommes. Dans l'intimité.

Lydia la gratifia d'un sourire compréhensif, et Harriet le lui rendit.

– Eh bien, conclut Lydia, on dirait que nous sommes perdues dans des histoires sans avenir. Peut-être que je pourrais partir un moment, moi aussi… Je n'ai jamais rien connu d'autre que ce village. Il doit bien y avoir un homme pour moi quelque part, non ? lança-t-elle avec un air insouciant.

Harriet hocha la tête et s'adossa à sa chaise en croisant les bras.

– Tout à fait. Tu es la bienvenue à Denver quand tu veux ! On pourrait sortir dans les bars et rencontr…

Elle n'eut pas le temps de finir sa phrase. Le camion de Wade venait de s'arrêter en trombe à trente centimètres de la vitrine, et le garagiste s'en extirpa comme un fou, en laissant sa portière ouverte. La porte du commerce fut presque arrachée de ses gonds.

– Harri !

Elle se leva comme il se jetait sur elle et saisissait ses deux mains dans les siennes. Il était pâle.

– J'ai besoin de toi !

CHAPITRE 26

S'ENVOLER

Comme elle se demandait ce que cette exclamation signifiait, Wade la tira vers l'extérieur, balayant du même coup l'option « déclaration d'amour ». Elle faillit trébucher dans l'escalier, mais déjà, il ouvrait la portière arrière de la camionnette et se tournait vers elle en tirant sur son poignet afin qu'elle puisse voir l'intérieur du véhicule. Il semblait incapable de parler.

– Doux Jésus !

Paco était étendu sur la banquette arrière et, avec tout le sang qu'il y avait sur lui et sur le tissu gris pâle des coussins du camion, il était difficile de cibler l'endroit où il s'était blessé.

Une exclamation étouffée se fit entendre derrière eux, et Harriet comprit que Lydia les avait suivis dehors.

Wade n'eut pas besoin de formuler une quelconque demande. L'infirmière grimpa dans l'habitacle et s'accroupit comme elle le put près d'un Paco en très mauvais état. Son abdomen était gonflé, un de ses bras présentait une courbe improbable un peu au-dessus du poignet, mais c'est la vue de la fracture ouverte à sa jambe et de la grande quantité de sang qui s'en échappait qui secoua l'infirmière et lui fit retrouver toute sa tête.

– Paco ? Paco, c'est Harriet. Est-ce que tu m'entends ? demanda-t-elle en passant une main dans ses cheveux courts.

Pas de réponse.

– Wade. Fonce.

Elle n'avait pas crié, mais le ton calme et ferme qu'elle venait d'employer suffit pour que l'interpellé s'installe au volant en quatrième vitesse et prenne la grande route dans un nuage de poussière.

– Boucle ta ceinture, Harri, ordonna-t-il.

Elle secoua la tête, même s'il ne pouvait pas la voir.

– Impossible. Je dois arrêter ce saignement.

Il donna un coup sur le volant et jura.

– Pas question que tu traverses le pare-brise, Harri ! Boucle ta ceinture !

– Alors, répondit-elle calmement, arrange-toi pour ne pas freiner brusquement.

L'infirmière était au boulot. Elle avait eu affaire à plusieurs familles de blessés en perte de leurs moyens, et Wade était loin de l'impressionner avec sa saute d'humeur. Elle avisa la trousse de premiers soins qui avait été lancée près d'elle au fond du véhicule et l'ouvrit.

– Raconte-moi ce qu'il s'est passé, Wade.

Paco s'agita soudain et ouvrit un peu les yeux. Elle posa une main sur sa poitrine et lui adressa un sourire rassurant en ouvrant la trousse pour en extirper des ciseaux. Tandis qu'elle s'en servait pour découper le pantalon du malheureux et exposer une grave blessure qu'elle aurait du mal à contrôler avec le peu de matériel dont elle disposait, Wade prit une grande inspiration.

– Il m'a appelé il y a une vingtaine de minutes. Il faisait des travaux sur le toit de sa grange. Pas attaché, bien sûr, hein, Paco ? Il a chuté sur un tas de matériaux. Heureusement, il avait son téléphone dans sa poche. J'ai embarqué la trousse que j'ai au garage et je suis allé le chercher. C'est là que j'ai pensé à toi. Je... Tu vas le soigner, hein ?

Harriet tenta de ne pas se laisser déconcentrer par la pointe de détresse qu'elle avait perçue dans sa voix. Elle ouvrit plusieurs sachets de gazes et de compresses et s'activa sur la jambe du blessé pour contenir le saignement. C'était la priorité, mais son abdomen légèrement gonflé l'inquiétait tout autant.

– Ça va aller, Wade. Tu as fait ce qu'il fallait. Concentre-toi sur la route, je m'occupe du reste. On a quoi comme hôpital, dans le coin ?

– Une clinique à une quinzaine de minutes, et quelques autres aux alentours. La clinique la mieux équipée est à quarante-cinq minutes de route. C'est là que je vais.

– OK. Ils ont ce qu'il faut pour opérer les blessures graves ? Les hémorragies ?

– Je ne sais pas... Quand Blake est... hum... Ils l'ont transféré à Denver, énonça-t-il avant de se racler la gorge.

Harriet grommela de frustration. Quelle perte de temps incroyable ! Elle se tourna vers le visage de Paco. Son teint était gris et il avait fermé les yeux, possiblement à demi conscient. Elle ne réfléchit pas longtemps.

– File-moi ton téléphone, s'il te plaît, Wade.

Lorsque l'appareil apparut au-dessus de la banquette avant, elle cessa d'appliquer des compresses pendant une seconde et le saisit. Elle en profita pour prodiguer une caresse rassurante à la main du conducteur, qui serra ses doigts.

Elle composa ensuite une série de chiffres qu'elle connaissait par cœur et positionna l'appareil près d'elle, sur haut-parleur. Elle aurait pu faire le 9-1-1, mais préféra se servir de ses contacts directs.

– Urgence, Claire à l'appareil.

– Claire, c'est Harriet.

– Oh, ma petite Harriet ! Tes vacances se passent bien ?

– Oui, oui, peux-tu me passer le médecin de garde le plus proche, je te prie ?

L'infirmière en chef dut saisir la gravité de la requête, puisque Harriet n'eut à attendre que quelques secondes.

– Seth Mahoney.

– Salut, Seth, c'est Harriet. J'ai un blessé avec moi, et j'ai besoin de ton avis.

– Vas-y, je t'écoute.

Elle l'imagina assis au poste central, les sourcils froncés, concentré. Cet homme était un médecin extraordinaire, il saurait quoi faire.

– Je suis en voiture. Nous transportons un homme d'une trentaine d'années qui a fait une chute du toit d'une grange. Il a une fracture évidente au poignet, mais ce n'est pas ce qui m'inquiète. J'ai une flopée de compresses imbibées de sang sur une fracture ouverte à la jambe, et une possible hémorragie interne.

Elle entendit Seth siffler un bref instant.

– OK. Amène-le ici, on s'en occupera.

– Je suis à deux heures de route, au bas mot.

Un silence à l'autre bout. Elle entendait plusieurs bruits de fond, dont le martèlement de doigts sur les touches d'un clavier d'ordinateur.

– Seth, il ne… Il ne tiendra pas.

– Donne-moi une seconde.

Le ton était ferme. De toute évidence, il n'avait pas dit son dernier mot.

Au même moment, Wade étira son bras vers l'arrière et serra l'épaule de Harriet, mais pas pour l'encourager.

– Qu'as-tu dit ? lâcha-t-il dans un souffle.

Elle fut incapable de le regarder et continua à s'activer sur son patient. Les bosses sur la route rendaient le travail encore plus difficile, sans parler de l'étroitesse des lieux.

– On va trouver une solution, Wade. Je te le promets.

– Harriet ? intervint la voix de Seth dans le haut-parleur. Donne-moi un endroit à découvert où tu pourrais t'arrêter. Je t'envoie l'hélico, il faut qu'il puisse se poser.

Elle leva les yeux vers Wade qui avait plissé les siens sur la route. Il réfléchissait.

– La scierie. Il y a un immense terrain plat et un stationnement.

– Donnez-moi l'adresse.

Pendant que Wade s'adressait directement à Seth dans l'habitacle, Harriet ne put s'empêcher de trouver la scène dérangeante. Comme si elle ne voulait pas que son passé se mêle aux derniers jours qu'elle venait de vivre. Elle déglutit difficilement.

– C'est parfait. Harriet ? Prends le téléphone en privé, une minute.

Elle obéit à la requête de son ex-petit ami sans hésiter.

– Oui, je suis là.

– D'accord, écoute-moi bien. Je sais que tu vas prendre soin de cet homme au meilleur de tes capacités, avec les moyens du bord. Fais-toi confiance. Si jamais tu le perds en chemin, entame les manœuvres de réanimation jusqu'à ce qu'il soit dans l'hélico. C'est d'accord ? Tu vas bien, toi ?

– Oui, ça va. Merci, Seth.

– On se voit tout à l'heure.

Lorsqu'elle raccrocha, Harriet se sentait pleine d'énergie. Elle allait sauver l'ami de Wade.

– Tu restes avec moi, Paco, murmura-t-elle contre son visage. Toi et moi, on part en balade d'hélico, d'accord ? Tu m'en dois une, vu que tu as volé mon vélo. Je t'interdis de me laisser tomber, compris ? Wade, tout va bien, devant ?

Elle avait repris le contrôle des opérations et s'était octroyé la responsabilité de tout le monde à bord.

– Tout baigne.

Rien n'était moins sûr. Elle ne connaissait pas les détails entourant la mort de Blake, elle ne savait pas si c'était Wade qui avait dû transporter le blessé, et s'il revivait en ce moment même un douloureux épisode de sa vie.

– Hé.

Elle s'approcha derrière lui et l'entoura de ses bras un bref instant. Elle ne voulait pas le déconcentrer ni le tacher, mais elle avait besoin de le réconforter. Et de le toucher aussi. Lorsqu'il saisit sa main et la serra, elle eut un sourire triste en l'observant dans le rétroviseur. Il avait l'air dur, mais son menton tremblait. Concentré sur la route, évitant de la regarder. Elle retourna à son blessé.

* * *

Le camion s'arrêta doucement dans l'aire ouverte de la scierie. Wade sortit immédiatement du véhicule et ouvrit la portière arrière à la volée. Il observa Harriet, échevelée, les joues rouges, concentrée sur la jambe de son ami. Les emballages de compresses jonchaient le sol du véhicule et ses mains étaient pleines de sang. Elle était accroupie dans une position sûrement inconfortable, et prodiguait des paroles rassurantes à un Paco qui ne l'entendait peut-être même pas. Elle était époustouflante, dans son élément.

C'est à ce moment précis que Wade réalisa qu'il était amoureux d'elle.

Et ce constat l'emplit de fierté autant que de tristesse.

– Harri.

Il n'avait pas voulu que sa voix soit étranglée par ce qui aurait pu s'apparenter à un sanglot. Elle leva la tête vers lui au moment où le bruit d'un hélicoptère en approche se fit entendre.

– Il tient le coup ?

– Il tient le coup, répondit-elle en lui souriant. Et toi ?

– Je tiens le coup, confirma-t-il en se disant que c'était ce qu'il faisait depuis que Brenda l'avait quitté.

Il tenait le coup.

La suite des choses se déroula à une vitesse étourdissante. Les ambulanciers volants. Le brancard. La force de Wade mise à contribution pour extirper Paco de la camionnette. Harriet qui utilisait un langage beaucoup trop technique pour qu'il puisse tout comprendre. Paco qui s'éloignait vers l'hélico avec les ambulanciers.

– Wade.

Une main sur sa joue. Harriet qui se tenait devant lui, soucieuse. Il revint dans le présent en une seconde.

– Je monte avec eux. On se rejoint à l'hôpital.

– D'accord.

Sans même s'en apercevoir, il l'attira à lui et la serra fort dans le vent provoqué par les pales de l'appareil. Elle entoura sa taille de ses bras.

– Je dois y aller.

Il hocha la tête et lui embrassa les cheveux.

– File.

L'hélicoptère emmena Harriet et Paco, et laissa l'angoisse et le doute prendre toute la place dans l'habitacle de la camionnette pour le reste du trajet.

CHAPITRE 27

CHANGEMENT DE DÉCOR

Harriet n'avait jamais observé la ville de Denver du haut des airs.

Elle ne le fit pas davantage ce jour-là.

Concentrée sur le patient avec les deux ambulanciers, elle réalisa à peine que le pilote venait de poser adroitement l'hélicoptère sur le toit de l'hôpital. Paco n'avait pas repris connaissance.

Une bourrasque s'engouffra dans l'appareil quand la porte latérale s'ouvrit, laissant apparaître Seth, Jenna et James, un infirmier que Harriet connaissait bien.

– Allez, on se bouge ! cria Seth.

Toute la troupe fit preuve d'une coordination digne d'une équipe de nageuses synchronisées, et le blessé fut déposé sur une civière, plus pratique. Un signe de la main aux secouristes héliportés, et les employés de l'hôpital s'engouffrèrent dans le bâtiment avec leur précieux colis.

Le silence soudain de l'ascenseur les saisit tous en même temps.

– Salut, Harriet, prononça doucement Seth, mais sans quitter le patient des yeux. Tes vacances se passent bien ?

Elle perçut un sourire dans sa voix. Il n'y avait que lui pour lancer un trait d'humour en pareille situation. Son calme légendaire opérait une fois de plus, et il avait fait baisser la tension en une seule phrase.

Bloquée à la tête de la civière dans l'espace étroit, elle pouffa tout en caressant les cheveux de Paco. Jenna était presque grimpée sur leur patient, les deux pieds sur une barre latérale de la civière immobilisée, et concentrait toute son attention sur la jambe du malheureux.

– Oui, de belles vacances. Quel est le plan de match ? On va au bloc opératoire ?

Seth tiqua.

– Ils n'ont pas de place, pour l'instant. On se rend aux urgences pour le stabiliser. On le montera au bloc dès qu'un chirurgien sera dispo et qu'il aura une salle où opérer. C'est le bordel, aujourd'hui.

Jenna grogna une phrase contenant plus de jurons que de mots pertinents, mais qui tournait essentiellement autour du fait qu'on devrait démolir cet hôpital pour en construire un deux fois plus gros. Avec des beignets à volonté pour le personnel.

Les portes de l'ascenseur s'ouvrirent et la civière fut emportée par Seth et James, tandis que Jenna continuait son numéro d'équilibriste. Tout naturellement, Harriet s'élança à leur suite.

– Hé, tout doux, ma petite Harriet. On va s'arrêter ici.

Claire venait de saisir son bras, et Harriet se figea au seuil du couloir indiquant « Réservé au personnel ». La civière de Paco avait disparu, certainement garée dans une des salles de trauma. La trois, probablement. Elle était mieux équipée. Oui, sûrement la trois.

Harriet tourna la tête vers Claire et relâcha tout l'air dans ses poumons. La bonne infirmière en chef lui souriait affectueusement. Harriet lui rendit la pareille.

– Tu n'es pas en service.

C'était exact. Son travail était terminé, elle avait rempli sa mission.

– Viens avec moi, tu vas m'aider à remplir la fiche d'admission de ton ami.

Paco était-il son ami ? Peut-être était-il encore trop tôt pour employer ce mot, mais s'il ne s'en sortait pas, elle aurait très certainement de la peine. Oui, elle aimerait être son amie.

Après dix minutes passées avec Claire où l'essentiel de ses réponses se limita à « je ne sais pas, mais quelqu'un s'en vient et il pourra sûrement te fournir ces renseignements », Harriet s'octroya le droit de se rendre au vestiaire.

Elle salua deux infirmières qui quittaient la pièce comme elle y entrait. Le panneau de métal à son nom lui était bien sûr familier, mais elle avait l'impression d'avoir ouvert sa case voilà mille ans. Tant de choses avaient changé…

Harriet éclata de rire devant son uniforme bleu qui pendait au crochet. Elle avait tellement hâte de changer de vêtements que le pantalon et la blouse au col en V faisaient figure de bénédiction. Elle les saisit et se dirigea vers une cabine, où elle prit même une douche rapide qui la revigora.

De retour à sa case, les cheveux noués sur la tête et ceux sur sa nuque encore humides, elle fronça les sourcils. Elle passa ses doigts sur l'intérieur de la porte. Depuis qu'elle travaillait dans cet hôpital, elle avait souvent jalousé les photos, dessins d'enfants et autres souvenirs qui décoraient les portes des casiers de ses collègues de travail. Celle de Seth était truffée de clichés attendrissants. Mais elle ? Elle n'avait rien à chérir, personne pour lui remonter le moral lors des journées difficiles avec un sourire ou une grimace sur une photo prise un soir de vacances.

Dans un élan spontané, Harriet vida sa case et entassa tout son contenu dans un sac à dos qui traînait au fond. Sans qu'elle puisse se l'expliquer, elle avait l'impression qu'elle ne reviendrait pas. Et n'en ressentait aucune peine.

Son sac sur une épaule, elle referma délicatement la porte de sa case maintenant vide, comme si elle ne voulait pas que le compartiment métallique s'aperçoive qu'elle le quittait en douce. Puis, elle sortit du vestiaire et alla s'asseoir sur une des chaises meublant le couloir des urgences, tout près de la porte qui lui était interdite. Habillée pour le travail, elle songea que les gens qui passaient devant elle risquaient de la prendre pour une employée paresseuse, mais elle s'en fichait.

Elle s'adossa et appuya sa tête au mur, toutes ses pensées tournées vers Paco.

Elle ne sut combien de temps s'était écoulé lorsque Seth vint se placer devant elle et lui toucha le genou. Elle ouvrit brusquement les yeux et se redressa sur son siège.

– Alors ?

Seth lui adressa un sourire rassurant. Bien sûr qu'il l'avait sauvé.

Elle l'avait toujours admiré, d'aussi loin qu'elle se souvienne. Et lorsqu'il lui avait témoigné de l'intérêt, plus d'un an auparavant, elle n'avait pas pu y croire. Avec le recul, elle réalisait qu'elle avait eu tellement peur de le perdre, à chaque instant de leur relation, qu'elle l'avait finalement fait fuir. Elle l'avait étouffé aussi sûrement que si elle lui avait scotché un sac de plastique sur la tête.

– Il vient de partir pour le bloc opératoire. Sa jambe aura besoin de rééducation, mais on a stoppé l'hémorragie et Jenna s'est occupée de sa fracture au poignet. Il est hors de danger.

– Ouais, beau boulot, Harriet, t'as assuré, intervint Jenna qui passait en coup de vent au même moment. Ouch, ça me fait mal de te complimenter, ça râpe dans ma gorge. Je me pousse, à plus tard !

Les deux femmes ne s'apprécieraient jamais, c'était un fait. Une autre chose dont Harriet se fichait maintenant. Seth s'installa sur le siège voisin du sien, laissé vacant par un homme qui venait d'être appelé en salle de consultation. Il grogna en s'asseyant.

– Juste une minute, souffla-t-il en s'étirant la nuque. Ne le dis à personne. Alors, continua-t-il en se tournant vers elle, c'est un ami à toi ?

– Oui, c'est un ami, décida-t-elle. Je viens de passer quelques jours dans un village que je ne connaissais pas, et j'y ai rencontré plein de gens formidables. Paco en fait partie.

– C'est bien.

Il avait plissé les yeux en l'observant. Puis, il se leva.

– Je ne te conduis pas à la salle d'op', tu sais où aller.

– Oui, oui, ne fais pas attention à moi, je vais m'organiser.

– Harri !

Le sang de la jeune femme ne fit qu'un tour lorsqu'elle entendit la voix pressée de Wade qui s'amenait dans le corridor à grands pas.

– Comment va-t-il ?

Un peu essoufflé, il s'arrêta pile à côté de Seth. Les deux hommes se retrouvèrent debout devant elle, l'un aussi blond que l'autre était brun, et l'un aussi détendu que l'autre était énervé. L'un la laissant maintenant indifférente, l'autre pas du tout.

Elle se leva comme Seth prenait la parole et faisait un bref topo de la situation. Wade se contentait de hocher la tête en silence, concentré sur les paroles du médecin. S'était-il rendu compte qu'il venait de passer son bras autour de la taille de Harriet et l'avait rapprochée de lui en écoutant le bilan du médecin ? On pouvait en douter.

Chose certaine, le geste n'échappa pas à Seth. Lorsqu'il eut fini d'exposer la situation, il enveloppa la jeune femme d'un regard qu'elle ne parvint pas à déchiffrer.

– Elle a vraiment bien géré la situation, dit-il en la regardant, mais en s'adressant à Wade. Ton compagnon est un peu pâle, Harriet, mais je ne crois pas qu'il ait besoin d'une prise de sang, termina-t-il avec un clin d'œil entendu.

D'abord surprise, elle esquissa un sourire résigné et hocha la tête.

– J'ai compris… certaines choses. Je ne referai pas les mêmes erreurs.

Seth approuva silencieusement, sans se départir de son sourire.

– Je le crois aussi. Prenez soin de votre ami, tous les deux. Je vous laisse.

Le médecin s'éloigna sur un signe de la main, au moment où une infirmière venait le chercher au pas de course.

Harriet se tourna vers Wade, qui observait le médecin en fronçant ses épais sourcils. Ses doigts s'étaient crispés sur la hanche de Harriet.

– Tu le connais bien ? demanda-t-il.

– Nous avons déjà été ensemble. Allez, viens, on monte au bloc opératoire. On aura le temps de s'asseoir et de discuter, tu dois être vanné après cette route et le stress. Il y a du café buvable à l'étage, et des biscuits.

– Hum.

Harriet saisit la main de Wade et l'entraîna vers l'ascenseur. Lorsque les portes se refermèrent, le garagiste l'attira contre lui et enfouit le visage dans ses cheveux. Il prit deux grandes inspirations, tandis qu'elle frottait son dos avec sa paume.

– Ça va aller, murmura-t-elle.

Il voulait tellement la croire. Mais le chaos dans sa tête rugissait sans répit, et la rencontre du parfait médecin blond qu'ils venaient de quitter n'arrangeait en rien les choses. Un médecin.

Nous avons déjà été ensemble.

Bien sûr.

Ce qu'il était con.

CHAPITRE 28

SILENCES ET SOUPIRS

Toutes les personnes assises dans la salle d'attente du bloc opératoire s'inquiétaient pour quelqu'un. Il y régnait une ambiance lourde, et le décor était loin d'arranger les choses. Les chaises étaient austères et les accoudoirs élimés. Les fenêtres étaient grillagées, ce qui donnait un air encore plus sinistre à l'endroit. Le vert menthe des murs se voulait sûrement apaisant, mais transportait immanquablement les pensées vers toutes les déclinaisons possibles d'un teint verdâtre ou d'une blouse d'hôpital.

Wade était assis tout au fond de la pièce, dans un coin qui donnait sur la fenêtre. Peu bavard dès qu'il y était entré, il avait croisé les bras et appuyé sa tête au mur, en fermant les yeux. Harriet ignorait s'il s'était assoupi, s'il ruminait de sombres pensées ou s'il était triste. Il était l'exemple parfait d'un visage stoïque.

Quant à elle, dès son entrée dans la salle surchauffée où une douzaine de personnes aux épaules basses patientaient tant bien que mal, son uniforme d'infirmière avait fait redresser les têtes. De l'espoir était apparu dans les yeux et des questions sur les lèvres.

Lorsque les demandes et les interpellations avaient commencé à fuser, Harriet avait tout d'abord répondu qu'elle n'était pas en service. Puis, après dix minutes assise près d'un Wade immobile et muet, elle s'était relevée. Depuis, elle apportait verres d'eau, café et réconfort aux familles et amis de ceux et celles qui se trouvaient entre les mains et les scalpels des chirurgiens.

– Tenez, dit-elle tout bas à une dame qui attendait impatiemment des nouvelles de son mari.

La main que l'infirmière en congé posa sur l'épaule de la femme et le thé qu'elle lui tendit suffirent à ramener un peu de couleur sur son visage.

Même si elle tentait de faire bonne figure, Harriet s'inquiétait pour Wade. Cependant, elle n'osait pas le questionner, de peur de se faire rabrouer. Son attitude était franchement déstabilisante. Enrageante, même. Comme s'il avait oublié sa présence. Elle se décida quand même à aller reprendre sa place auprès de lui, quand plus personne ne sembla avoir besoin d'elle.

En entendant le cuir de la chaise craquer, Wade ouvrit un œil et vit Harriet appuyer sa tête au mur à côté de lui. Elle soupira profondément.

– Ça va ? demanda-t-il tout bas.

Elle sursauta légèrement et le regarda une fraction de seconde.

– Oui, ça va. Et toi, ça va ?

– Je sais pas.

C'était la vérité. Wade était complètement à côté de la plaque, et il n'arrivait pas à déterminer ce qui, de Paco, du médecin blond, du manque de nicotine ou de l'hôpital même, le mettait dans un tel état.

– Je peux faire quelque chose ? Tu veux un autre café, peut-être ?

– Non, ça ira, dit-il en esquissant un sourire reconnaissant. Il serait temps que tu cesses de servir tout le monde, tu boites de plus en plus, Harri.

Elle fronça les sourcils.

– Comment peux-tu le savoir ?

– Je t'observe depuis tout à l'heure.

La jeune femme se sentit rougir et se dit que, peut-être, il avait veillé sur elle. Elle aimait bien ce petit côté protecteur… possessif même.

– Monsieur Larson ?

La voix provenait de l'entrée de la salle d'attente. Un chirurgien fatigué fouillait des yeux la pièce, dans l'attente évidente que quelqu'un réponde à l'appel.

Wade était déjà debout et se dirigeait vers le médecin dont il serra la main, Harriet derrière lui.

– Venez.

Comme elle se demandait si elle devait les suivre, Harriet sentit les doigts de Wade glisser sur son bras et prendre sa main. Ils sortirent.

– Bon, commença le chirurgien en les prenant à part dans le couloir. Votre ami va bien. Il est en salle de réveil et en a pour un petit bout de temps avant de se souvenir de son nom, ajouta-t-il avec un sourire en coin. Les fractures ont été réduites, et on a dû lui retirer la rate. Mais dans l'ensemble, il s'en tire à bon compte.

Wade hochait la tête sans s'arrêter depuis le début du discours du médecin.

– Je vous propose d'aller le voir, puis de rentrer chez vous jusqu'à demain matin. Il ne vous sert à rien de vous épuiser à attendre ici.

– D'accord, répondit Harriet avec assurance, en constatant que Wade avait perdu l'usage de la parole. Dans combien de temps pourra-t-il quitter l'hôpital ?

– Hum, si tout va bien, dans trois jours. Mais il aura besoin que quelqu'un prenne soin de lui pour une à deux semaines.

Le médecin laissa traîner une demande muette dans ses yeux en regardant tour à tour Wade et Harriet.

– Pas de problème, déclara finalement Wade. Il y aura quelqu'un pour s'occuper de lui, à sa sortie.

– Parfait. Suivez-moi.

Si Harriet était habituée au bruit des machines et aux tubes reliés à un corps alité, elle n'en fut pas moins ébranlée par l'allure de Paco. Une infirmière s'affairait autour de lui, et leur sourit à leur entrée dans la chambre.

– Je vous laisse avec lui, murmura-t-elle. Il devrait se réveiller bientôt.

Harriet avait mal.

Vraiment mal.

– Wade… lâcha-t-elle dans un souffle. Wade… Ma main…

Il sursauta et lâcha ses doigts qu'il pressait à outrance, puis se tourna vers elle. La douleur qu'elle vit dans ses yeux lorsqu'il déglutit difficilement effaça la sienne. En un éclair, elle redevint l'infirmière.

– Viens, dit-elle en le guidant vers le lit, je vais t'apporter une chaise pour que tu sois près de lui.

Wade s'assit sur le fauteuil qu'elle lui présenta, et posa la paume sur le bras de son ami dont la main était décorée d'une aiguille de perfusion. Harriet se rendit de l'autre côté du lit en se massant les doigts subtilement.

Ils étaient livides. L'un comme l'autre. Deux hommes vulnérables dans la même chambre. La rousse attendit. Longtemps. Elle finit par aller s'asseoir au bord de la large fenêtre et contempla le paysage, si l'on pouvait considérer le mur de brique troué de fenêtres lui faisant face comme un paysage.

– Espèce d'enfoiré… J'aurais pas supporté que tu me quittes, toi aussi…

Harriet se fit violence pour ne pas tourner la tête vers Wade qui venait de prononcer cette phrase d'une voix étranglée.

– Hé, mon ami, ajouta-t-il d'une voix beaucoup plus douce. Viens, Harri, il se réveille.

Elle quitta son perchoir et rejoignit le blessé dont elle saisit la main libre. Les yeux ouverts, il déglutit plusieurs fois.

– Tu nous as fait toute une frousse, continua l'ami troublé. Le doc a dit que tout s'était bien passé.

Paco émit un faible sourire, puis leva sa main pour l'approcher de Wade, dont il tapota la joue. Il referma ensuite les yeux et repartit pour le pays des songes. Harriet et Wade pouffèrent.

– Je t'invite chez moi pour une douche, un bon repas et le sommeil du juste. Qu'en dis-tu ? proposa Harriet en souriant.

Wade hocha la tête et se leva. Il avait repris de l'assurance et des couleurs.

– Proposition acceptée.

Ni l'un ni l'autre ne furent très volubiles pendant le trajet qui les mena chez l'infirmière en vacances. Elle lui fit effectuer un arrêt au supermarché pour acheter de quoi garnir le réfrigérateur un minimum, puis le guida jusqu'à la tour abritant son logement en copropriété. Elle dut demander un double de sa clé au gardien, la sienne étant restée à Saint-Profond-des-Bois.

Un soupir de bien-être lui échappa lorsqu'elle ouvrit la porte, que Wade perçut cinq sur cinq. Elle allait enfin pouvoir prendre une douche, enfiler un jeans et dormir dans son lit. Le bonheur !

– Tu as faim ?

Wade se promenait dans la pièce ultramoderne à aire ouverte, les mains dans les poches, les sourcils froncés.

– Pas vraiment.

– D'accord, alors tu veux aller prendre une douche ? Discuter ? Boire quelque chose ? Si tu le souhai…

– Je peux aller fumer sur le balcon ?

– Euh… Oui, oui, bien sûr.

Une main en suspens au-dessus du sac d'épicerie, un paquet de poitrines de poulet dans l'autre, Harriet observa Wade sortir sur le balcon et refermer la porte-fenêtre dans son dos. Ni une ni deux, il s'alluma une cigarette et s'accouda à la balustrade.

– Bon…

Irritée était sûrement le terme approprié pour décrire son état.

Harriet rangea les achats et se dirigea vers la douche, dont elle profita exagérément. Se faire une beauté l'apaisa. Lorsqu'elle revint dans la pièce à vivre, ses sous-vêtements coûteux sous ses vêtements de ville, elle se sentit coupable de souhaiter que Wade la déshabille et lui fasse l'amour. Franchement, il n'avait sûrement pas la tête à ça. Mais elle était maintenant à son avantage. Désirable dans la soie et la dentelle qu'elle affectionnait tant.

Wade était toujours debout sur le balcon, et le soleil déclinait de plus en plus. Il était au téléphone et, de temps à autre, faisait des gestes de la main en parlant. Elle le vit même sourire, tandis qu'elle sortait de quoi leur préparer à souper.

Lorsqu'il finit par rentrer, Harriet ne savait plus sur quel pied danser. Elle avait récemment pris conscience qu'elle avait été étouffante avec Seth, elle ne voulait pas commettre la même erreur avec Wade. Mais, doux Jésus, il n'était pas facile à suivre...

– Je peux aller me doucher ?

– Oui, oui ! Pas de problème ! Je vais te montrer où...

– Je vais trouver. Merci, Harri.

Elle prit une profonde inspiration, puis ressortit son plus beau sourire de circonstance, celui qu'elle aurait aimé ne plus jamais utiliser.

Lorsqu'il quitta la salle de bain une vingtaine de minutes plus tard, elle eut envie de lui faire une blague sur le fait que c'était lui, maintenant, qui n'avait pas de vêtements propres à se mettre. Mais vu son air toujours sombre, elle fit une croix sur le projet. Elle l'invita à s'attabler et posa son assiette devant lui.

Comme elle allait regagner la cuisine pour se servir sa propre assiette, il la retint. Ne leva pas la tête vers elle. Se contenta de caresser son poignet avec le pouce.

– Merci pour tout ce que tu fais, Harri. Je sais que je suis d'une humeur de merde.

– Mais non, pas de probl...

– J'ai conduit Blake moi-même dans ma camionnette, cette nuit-là. Il n'est pas mort sur le coup... Il... n'est pas mort sur le coup. J'ai attendu dans une maudite salle comme celle d'aujourd'hui, puis on est venu nous annoncer, à Lydia, Josh et moi, qu'il avait succombé à ses blessures.

Il parlait si bas qu'elle avait dû se pencher vers lui pour bien entendre.

– Ça va, Wade. Ne t'en fais pas pour moi, tu t'inquiètes pour ton ami, c'est normal.

– Hum.

Il la libéra et elle prit place face à lui. L'ambiance du repas s'avéra aussi lourde que celle du reste de la journée. Les bruits d'ustensiles et de mastication ne furent pas divertissants. Et quand Wade manifesta l'envie de retourner sur le balcon, Harriet en profita pour aller se coucher.

En se glissant sous les couvertures, elle se gonfla les joues et en vida ensuite l'air en soupirant longuement.

Elle prit soin de laisser beaucoup de place dans le lit, et demeura dos à lui lorsqu'il vint s'étendre. Beaucoup plus tard.

– Harri, tu dors ?

– Aucune chance.

Une main caressa doucement son épaule.

– Pourquoi ?

– Parce que je m'inquiète pour toi. Je ne sais pas comment agir.

Elle l'entendit soupirer dans son dos, et sa main quitta la peau de son bras.

– Les choses sont ce qu'elles sont, Harri. Les choses sont ce qu'elles sont. Ta vie reprendra son cours normal bientôt, je te le promets.

Harriet ferma les yeux pour retenir ses larmes. Ce n'était pas ce qu'elle aurait souhaité entendre.

CHAPITRE 29

LES FAILLES

– Bingo.

Lydia saisit la clé dans sa main en souriant et remit à sa place le vieux bidon de lait en acier qui faisait office de décoration sur la véranda, derrière la maison de Wade. Brenda aimait s'en servir pour y placer des branches de sapin à Noël ou des gerbes de blé l'été. Mais depuis qu'elle avait pris la poudre d'escampette, l'objet d'une autre époque restait dans son coin, vide et triste.

Wade avait toujours laissé une clé sous le bidon, d'aussi loin que Lydia se souvienne. Ça avait commencé le jour où il était revenu de l'école un soir et s'était rivé le nez à une porte verrouillée. Son père avait fait un infarctus et sa mère l'avait emmené à la clinique sur les chapeaux de roues, oubliant du même coup fiston qui devait rentrer en fin de journée.

Le paternel n'était plus jamais revenu à la demeure. Et Wade était resté assis sur le perron des heures, avant de se décider à marcher jusque chez Blake.

Il avait ensuite vécu plusieurs années avec sa mère. À la fin de sa vie, Debbie habitait presque exclusivement dans le pavillon que Wade avait construit pour elle. Elle y peignait des heures durant, et Lydia se demanda si Wade avait compris que Debbie et Brenda n'arrivaient pas à cohabiter. Dès le décès de la mère, l'épouse s'était empressée de transformer sa chambre en bureau. Beaucoup plus pratique.

Lydia n'arriva pas à introduire la clé dans la serrure de la porte et la retourna, dents vers le haut, en comprenant qu'elle s'y était prise de la mauvaise façon.

– Salut.

En sursautant, la jeune femme fit voler la clé dans les airs et tenta de la rattraper dans une série de mouvements brusques des mains qui ne firent qu'entériner le nouveau lieu de résidence de la clé de secours de Wade : elle se glissa avec une précision stupéfiante entre deux planches de la véranda, et échoua sûrement dans un tas de feuilles et de poussière.

– Malédiction !

Frustrée, Lydia se releva et mit les mains sur ses hanches pour faire face à la personne qui avait causé ce malheur.

– Bravo, Joshua. Bien joué. Bruno est emprisonné dans la maison, maintenant.

Comme pour confirmer ses dires, on entendit le chiot japper et, par le fait même, on constata qu'il était encore en vie et en pleine forme. Josh et Lydia éclatèrent de rire devant le museau et les oreilles du chien qu'on voyait apparaître sporadiquement au bas de la fenêtre de la porte, au rythme de ses sauts et de ses jappements.

– Que fais-tu ici ? demanda Joshua, les mains dans les poches, au pied de l'escalier.

Lydia soupira d'agacement.

– Wade m'a écrit un message pour me dire que Paco était hors de danger, mais qu'ils le gardaient en ville quelques jours. Je me suis dit que Bruno aurait besoin de sortir, et je me suis rappelé la clé cachée sous le b…

– Sous le bidon, termina Josh en souriant. Bien pensé.

– Et toi, que fais-tu ici ? riposta Lydia.

– Wade m'a appelé pour me donner des nouvelles. Les mêmes que toi, à l'évidence. Il m'a demandé de m'occuper de Bruno. J'ai une clé, moi. Allez, pousse-toi, microbe.

Lydia grogna, mal à l'aise et furieuse contre elle-même de constater que son traître de muscle cardiaque battait trop fort à son goût en présence du barman.

– Je déteste quand tu m'appelles comme ça.

– Je sais.

Il lui tournait maintenant le dos pour enfoncer la clé dans la serrure, mais elle perçut tout de même le sourire dans sa voix.

La porte s'ouvrit comme un charme, et Joshua eut tout juste le temps de s'accroupir que Bruno lui sautait dans les bras en couinant et en cherchant par tous les moyens à lui lécher le visage.

Josh avait toujours eu le rire facile. Le bonheur aussi. Lydia soupira.

– Je te laisse, alors.

Elle descendit l'escalier et se dirigea vers sa voiture.

– Attends ! Et si on allait se promener, tous les trois ? Il y a longtemps que j'ai marché dans le sentier, autour du lac...

Il ne semblait nullement gêné ou en colère. Pourtant, ils ne s'étaient pas reparlé depuis que Lydia avait fui ses draps. Après l'avoir embrassé et s'être fait éconduire, détail non négligeable. Il lui offrait une promenade, et son plus beau sourire. Pourquoi pas ?

– D'accord. Tu veux qu'on cherche sa laisse ?

– Nan, objecta Josh en secouant la tête. Viens, Bruno ! On part en promenade libre !

– Euh... commença Lydia, tandis que Josh et Bruno dévalaient les marches, et que l'un comme l'autre passaient devant elle. Pas sûre que ce soit une bonne idée. Tu as su pour l'histoire de l'écureuil ?

Joshua éclata de rire.

– Mais oui, ne t'en fais pas. S'il se paie une course avec un rongeur, on s'assoira sur une roche plate et on l'attendra. Il n'est pas idiot, il sait que nous sommes les gardiens des croquettes !

Gagnée par la bonne humeur du jeune homme et la simplicité du moment, Lydia lui emboîta le pas en se drapant dans son châle de tricot.

Ils bifurquèrent rapidement sur le sentier longeant le lac. La journée tirait à sa fin, mais le soleil tiendrait bon encore un moment. De toute manière, Josh devrait aller ouvrir le Blitz bientôt. Bruno courait devant eux comme un fou un peu gauche, s'empêtrant parfois dans ses propres pattes, ce qui fit pouffer Josh et Lydia à quelques reprises.

– Je suis contente que Paco aille bien, murmura Lydia. Je l'ai vu, dans la camionnette de Wade. C'était… c'était dur.

Elle se racla la gorge et tourna les yeux vers le lac, qu'on apercevait entre les arbres, en contrebas.

– J'imagine, oui. Wade m'a dit que Harriet avait été incroyable.

– Je n'en doute pas un instant, confirma-t-elle en hochant la tête.

– Tu crois qu'ils… ?

Il n'avait pas fini sa phrase. Pas besoin. Lydia avait compris.

– Non, je ne crois pas. Wade a été clair, et Harriet devait repartir aujourd'hui.

– Ah oui ? Pourtant…

Lorsqu'elle tourna la tête vers Josh, elle vit ses sourcils froncés. La curiosité de la jeune femme fit des cabrioles.

– Pourtant quoi ? Allez, dis-moi, Joshua ! Dis-moi !

Elle s'était presque pendue à son bras. Lui riait en secouant la tête, pas du tout incommodé par le poids plume qui tirait sur son poignet.

– Pas question ! Mes discussions avec Wade ne regardent que nous, ce ne sont pas tes oignons, Lyd.

– Oh, même pas drôle. Allez, on passe un marché. On fait la course jusqu'au tournant là-bas et si j'arrive avant toi, tu me dévoiles un secret.

Il sembla réfléchir un instant, puis s'élança en manquant de la faire tomber.

– Hé ! Tricheur !

Elle prit son élan et courut comme si elle était aux Olympiques. Les petites branches au sol craquaient sous ses pas rapides et son châle tenait seulement sur une épaule. Elle ne put retenir un rire en voyant Josh trébucher mais se reprendre aussitôt, et les jappements de Bruno les encouragèrent jusqu'au fil d'arrivée.

Bien sûr que Josh arriva avant elle. Mais ce n'était pas important. Elle était bien, heureuse de partager un autre moment avec lui. Ils lui étaient de plus en plus précieux.

Les mains sur les cuisses, elle reprenait son souffle près d'un Josh en pleine forme. Pour ajouter l'insulte à l'affront, il la nargua.

– Tu t'attendais à quoi, microbe, hein?

– Tu as tellement raison…

Lorsqu'elle se releva, Joshua avait presque cessé de sourire. Il restait un petit plissement au coin de ses yeux et une extrémité de sa bouche était légèrement relevée. *Sa bouche...*

– Tu veux quand même un secret? murmura-t-il en croisant les bras.

Elle hocha la tête et se retint de saisir la mèche de cheveux qui s'était échappée du chignon du barman et lui descendait sous la mâchoire.

– Je t'ai cherchée ce matin. Dans mon lit.

– Oh. Oui, je… J'étais partie.

– C'est ce que j'ai constaté.

Elle se sentit rougir et se tourna à nouveau vers le lac. Elle n'avait pas envie de reparler de la nuit dernière. Non pas qu'elle regrettait, seulement… Elle ne savait plus où elle en était. Et elle ne voulait pas que la légèreté du moment s'envole au-dessus des cimes des grands pins.

La main de Josh glissa sur son épaule.

– Ça va, Lyd. Tu te sentais seule, je comprends. Pas besoin d'en reparler.

– OK.

– Hé, d'ailleurs, ça me fait penser… Attends, voir…

Il se tourna et s'avança un peu dans les bois, où Lydia et Bruno le suivirent, ce dernier sans doute excité par la perspective d'une partie de cache-cache.

– Ah oui, voilà ! Viens, Lyd !

En évitant de se faire fouetter le visage par les branches basses, elle le rejoignit prudemment. Josh se trouvait devant un grand chêne, un air nostalgique dans les yeux tandis qu'il passait ses doigts sur l'écorce.

Cinq noms gravés. Wade, Blake, Paco, Joshua et Pete. Les lettres étaient inégales, l'œuvre au canif de cinq jeunes qui avaient été inséparables toute leur jeunesse.

– J'avais oublié. Je me demande si Wade y a repensé. Et la cachette…

Pendant que Josh faisait glisser sa main sur l'écorce vers le bas, Lydia sentit l'agacement monter en elle. Elle tapa même du pied, mais le son fut étouffé par la mousse au sol. Elle en avait sa claque que le passé s'invite dans toutes ses journées. *Comment faire pour avancer et passer à autre chose, merdouille !*

Dans le tronc, près des racines, une faille assez profonde pour que Josh puisse y insérer la main. Il en ressortit un petit sac en plastique contenant des papiers pliés. Le jeune homme resta assis sur ses chevilles, puis leva la tête vers Lydia qui avait croisé les bras. Il lui fit un clin d'œil.

– Ça, commença-t-il en désignant le sac de son index, ça, c'est un vrai secret.

– Ah oui ?

Elle mit de côté sa frustration et s'accroupit à son tour.

– Hum, hum.

Il ouvrit le sac et en sortit les carrés de papier.

– Blake et Wade devaient avoir dix-sept ans. Pete, Paco et moi, environ quinze. On a gravé nos noms avec le couteau de Wade, puis on a écrit sur des papiers le nom de la fille de nos rêves, chacun pour soi. Tu veux voir ?

Elle hocha vigoureusement la tête.

Wade et Pete avaient tous les deux inscrit le nom de Brenda. C'est vrai qu'elle était très belle, et elle avait tapé dans l'œil de tous les gars du village. Avec le recul, il apparaissait évident que Pete était beaucoup mieux tombé en épousant Julie. Leurs deux enfants étaient adorables.

Paco avait inscrit « Britney Spears ». Lydia se souvenait qu'il avait fait une fixation sur la chanteuse pendant un bon moment. Ils ne se retinrent pas de rigoler en lisant le papier.

– C'est celui de Blake, précisa Josh en saisissant le carré suivant.

Il le déplia. Lorsqu'elle vit son propre nom écrit à l'encre bleue, Lydia eut envie d'envoyer le village entier au diable. Elle serra les poings. Ignorant l'état d'esprit de sa belle-sœur, Josh leva vers elle des yeux pleins de larmes.

– Vous étiez tellement destinés, dit-il finalement, en s'étranglant sur la dernière syllabe. Il me manque chaque jour, je n'ose même pas imaginer ce que tu vis, Lyd…

Elle voulait rentrer immédiatement. Elle se releva et épousseta ses cuisses pourtant propres.

– Le soleil va se coucher, Joshua, on ferait mieux d'y aller. Viens.

Elle avait parlé d'une voix douce et tendu la main vers lui. Il la saisit et se releva.

Le retour fut silencieux. Le soleil avait presque disparu et le vent se levait. Lydia frissonnait, mais n'envisagea pas d'accepter la proposition de Josh de prendre sa veste à carreaux.

Arrivée à sa voiture, la main sur la poignée de la portière, elle se retourna pourtant.

– Joshua ?

Il fit volte-face sur le pas de la porte de chez Wade.

– Oui ?

– Il y avait quoi, sur ton papier ?

Elle l'avait vu glisser discrètement dans sa poche le cinquième carré, après avoir déplié celui de Blake.

Il haussa les épaules, puis se tourna vers la forêt quelques secondes. Il se frotta ensuite le front un moment, les yeux au sol, et se décida finalement à la regarder droit dans les yeux.

– Salma. J'avais écrit Salma.

Eh ben.

Qu'avait-elle espéré ?

CHAPITRE 30

FIN DE L'HISTOIRE

Comment avaient-ils pu en arriver là ?

Le malaise entre Wade et Harriet était maintenant aussi grand que l'immeuble abritant le logement de la jeune femme.

Lorsqu'elle avait ouvert les yeux dans son lit ce matin, elle avait envisagé plusieurs scénarios : Wade serait couché tout au bord du matelas, dos à elle. Ou alors, il aurait dormi sur le canapé du salon. Il n'aurait quand même pas poussé le ridicule jusqu'à dormir par terre au pied du lit, non ?

La réalité avait été beaucoup plus simple. Les draps étaient bel et bien froissés près d'elle. L'empreinte d'une tête creusait encore l'oreiller. Mais elle avait trouvé Wade comme elle l'avait quitté la veille, accoudé à la rambarde, en train de fumer. Elle avait serré les pans de son peignoir en satin autour d'elle et s'était apprêtée à le rejoindre, la main sur la poignée de la porte-fenêtre.

Mais pour lui dire quoi ? Avait-il seulement envie de la voir ou de lui parler ?

Elle avait fait demi-tour vers la cuisine pour y préparer le café. Elle retrouvait ses marques et son aisance, effectuait les tâches en mouvements routiniers. Retomber dans son ancienne vie aussi brusquement lui tira une grimace.

Le bruit de la porte qui coulissait lui fit lever la tête.

– Bonjour ! lança-t-elle à Wade d'un ton enjoué.

Il était échevelé et cerné, en pantalon de travail mais torse nu. Elle déglutit et se concentra sur son visage.

– Ah, tu es réveillée. Je pars pour l'hôpital, je venais t'avertir.

– Euh… OK…

Il disparut quelques secondes dans la chambre, dont il ressortit en boutonnant sa chemise de la veille, les yeux sur elle. Distant. Indifférent.

– Reviendras-tu ici après être allé voir Paco ?

Il suspendit son geste et la regarda avec surprise.

– Je n'en avais pas l'intention. J'ai appelé la sœur de Paco hier soir, elle devait sauter dans le premier avion pour Denver. Elle est sûrement déjà rendue à l'hôpital, à l'heure qu'il est. Elle est infirmière, alors c'est elle qui prendra soin de Paco chez lui pour les prochaines semaines, elle a pris des vacances.

– Oh.

Harriet baissa la tête et fit tourner la cuillère dans le pot de café moulu sur le comptoir. Bêtement, elle avait espéré pouvoir offrir à Paco de jouer les infirmières à domicile, jusqu'à ce qu'il aille mieux. Wade n'avait pas envisagé cette option, donc. En même temps, il était normal que sa sœur soit mise au courant de ce qui s'était passé et qu'elle se porte volontaire, qui plus est si elle était infirmière…

– Elle et moi avons convenu que je repartirais au village ce matin et que je reviendrais les chercher quand Paco aurait son congé. J'ai le garage à faire tourner. Je fais seulement un saut à l'hôpital et je reprends la route.

– Oh.

Seigneur, elle n'avait plus de mots. On n'avait plus besoin d'elle nulle part, elle n'existait plus. Son rôle dans l'histoire avait été supprimé.

Dans de vieux réflexes, elle eut un rire mauvais et vaguement condescendant. On la rejetait encore. Harriet leva la tête et ses yeux brillants de colère eurent l'air de déstabiliser Wade.

– Et dis-moi, commença-t-elle, dans ton plan échafaudé à la perfection, à quel moment dois-je récupérer ma voiture dans ton trou perdu ? J'embarque avec toi ce matin, ou alors je me tape quatre cents dollars de taxi ?

– Merde, j'avais pas pensé à ça.

Merde ? *Merde???* À quel moment était-elle devenue un caillou dans sa chaussure ? Wade se passa une main dans les cheveux.

– Excuse-moi, Harriet, bien sûr que je peux te ramener à ta voiture. Après ce que tu as fait, c'est la moindre des choses.

De la reconnaissance. Elle n'en voulait même pas.

– Donne-moi deux minutes pour me préparer, alors. Tu as l'air pressé.

– Euh... oui. Un peu.

Elle pouffa avec dédain et partit enfiler un jeans, des espadrilles et un t-shirt dans sa chambre. Elle saisit une veste en cuir marron dans le fond de sa penderie, sur un coup de tête. Elle n'avait jamais osé la porter depuis qu'elle avait eu un coup de cœur dans une boutique. Sa mère, qui l'accompagnait, avait dit que ce n'était « pas elle » et que ça lui donnait un air rebelle avec ses boucles rousses. Eh bien, qu'à cela ne tienne, c'était aujourd'hui qu'elle la porterait.

Lorsqu'elle revint dans la pièce principale, Wade se figea. Il l'observa des pieds à la tête, les yeux hagards. Il ne l'avait pratiquement connue qu'en vêtements de sport, et elle se demanda s'il aimait ce qu'il voyait.

Il ouvrit la bouche pour dire quelque chose, mais elle le coupa dans son élan.

– On y va ?

Il hocha la tête sobrement et passa devant elle, afin de lui donner l'espace pour verrouiller la porte.

Dans le camion, elle croisa les bras et regarda dehors. Elle ne parla que pour donner à Wade des indications routières. Le stationnement de l'hôpital fut bientôt rejoint. Ils sortirent du véhicule d'un même élan et marchèrent vers l'entrée.

– Harriet ?

– Hum ?

Elle se retourna sur le trottoir. Wade la regardait avec la tête légèrement penchée sur le côté, et lui adressa une question muette en plissant les yeux.

« Tout va bien ? » en déduisit la rousse.

Elle saisit d'une main ses boucles qui battaient au vent et les ramena sur une épaule.

– Tu viens ? s'impatienta-t-elle.

Il lui emboîta le pas jusqu'à la chambre de Paco. Des voix leur parvenaient de l'intérieur. Un charmant rire féminin laissait croire que la sœur du blessé était arrivée. Harriet laissa Wade entrer le premier.

– Hé ! Mon bon ami ! Harriet, tu es là aussi !

Paco était à demi assis dans son lit et venait d'écarter les bras devant les nouveaux venus. De l'autre côté du lit, une jolie jeune femme brune avec un carré aux épaules arrangeait les oreillers. L'air de famille était indéniable.

Wade s'approcha et tapa dans la main valide de son ami, puis se pencha par-dessus le lit pour faire la bise à la sœur, qui avait effectué le même chemin. Elle regarda les deux visiteurs et leur adressa un clin d'œil malicieux.

– Il est complètement à côté de la plaque, je vous préviens. La morphine lui donne des ailes ! Je m'appelle Salma, termina-t-elle en tendant la main à la rousse. La grande sœur de cet énergumène imprudent.

– Harriet. Enchantée. J'ai pris soin de votre frère, j'étais dans le coin pour mes vacances.

– Oui, Wade m'a raconté. Merci pour tout, sincèrement. J'ai cru comprendre qu'il ne s'en serait pas sorti sans toi. C'est chouette ce que tu as fait pour lui.

Salma avait gardé son sourire resplendissant, malgré une larme qui avait coulé sur sa joue. Harriet se sentit rougir, mais n'était pas disposée à tenir une conversation. Aussi reporta-t-elle son attention sur le blessé et son ami, qui s'était assis sur la chaise près du lit.

– Wade ! Wade, regarde, vieux ! Tu vois le tuyau qui est là ? Regarde tout au bout, il y a un sac… Oui, voilà. C'est mon pipiiiii ! ! ! Tu te rends compte ? Je suis certain qu'ils le garderont pour l'analyser, afin de comprendre comment on peut générer un homme aussi parfait que moi. Oh ! Et tu sais, l'infirmière qui vient le soir, je crois qu'elle en pince pour moi ! Je te le jure ! Elle m'a apporté deux paquets de biscuits. Deux ! précisa-t-il en montrant son index et son majeur à Wade pour être bien certain qu'il avait saisi. En plus, elle ressemble à Britney Spears. Je te jure, mon gars, elle est folle de moi.

L'homme sous forte médication n'en finissait plus de déblatérer, et entendre le rire de Wade fit du bien à Harriet. Même s'il ne le partageait pas avec elle. Même si elle était adossée au mur, les bras croisés, face à son dos. Il paraissait soulagé, et même si l'admettre la faisait grogner, elle s'inquiétait encore pour le garagiste.

Après un bon moment où la conversation entre les trois ne semblait pas vouloir s'arrêter, elle quitta la chambre dans l'indifférence la plus totale. Une fois dans le couloir, elle se frotta la nuque et fit quelques pas devant la chambre.

– Je venais aux nouvelles.

La voix de Seth provenait de derrière elle. Harriet se retourna et, curieusement, c'est en le voyant *lui* qu'elle eut envie d'éclater en sanglots. Peut-être était-ce parce qu'il était plein d'attentions, parce qu'il la ramenait à des jours heureux malgré tout, ou alors parce qu'elle réalisa qu'elle s'apprêtait à lui faire ses adieux. Elle se racla la gorge.

– Salut ! Il va bien, merci pour tout, Seth. Tu remercieras Jenna aussi.

– Je le ferai.

Il croisa les bras sur son uniforme bleu et plissa les yeux.

– Tu as quelque chose de changé.

– Moi. C'est moi qui ai changé, je crois.

Il hocha la tête en silence.

– Je ne reviendrai pas travailler à l'hôpital, Seth.

Il lui sourit avec bienveillance.

– Je ne sais pas pourquoi, mais j'avais deviné. Prends soin de toi, alors. Je dois y retourner, maintenant.

Elle ne le repoussa pas lorsqu'il s'approcha pour lui faire la bise, et poussa même l'audace jusqu'à le prendre dans ses bras. Il lui entoura les épaules, puis l'embrassa sur la joue.

– Au revoir, Harriet.

Elle renifla et se détacha, avant de lui sourire. Il repartit vers l'ascenseur et lui envoya la main une dernière fois.

– Je suis prêt.

Harriet sursauta au son de la voix dure de Wade. Bien vite, pourtant, elle reprit contenance et ouvrit la porte de la chambre de Paco pour y passer la tête. Elle salua Salma, qui manifesta le désir de la revoir bientôt, mais le blessé était dans les vapes, le lit à nouveau baissé.

– Allons-y.

Ils retrouvèrent leur place respective dans la camionnette, où on pouvait encore voir des traces du sang de Paco sur la banquette arrière, puis prirent la route.

Deux heures.

De silence.

De musique sentimentale à la radio.

De vent frais lorsque Wade baissait la vitre pour fumer.

De tension.

De regrets.

D'incompréhension.

Deux heures.

Deux.

Heures.

Arrivée près de sa voiture dans le stationnement du commerce de Lydia, Harriet sauta presque en bas de la camionnette. Wade reprit la route jusque chez lui, où elle devait de toute manière se rendre pour récupérer ses affaires. Harriet s'octroya quand même une minute pour aller dire au revoir à Lydia dans sa boutique. La blonde l'invita à prendre un café, mais Harriet déclina la proposition. Elles échangèrent leurs numéros de téléphone et se quittèrent le cœur lourd. Harriet n'en pouvait plus de tous ces au revoir.

Lorsqu'elle se gara chez Wade, il n'était pas dehors. Elle se rendit dans le pavillon, récupéra son sac de couchage, son maigre bagage et la carcasse de son Colnago, qu'elle chargea dans sa voiture. Wade sortit comme elle fermait la porte du coffre, Bruno sur les talons. Il avait les mains dans les poches et semblait un peu pâle.

Un manque de fer, décida Harriet. Oui, c'était sûrement le fer.

– J'ai laissé la clé sur le comptoir, dans le pavillon. Il y a mon chèque, aussi. Pour la location. Merci… euh… pour tout ça, Wade.

Harriet serra les dents à s'en péter les molaires. Il y avait quelque chose de dégueulasse dans l'association chèque-bon temps partagé-remerciement.

Wade pinça les lèvres et hocha la tête.

– Ça m'a fait plaisir.

De mieux en mieux. Harriet roula les yeux.

– Tu sais quoi ? explosa-t-elle soudain. T'es chiant, Wade. Je sais que je suis chiante aussi, mais vraiment, tu… Et je… Merde. Oublie ça. C'est bon, je pars.

Elle ouvrit la portière de sa voiture et crut l'entendre lui dire « prends soin de toi » tandis qu'elle s'asseyait. *Qu'il aille au diable.*

Pourtant, elle ne décolla pas sur les chapeaux de roues dans un nuage de poussière. Pas plus qu'elle ne roula à haute vitesse sur la route de campagne.

Elle passa plutôt deux heures à regarder dans le rétroviseur, espérant voir surgir un camion qui la dépasserait à grande vitesse et viendrait lui barrer le chemin. Wade en sortirait en fou, en laissant sa portière ouverte, et l'extirperait de sa propre voiture sans ménagement, pour finalement l'embrasser à pleine bouche en prenant son visage en coupe.

Lorsqu'elle se stationna sous son immeuble, elle dut se rendre à l'évidence : ça n'arriverait pas.

CHAPITRE 31

LA VOIX DU CORPS

– Hé, vieux !

– Sur la véranda !

Wade était assis sur une chaise de bois massive, les pieds sur la rambarde, en équilibre sur deux pattes. En entendant la porte s'ouvrir, il tendit la main derrière lui à l'aveuglette, et Josh tapa dedans avec la sienne.

Le toit de la véranda les protégeait du soleil de milieu d'après-midi. Étant donné l'absence d'une deuxième chaise, Joshua s'assit sur la balustrade et détailla son ami.

En jeans et t-shirt, les bras croisés, il observait le lac et évitait le regard du barman.

– Merde, t'as sorti l'artillerie lourde, on dirait.

Tout en parlant, Josh avait saisi le flacon d'antiacides qui trônait près de lui sur la rambarde. Il le fit sauter dans sa main quelques secondes, et on n'entendit que le bruit des comprimés qui se faisaient malmener dans le contenant, tandis que Wade se penchait de côté pour prendre le grand verre d'eau posé par terre à côté de lui et en avaler la moitié d'un seul trait.

– La dernière fois que tu t'es tapé un ulcère d'estomac, c'est quand Brenda est partie.

– Rien à voir.

– Bien sûr.

Josh se pencha pour caresser la tête de Bruno qui lui souhaitait la bienvenue, croisa les bras à son tour, et tourna la tête sur le côté pour apercevoir le lac. Il imaginait le sentier derrière les arbres, se revoyait en train de faire la course avec Lydia. C'était trois jours auparavant, et ils ne s'étaient pas reparlé. Elle devait chanter au Blitz ce soir. Il aurait au moins le droit de savourer ce plaisir-là.

– Parle-moi, mon ami, implora Josh, les yeux toujours sur le lac. Je suis passé au garage. Clay m'a dit que tu étais allé chercher Paco et Salma ce matin, mais que tu n'étais pas revenu au boulot après les avoir déposés chez le petit canard à la patte cassée. Qu'est-ce qui se passe ?

– Rien.

– Je vais te frapper.

Josh se leva brusquement et Wade eut un sursaut de défense, mais le barman le dépassa et pénétra dans la maison en riant. Lorsqu'il ressortit en décapsulant une bière, il pinça l'oreille de Wade qui le repoussa en grognant. Joshua reprit place sur son perchoir et avala une gorgée.

– T'es allé chez elle ? Harriet, je veux dire. À Denver, ce matin, t'es allé chez elle ?

– Non.

– Alors tu l'as croisée à l'hôpital ? C'est ce qui t'a mis l'estomac en rogne ?

Wade soupira longuement et passa une main sur son visage.

– Je suis passé par les urgences. J'ai demandé si elle travaillait aujourd'hui, même si j'étais presque certain qu'elle était toujours en vacances. Je voulais... Je voulais juste la saluer.

– Sympa de ta part. Vous auriez pu prendre le thé, aussi...

– Ferme ta gueule.

– Plus tard.

– Elle a démissionné, Josh. Elle ne travaille plus à l'hôpital.

– Hein ? Elle va bien ? Je veux dire… Elle travaille ailleurs ? Elle déménage ?

Wade écarta les bras et jeta à son ami un regard plein de sous-entendus.

– Tu viens de comprendre où j'en suis. Plein de questions, aucune réponse.

– Donc, tu l'as appelée.

Ce n'était pas une phrase interrogative. C'était l'évocation logique de la suite des choses. Et pourtant, Wade secoua lentement la tête, avant d'enfiler le reste de son verre d'eau. Josh se pinça l'arête du nez.

– Mais qu'est-ce que je vais faire de toi, merde ? Tu la laisses partir alors que, manifestement, tes tripes ne sont pas d'accord, et tu te fais une cure à l'eau et aux antiacides devant ton paysage bucolique ? Bon plan, vieux. Bon plan.

– Merci. C'était quand, déjà, la dernière fois que t'as appelé Lydia ?

– Coup bas, Larson. J'étais venu voir comment t'allais, moi.

– Je vais très bien.

– Ouais, je vois ça. Viens donc prendre un bon verre d'eau fraîche au bar ce soir, j'y ajouterai une cerise si j'ai droit à un sourire.

Josh se leva, siffla une grande gorgée de bière et tapota l'épaule de Wade en quittant la véranda.

– Je viendrai, souffla Wade.

Longtemps après le départ de son ami, Wade n'avait toujours pas bougé. Il avait déposé un coude sur le bois et triturait sa lèvre inférieure avec son pouce et son index. Bruno avait fini par grimper sur lui et Wade caressait les oreilles du chiot endormi sur son abdomen douloureux.

Dieu qu'elle lui manquait ! Comment avait-il pu s'attacher autant à cette femme, en si peu de jours ? Il se rappelait encore le grain de sa peau sous la paume de sa main, la cambrure de son dos lorsqu'il l'avait serrée contre lui, la texture de sa cicatrice le long de ses vertèbres, son humour timide, ses regards qui disaient parfois le contraire de ses paroles…

Et pourtant, il l'avait laissée partir. Il n'aurait pas pu lui demander de rester. Ça aurait été injuste pour elle, maintenant qu'elle avait commencé à s'ouvrir et à découvrir qui elle était vraiment. La preuve, elle avait amorcé un nouveau chapitre de sa vie. Il lui avait servi de tremplin. Finalement, c'était lui qui devrait se faire accréditer les compétences de coach de vie...

Même si elle avait émis le désir de rester, ce qui n'avait pas été le cas, il aurait été hésitant. Il aurait eu peur qu'elle finisse par partir, elle aussi. Comme les autres. Il ne l'aurait pas supporté. Et le souvenir de son appartement ultramoderne lui confirmait qu'ils n'étaient pas du même monde. Sans parler de son ancien compagnon, là, le médecin.

Il était mieux seul, il devait seulement digérer la pilule. Lorsqu'il serait capable de digérer à nouveau.

Fort de ce raisonnement rationnel, Wade se retrouva assis au bar, quelques heures plus tard. Le tabouret qui accueillait habituellement les fesses de Paco lui rappela que, même s'il n'était pas présent ce soir, son ami était toujours en vie. Il irait mieux bientôt.

Josh plaça devant lui un verre d'eau froide en lui faisant un clin d'œil. Le con avait non seulement garni le fond du verre d'une cerise, mais il avait également ajouté une tranche d'orange sur le rebord et un petit parasol hawaïen. Wade secoua la tête en souriant.

– Salut, Wade.

La voix pimpante de Lydia lui fit du bien. Il esquissa son premier vrai sourire de la journée lorsqu'elle l'embrassa sur la joue et le serra dans ses bras. Elle déposa sa guitare entre eux et prit place sur le siège près du sien.

Lydia avait toujours été lumineuse. Elle avait bien sûr terni un peu ces dernières années, avec la mort de Blake, mais c'était en elle de toujours avancer. Elle était forte, elle lui faisait du bien.

Ils papotèrent un moment. Lydia remercia Josh d'un sourire entre deux phrases lorsqu'il déposa un café devant elle sans qu'elle le lui ait demandé. Il se contenta de serrer l'avant-bras de la jeune femme deux secondes, et retourna à ses autres clients.

Comme Lydia se levait pour aller s'installer sur la petite scène au fond du bar où on comptait de moins en moins de chaises vides, la porte d'entrée s'ouvrit pour laisser entrer Salma. Plusieurs clients s'exclamèrent.

– Avouez que je vous ai manqué ! lança-t-elle sans une once de prétention.

– Hé ! La belle !

Josh souleva la partie du comptoir à charnières et se dirigea droit vers elle pour la prendre dans ses bras et l'embrasser sur les joues.

– Y a des lunes qu'on t'a vue, dis donc ! T'as l'air en pleine forme ! continua-t-il en faisant monter et descendre ses mains sur les bras de la nouvelle venue. Viens t'asseoir au bar, on va pouvoir discuter un peu !

Plein d'entrain, il reprit son poste. Salma s'assit sur un tabouret libre et souffla avec exagération.

– J'avais déjà besoin d'une pause ! Mon frère sera peut-être le pire patient de ma carrière ! Tiens, salut, Lydia ! Ça fait un bail !

– Oui, oui ! Ça fait longtemps ! C'est bon de te revoir, Salma.

Sous le bar, Lydia avait agrippé la veste de Wade sur son flanc. Et tandis que Josh apportait une bière à la sœur de Paco en lui demandant ce qu'elle devenait, seul Wade entendit les paroles de la blonde, figée à côté de lui.

– J'ai mal au ventre.

Sans un mot, Wade plongea la main dans la poche de sa veste et lui tendit son flacon d'antiacides, qu'elle saisit aussitôt pour en gober deux. Elle vida ensuite le verre d'eau de Wade, non sans avoir écrasé le parasol entre ses doigts.

CHAPITRE 32

ET SI J'ÉTAIS TOI ?

C'était la journée des premières fois. Harriet ne s'était jamais étendue, en étoile, sur le plancher de son salon. Pourtant, cela faisait quinze longues minutes qu'elle observait une minuscule fissure dans le plâtre, à dix pieds de hauteur. De temps à autre, elle écartait les doigts le plus possible, comme si elle tentait de toucher les murs. Elle n'y était pas encore parvenue.

La première fois la plus marquante du jour avait eu lieu plus tôt, ce matin-là. Harriet s'était rendue chez ses parents pour le déjeuner. Sa mère avait plissé le nez devant sa veste de cuir marron, mais avait été bien trop occupée à la sermonner sur ses appels trop peu nombreux pour passer un commentaire sur son habillement.

Entre deux bouchées d'omelette, Harriet avait annoncé à ses parents qu'elle avait démissionné de l'hôpital et songeait à voyager un peu. Les « Voyons, poussinette ! Tu ne peux pas nous infliger ça ! » et l'éventail qu'avait improvisé sa mère avec sa serviette de table l'avaient peu émue. Elle avait continué à manger un moment en silence, en les laissant parler. Lorsqu'ils avaient eu terminé, elle s'était fait violence pour garder un ton calme et leur expliquer qu'elle avait besoin de vivre sa propre vie, comme elle l'entendait. Il y avait eu des pleurs, mais les joues de Harriet étaient restées sèches.

Et maintenant, couchée ainsi sur le sol de son condominium, elle faisait des plans. Certains réalisables, d'autres carrément loufoques. Mais celui qui lui plaisait le plus pour l'instant était de se trouver une demeure près d'un lac. Une petite maison paisible où elle pourrait profiter d'un feu dans l'âtre. Peut-être même s'achèterait-elle un chien…

La sonnerie de son téléphone près d'elle lui tira un sourire. L'appel qu'elle attendait.

– Allô ?

– Harriet ? C'est Chris, nous nous sommes vus il y a trois jours.

– Oui, bien sûr ! J'attendais votre appel impatiemment !

– Eh bien, vous pouvez passer quand vous voulez, votre vélo est prêt et comme neuf.

– Merci beaucoup ! Je saute dans ma voiture et j'arrive.

Dans toute l'ampleur de sa réflexion des derniers jours sur son moi profond, Harriet avait constaté qu'elle aimait vraiment faire du vélo, et que son sport lui manquait. Lorsqu'elle avait apporté son pauvre Colnago blessé à la boutique spécialisée, Chris avait sifflé et avait eu le réflexe d'observer Harriet de haut en bas, pour mesurer la gravité de ses blessures. Elle l'avait rassuré en lui disant qu'elle n'avait pas chuté, et que c'était plutôt l'œuvre d'un tracteur féroce.

La réparation lui coûterait une petite fortune, mais elle savait que Chris accomplirait des miracles. Elle avait toujours fait appel à ses conseils et à ses services, et n'avait jamais été déçue.

– En selle, ma belle !

Ça aussi, c'était nouveau. Harriet se parlait toute seule. Mais elle était toujours douce avec elle-même. Elle avait écouté une vidéo récemment qui disait que, pour chaque minute de colère, le corps prenait une heure à éliminer les hormones produites par cette émotion négative. Elle ne voulait plus de ça dans sa vie.

Elle gémit un peu en se relevant ; le parquet avait été sans pitié pour ses vertèbres.

Se frottant le bas du dos, elle allait prendre le chemin de sa chambre lorsque la sonnerie de son téléphone se fit à nouveau entendre. Perplexe, elle observa le nom sur l'écran et prit l'appel.

– Allô ?

– Harriet, j'en peux plus ! Aide-moi ! Oh, excuse-moi, tu es occupée, peut-être ?

La rousse éclata de rire et rebroussa chemin afin de s'asseoir sur le canapé. Elle renversa sa tête vers l'arrière et l'appuya contre le dossier rembourré, puis ramena ses jambes sous elle. Son genou protesta un peu, mais il ignorait ce qui l'attendait avec la sortie de vélo qu'elle avait prévue aujourd'hui.

– C'est bon, Lydia, tu ne me déranges pas. Que se passe-t-il ?

Elle entendit la jeune femme soupirer longuement à l'autre bout.

– Il se passe Salma, Harriet ! Il se passe Salma !

– Calme-toi, je ne comprends rien. Explique-moi ce qui t'arrive.

Harriet pouffa en entendant la blonde prendre trois grandes inspirations. Sa voix était beaucoup plus posée lorsqu'elle reprit la parole.

– Je n'en peux plus de les voir ensemble. Joshua et Salma. Chaque fois que je chante au Blitz, elle est là, assise au bar, à discuter avec tout le monde et à faire les yeux doux à Josh. Je suis en train de devenir folle, je te le jure. J'ai des comportements puérils aussi, je... jsmpassdvtchlenvture, termina-t-elle en marmonnant.

– Quoi ? Je n'ai pas compris.

– J'ai dit que je suis même passée devant chez lui en voiture la nuit dernière, après la fermeture du bar. Pour voir si elle était avec lui. Mais elle n'a pas de voiture, alors comment veux-tu que je le sache ? Je deviens cinglée.

– Mais pourquoi penses-tu que Joshua s'intéresse à elle ? C'est plutôt pauvre, ton explication, Lydia. Sans vouloir te vexer.

– À cause du papier.

– Le papier ?

– Oui, à cause du papier ! Les gars avaient écrit le nom de la fille de leurs rêves sur un papier il y a longtemps, et Joshua avait écrit le nom de Salma ! Tu comprends maintenant ?

– Oh.

Harriet se mordit la lèvre inférieure et se demanda un instant ce que Wade avait écrit sur son papier. Comme chaque fois qu'elle pensait à lui, un coup dans le plexus lui coupa la respiration une seconde. Ça allait finir par passer. Il le fallait.

– Écoute, Lydia, tu devrais peut-être tourner la page définitivement sur Joshua, tu sais. Je ne veux pas être dure, mais si c'est la fille de ses rêves et qu'il l'a retrouvée... Eh bien...

– Je sais.

Elle n'avait que murmuré. Harriet avait mal pour Lydia ; elle comprenait parfaitement ce qu'elle ressentait, la douleur de faire une croix sur quelqu'un qui ne voulait pas de vous...

– Est-ce que je peux faire quelque chose, Lydia ?

En posant cette question, Harriet se surprit elle-même. Elle avait sincèrement envie d'aider la pauvre esseulée, de l'épauler et de la soutenir. C'était agréable de s'offrir ainsi, constata-t-elle.

– Euh... En fait, oui. J'aurais besoin de quitter le village.

– Viens chez moi, alors ! Je t'accueillerai avec plaisir, le temps qu'il faudra !

– C'est gentil, mais... Je me demandais si... Hé, tu me dis si ma proposition ne t'intéresse pas, hein ? Je veux la vérité. Je me demandais si tu accepterais de me prêter ton chez-toi quelques jours, pendant que tu viendrais ici t'occuper de mon commerce. Je suis certaine que tu t'en sortirais très bien. Je possède une belle maison paisible au bout d'un cul-de-sac, tu t'y plairais ! Disons... une semaine ?

Harriet se redressa sur le canapé, fronça les sourcils et mordilla son pouce un instant.

– Je ne sais pas trop...

– Oh, je comprends. Je t'en demande beaucoup, j'ai seulement tenté ma chance.

– Attends ! Tu me donnes quelques heures pour y réfléchir et te rappeler ? C'est juste que tu me prends par surprise…

– Oui, bien sûr ! Pas de problème, je suis joignable toute la journée !

Après avoir mis fin à l'appel, Harriet resta plusieurs minutes à regarder dans le vague, en tapotant sa bouche avec son mobile. Puis, elle se leva et alla enfiler sa tenue.

Deux heures plus tard, bien campée sur son vélo qui roulait à vive allure, Harriet tergiversait sur sa décision. Elle cherchait un endroit paisible, Lydia lui en offrait un sur un plateau d'argent. Et puis, le village et ses habitants lui manquaient. Peut-être qu'en s'occupant de la boutique de la jeune femme, elle pourrait développer des stratégies pour ouvrir son propre commerce, un jour ? Elle ne savait plus trop où elle en était, sur le plan professionnel. Elle aimait le métier d'infirmière, mais souhaitait aussi connaître autre chose…

Son plus gros dilemme concernait Wade. Arriverait-elle à le côtoyer une semaine complète sans se briser le cœur encore une fois ? Elle venait tout juste d'arrêter de pleurer sur cette relation qui n'en avait pas été une…

Elle en gardait une blessure amère, mais un doux souvenir, comme une cicatrice qu'on chérirait.

Pourrait-elle se contenter de le croiser au bar, de le saluer et peut-être même de lui faire la bise en lui demandant : « Hé, quoi de neuf ? »

Mais… Avait-elle envie de lui donner autant de pouvoir ? Celui de l'empêcher de rendre service à Lydia, de séjourner dans une maison de campagne, de cuisiner de bons plats pour les habitants d'un village auquel elle s'était attachée ?

Elle était encore essoufflée lorsque, arrêtée au bord de la route, elle saisit son téléphone dans la poche arrière de son maillot de vélo.

Lydia répondit au deuxième coup.

– Salut, c'est Harriet. J'accepte ta proposition !

CHAPITRE 33

MOT DE BIENVENUE

– Clay, la voiture de Patty est prête, tu peux l'appeler pour qu'elle vienne la chercher.

– Pas de problème, mon gars.

Comme il allait laisser la porte se refermer pour retourner dans l'atelier derrière le comptoir d'accueil, le regard de Wade fut attiré par les grandes fenêtres. La journée était belle, mais un peu fraîche. Les habitants du village désherbant leurs plates-bandes ou tondant leur pelouse portaient un tricot ou une veste légère.

Wade adorait ces journées. C'étaient ses préférées, celles où l'été se chargeait de nous rappeler qu'il ne serait pas là éternellement et qu'il céderait sa place à l'automne, dans quelques semaines. Les feuilles commenceraient à changer de couleur, le lac ne serait plus assez chaud pour la baignade. Perdu dans ses pensées, Wade aurait presque pu croire que l'odeur de soupe aux légumes qui lui chatouillait les narines n'était pas le fruit de son imagination.

Son ventre se mit à gronder et il tourna la tête vers son oncle Clay. Le vieux était bel et bien en train de souffler sur une cuillère remplie de légumes et de bouillon, qui sentait divinement bon. Il s'approcha.

– Tu t'es mis aux fourneaux, Clay ? demanda-t-il en se penchant pour humer l'odeur émanant du plat en plastique.

Clay mâchouilla ses légumes en secouant la tête.

– Je l'ai achetée hier soir. Un gros contenant. Il en restait.

– Et tu ne m'en as pas apporté ? Je suis vexé, tu sais, ajouta-t-il en serrant l'épaule de cet oncle qu'il aurait très bien pu appeler « papa ».

Il avait été ce qui s'en était le plus rapproché durant la majeure partie de la vie de Wade.

– Pas question, c'est beaucoup trop bon. Ça goûte la soupe de ta mère.

Le vieux n'avait toujours pas levé les yeux vers Wade. Il était comme subjugué par son repas.

– Tu l'as achetée à la boutique de Lydia ?

– Hum, hum.

– Je vais aller m'en chercher un pot, je crois bien. On a le temps, avant le prochain client ? demanda Wade en consultant la grande page de l'agenda ouvert sur le comptoir.

– Ça dépend.

L'homme se redressa et observa son oncle en fronçant les sourcils. Le vieux avait toujours la tête penchée sur sa soupe, mais les yeux levés vers lui. On aurait dit qu'il riait sous cape.

– Ça dépend de quoi ? s'enquit lentement Wade, sur la défensive.

Clay se racla la gorge, puis s'essuya la bouche avec la serviette en tissu à carreaux qu'il avait apportée avec son lunch. Tout le monde au village avait ces serviettes, confectionnées sur un métier à tisser par quelques dames douées et vendues lors de diverses collectes de fonds. Wade en avait lui-même un tiroir plein dans sa cuisine.

– Ça dépend de la longueur de ta discussion avec la cuisinière.

– Hein ? Lydia t'a dit qu'elle voulait me parler ?

– Ce n'est pas Lydia qui tient la boutique.

– Quoi ? C'est qui ? Clay, tu sais à quel point je t'aime, mais là, tu me fais suer avec tes demi-réponses.

Les épaules du vieux tressautèrent pendant qu'il replongeait le nez dans sa soupe.

– La p'tite est de retour au village. Ta rousse, là. Elle est arrivée hier matin, de ce que j'en sais.

– QUOI ?!

Wade venait de frapper du plat de la main sur le comptoir. Une violence démesurée pour dissimuler le fait que son geste servait plutôt à prendre appui sur quelque chose. Harriet était ici ? Depuis hier ? Pourquoi ? Était-il furieux ? Était-il heureux ? Était-il en train de chiffonner la page de l'agenda ?

Wade saisit les clés de son camion et sortit par la porte de la salle d'attente. Il crut entendre Clay lui dire qu'il allait appeler le prochain client pour l'avertir qu'ils auraient peut-être un peu de retard dans l'horaire, mais il s'en foutait.

Lorsqu'il se stationna devant le commerce, son cœur battait beaucoup trop fort dans sa poitrine. Il se força à inspirer et à déglutir plusieurs fois, puis sortit de l'habitacle en adoptant ce qu'il espérait être une démarche normale.

La porte tinta en s'ouvrant, la faute à la clochette vissée au-dessus.

– Une minute !

Elle lui tournait le dos, ses longues boucles ramenées en un chignon sur la nuque. Elle était en train de sortir une fournée de quelque chose, probablement des biscuits si on considérait l'odeur sucrée qui avait envahi la pièce.

Wade sourit. Eut envie de se sauver. Resta. Perdit son sourire. Attendit. Mit ses mains dans ses poches.

Elle se retourna enfin avec un sourire qui lui fouetta les artères et lui occasionna une bouffée de chaleur.

En l'apercevant, elle perdit contenance une seconde, mais se reprit rapidement.

– Hé, Wade ! Quoi de neuf ? Tu as l'air en forme !

Bon Dieu, elle se fichait de lui. S'en fichait-elle ? Il ne savait pas comment la prendre.

– Bonjour, Harriet. Tout baigne, et toi ? On dirait que tu t'ennuyais du coin !

Il aurait eu envie de se plonger la tête dans un des congélateurs pour se remettre les idées en place. Quel con. On aurait dit qu'il s'occupait du kiosque touristique du village.

Elle émit un petit rire et retira les grosses mitaines qu'elle avait mises pour sortir la plaque chaude du four. Elle les déposa près d'elle et s'avança jusqu'à la caisse. Un comptoir entre eux. Un monde entre eux.

– Oui, je remplace Lydia, elle est à Denver. Elle avait besoin de changer d'air et, comme je suis maintenant sans emploi, j'ai accepté de prendre le relais. J'adore ça, vraiment !

Il hocha la tête, pensif. Mille questions se bousculaient dans son esprit.

– Sans emploi ? s'étonna-t-il en feignant la surprise.

– Oh ! Oui, j'ai démissionné de l'hôpital, précisa-t-elle en faisant virevolter sa main dans les airs, comme si ce n'était pas important. Je n'y étais plus heureuse. Et Lydia m'a appelée il y a deux jours, alors voilà !

Elle rayonnait. Il ne l'avait jamais vue autant sourire, depuis qu'il la connaissait. Sourire sincère ? Forcé ? Il plissa les yeux, songeur.

– Tu habites chez elle ?

– Hum hum, elle m'a prêté sa maison. C'est vraiment adorable, chez elle, je m'y suis sentie bien tout de suite, même si j'y ai déjà vécu quelques aventures. Tu aurais dû me voir cette nuit ! Je me suis levée en sursaut et j'ai saisi un balai en entendant cogner à une fenêtre, pour ensuite m'apercevoir que c'était une branche qui battait contre le carreau. J'ai eu une peur bleue ! s'écria-t-elle en riant. Oh ! Et j'ai aussi failli faire brûler mes cheveux en allumant le feu dans la cheminée, mais j'apprends. D'ici la fin de la semaine, je serai une vraie femme des bois !

Wade serra les dents. Elle avait dormi à cinq kilomètres de lui, elle avait eu peur, elle avait failli s'immoler par le feu et elle était seule dans la maison de Lydia. Bon sang, avait-elle dit une semaine ? ! Il ne trouverait pas le sommeil avant qu'elle reparte, c'était certain.

Le maelstrom qu'il ressentait se traduisit pourtant par de l'impatience maladroite. Une réaction qui lui venait facilement, quand il s'agissait de Harriet.

– Tu aurais pu m'appeler !

Surprise dans les yeux de Harriet. Elle mordilla sa lèvre inférieure une seconde et eut l'air de perdre un peu d'assurance.

– Pourquoi ? se risqua-t-elle.

Il sortit les mains de ses poches et écarta les bras brusquement.

– Parce que... parce que j'aurais pu te louer mon pavillon !

– Oh. Non, merci.

Eh merde.

Il foirait totalement. Il passa une main dans ses cheveux, en même temps qu'il entendit la cloche tinter derrière lui. Harriet reprit sa posture professionnelle et son air avenant.

– Bonjour, Roseanne ! Vous allez bien ? Est-ce que Bud a aimé les biscuits d'hier ? Je viens justement d'en refaire...

– Oh, ma petite, c'était divin ! Bonjour, Wade ! Je viens chercher des marinades, celles que nous aimons tant. D'ailleurs, ça vous dirait de venir souper, tous les deux ? Ce soir ?

Wade tenta de revenir sur terre et s'aperçut que Roseanne attendait une réponse. Il s'apprêtait à décliner poliment, mais Harriet le devança.

– C'est que... Ce soir, je voulais profiter du beau temps pour effectuer une longue sortie à vélo. Mais demain, par contre, je me joindrais à vous avec plaisir. Est-ce que ça vous irait ? Ça me donnera l'occasion de discuter avec Bud, je lui dois des excuses.

– Oh, vous êtes déjà toute pardonnée, ma chère Harriet. À demain, alors ! Wade ?

Roseanne s'était tournée vers lui, tandis que la rousse mettait les achats de la femme du maire dans un sac.

– Je viendrai.

– C'est parfait ! Bonne soirée, les jeunes !

Lorsqu'ils se retrouvèrent de nouveau seuls, Harriet se détourna pour retirer les biscuits de la plaque et les déposer dans une assiette. Était-ce sa façon de lui donner congé ?

– Tu as fait réparer ton vélo ?

– Oui. C'est une journée parfaite pour rouler : ensoleillée, mais un peu fraîche. Mes journées préférées.

Il était en train de faire un calcul mental lorsqu'elle se retourna avec l'assiette de biscuits dans les mains. Elle la plaça dans le comptoir vitré, puis en saisit un avec des pinces et le glissa dans un petit sac de papier ciré blanc, avec une serviette jetable.

– Tu fermes la boutique à dix-huit heures, le soleil se couche vers vingt et une heures, et la grande route n'est pas éclairée.

Harriet suspendit son geste et ouvrit la bouche, puis la referma et fit une moue d'incompréhension.

– Oui, et… ?

– Tu seras prudente ?

Elle éclata de rire et secoua la tête en regardant le plafond une seconde, exaspérée. Puis, elle déposa le sac sur le comptoir et plaça ses deux mains bien à plat sur la surface blanche.

– J'attendrai qu'il fasse nuit pour sortir ma bécane et je m'habillerai tout en noir. Franchement, Wade, je fais du vélo depuis plusieurs années, ça devrait aller.

– Ouais, eh bien, ne compte pas sur moi pour te transporter jusqu'à l'hôpital. J'ai assez donné.

Elle blêmit. Lui aussi, probablement. Il avait remarquablement perdu le contrôle de la situation. Un trophée l'attendrait sûrement sur la table de sa grande maison vide, et Bruno applaudirait avec ses deux pattes de devant en réclamant un discours pour sa performance.

La jeune femme qui le troublait à des niveaux encore jamais atteints agita le sac sous son nez et ouvrit grand les yeux, comme s'il était débile.

– Il est temps que tu partes, Wade. Tiens, je t'offre un biscuit, j'entends ton estomac gronder depuis tout à l'heure.

Que pouvait-il faire d'autre que saisir le sac et quitter le commerce ? Sur le coup, il ne vit aucune autre solution, alors c'est ce qu'il fit. Complètement sonné. Seigneur, il s'était ridiculisé comme un champion, c'était insensé. Il devait reprendre le contrôle de ses émotions, c'était un épouvantable fiasco. Et ils allaient dîner ensemble chez Bud et Roseanne le lendemain...

Comment se retrouva-t-il assis sur le perron de Josh, en train de grignoter son biscuit comme un enfant perdu ? Aucune idée. Mais quand son ami poussa la porte, il ne leva pas la tête pour le regarder. Joshua s'assit à côté de lui et pressa son épaule.

– Hé, vieux, qu'est-ce que tu fous ici ? Tu vas bien ? Hum, ça a l'air bon, ça !

Rapide comme l'éclair, le barman lui vola la moitié de son biscuit et le fourra dans sa bouche.

– Non ! Fais chier, Josh ! C'était mon dîner !

– Seigneur, les affaires vont si mal ? Je te prépare un hot-dog si tu veux, ou on va se ramasser un truc chez Lydia ? Il faut justement que je lui parle, elle vient de m'envoyer un message m'avisant qu'elle ne pourrait pas chanter de la semaine au bar... Quoi ? Mais qu'est-ce que t'as ?

La situation n'avait aucun sens. Wade s'était mis à rire quand Josh avait évoqué Lydia, en réalisant le quatuor loufoque qu'ils formaient, malgré eux. Il leva finalement la tête vers son ami, qui l'observait en ne sachant pas trop s'il devait s'inquiéter ou se fâcher.

– C'est Harriet qui tient la boutique de Lydia, Josh. Pour toute la semaine. J'en arrive, justement.

L'autre se décomposa sous ses yeux, et il s'agrippa à la manche de chemise de Wade.

– Quoi ? Où est Lydia ? souffla-t-il.

– Elle est partie. À Denver.

Joshua se leva d'un coup et se tint devant lui, les bras écartés et les yeux ronds. Sous le choc.

– Tu te fous de ma gueule, bordel de merde ?! Lydia à Denver ? Seule à Denver ?!

– De ce que j'en sais, ouais.

Le barman glissa ses mains dans ses cheveux et les y laissa, en faisant les cent pas devant Wade.

– Je dois parler à Harriet.

– Ne boude pas ton plaisir. J'espère juste que t'auras pas l'air aussi con que moi.

Mais déjà, Joshua grimpait l'escalier comme un fou pour rentrer dans la maison, en marmonnant à répétition de courtes phrases contenant essentiellement les mots « impossible », « merde » et « bordel ». Il ressortit quelques instants plus tard avec sa veste à carreaux sur le dos et ses clés dans la main. Il grimpa dans sa voiture et démarra en trombe.

Wade termina son biscuit en prenant son temps, furieux contre Josh qui roulait beaucoup trop vite dans le village.

C'était dangereux pour les cyclistes.

CHAPITRE 34

LA VOIX QU'ON CHOISIT D'ÉCOUTER

Délicieusement courbaturée, Harriet sortit de la douche, s'enroula dans une serviette épaisse et en prit une autre pour s'essorer les cheveux. La balade avait été agréable, et elle avait adoré voir défiler les champs et les granges sur des kilomètres. Elle s'aperçut qu'elle avait aimé pratiquer son sport toute seule, elle qui se cherchait de la compagnie pour pédaler il n'y avait pas si longtemps encore.

Décidément, bien des choses avaient changé. TOUT avait changé. Sa vision du monde qui l'entourait n'était plus la même. Elle ne revendiquait plus ce qu'elle croyait lui revenir d'office ; elle appréciait plutôt ce qu'elle avait et en éprouvait de la reconnaissance.

Elle n'était plus la reine de sa propre vie, elle était la bâtisseuse de son existence.

Quant aux personnes qu'elle rencontrait et qu'elle côtoyait, elle avait compris. Elle réalisait tous les jugements faciles qu'elle avait pu porter, sur des personnes qui s'étaient montrées bienveillantes avec elle dès le départ. Seigneur, elle devait se racheter une conduite auprès de tellement de gens ! Elle ne prétendait pas qu'elle serait parfaite dans l'avenir, mais du moins, elle était plus consciente de ses agissements.

Elle finit de tordre ses boucles dans sa serviette, et eut un petit rire en repensant à Paco. Elle lui avait rendu visite en revenant de sa balade à vélo, tout à l'heure. Le patient était terrible.

Immobilisé plus que nécessaire, il se faisait servir comme un sultan. Un peu plus et cette pauvre Salma devait l'éventer avec une feuille de bananier ! Il ne faisait que bougonner en répétant qu'il avait perdu sa Britney. Son infirmière préférée n'était pas de service lorsqu'il avait obtenu son congé, il n'avait donc pas pu lui demander son numéro de téléphone. Il avait laissé le sien à l'une des consœurs du sosie, en espérant que le papier ne passe pas à la laveuse avec l'uniforme à la fin de la journée.

Harriet mit une de ses nuisettes préférées, mais se couvrit d'une longue veste de laine et enfila des chaussons épais. Elle redescendit au rez-de-chaussée, puis décida qu'une tisane au coin du feu constituait un excellent plan de fin de soirée.

Se familiariser avec la coquette demeure ne lui avait pas demandé bien des efforts, étant donné la petitesse des lieux. Cependant, tout avait sa place et même les objets décoratifs étaient chaleureux. Rien ne semblait provenir d'un magasin, en tout cas pas depuis quinze ans. Tout était patiné, usé, des abat-jour jusqu'à la coutellerie. Des choses transmises d'une génération à une autre, précieuses malgré leur peu de valeur monétaire.

Alors que Harriet attendait que l'eau chauffe dans la bouilloire émaillée, les bras croisés et une hanche contre le comptoir, son téléphone sonna sur la table de bois au vernis écaillé. Elle fronça les sourcils, sentant déjà son intimité violée par l'insistance de ses parents. Mais un numéro inconnu était affiché à l'écran. Elle saisit l'appareil en tenant de l'autre main les pans de sa veste serrés sur sa poitrine.

– Allô ?

– C'est Wade.

Une phrase sans fioriture. Sans adjectif. Mais au pouvoir dévastateur. Ses doigts se crispèrent un peu plus dans la laine de son vêtement, tellement que les bouts de son index et de son majeur traversèrent les mailles. Elle déglutit.

– Salut.

Dieu, il était si près. Si près et si loin à la fois, comme tout à l'heure dans la boutique.

– Je voulais m'assurer que tu étais rentrée.

Sa voix était grave, lente et posée. Pas comme lors de leur rencontre de ce midi. Probablement la raison pour laquelle elle fut touchée par l'attention, au lieu de se braquer contre l'ingérence. Elle ferma les yeux et baissa la tête en souriant légèrement.

– Je suis rentrée.

– C'est bien.

On aurait dit qu'il lui laissait la possibilité de mettre fin à la conversation sur cette phrase qui pouvait faire office de conclusion, ou de poursuivre sur un autre sujet, ou de raconter sa balade.

La bouilloire siffla sur la cuisinière.

– Donne-moi un moment. Ne raccroche pas.

Après deux secondes, où elle n'entendit pas « non, non, je vais te laisser », elle déposa son téléphone sur le comptoir et déballa le sachet de tisane qu'elle ébouillanta avec l'eau. Elle ne tremblait pas. C'était juste que… la bouilloire était lourde, et elle dut la stabiliser à deux mains.

Son immense tasse en céramique dans une main, elle reprit son mobile et gagna le salon. Le feu qu'elle avait allumé prenait de la vigueur et crépitait, comme son cœur.

Harriet prit le temps de déposer sa tisane sur la table faiblement éclairée par une lampe. Elle s'installa sur le canapé en ramenant ses jambes sous elle. Elle prit conscience qu'elle laissait beaucoup trop s'étirer le temps, mais elle voulait se concentrer sur la voix de Wade, et ne rien faire d'autre en même temps.

– Je suis là.

– Ta sortie de vélo s'est bien passée ?

Elle percevait du calme et de la tendresse dans la voix de Wade, aux antipodes de son attitude crispée et sur la défensive de tout à l'heure. Elle le retrouvait tel qu'il s'était comporté lors de leurs beaux jours chez lui, lorsqu'ils s'étaient rapprochés.

– Oui.

Elle saisit sa tasse et souffla dessus à quelques reprises. La reposa à sa place, après avoir jugé qu'elle ne pouvait pas encore en prendre une gorgée.

– Que fais-tu ? finit-elle par demander.

Une image de ces couples qui discutaient au téléphone alors qu'un des deux était retenu à l'étranger pour le travail, dans un hôtel, lui traversa l'esprit.

– Eh bien…

Elle eut l'impression qu'il s'étirait.

– Je suis assis sur la véranda. J'arrive de voir Paco.

– J'y suis allée aussi.

– Oui, Salma m'a dit que je t'avais manquée de quelques minutes.

Harriet gratta avec son index le tissu fleuri de l'accoudoir, puis laissa échapper un petit rire.

– Il est insupportable !

Wade pouffa.

– Tu n'as rien vu ! C'était pire les deux premiers jours, Salma n'en pouvait déjà plus. Elle a fini par disparaître une journée complète et le laisser à lui-même. Je te jure qu'il s'est aperçu qu'il avait besoin d'elle !

Elle rit encore un peu, et refoula l'envie de l'inviter à venir la rejoindre. C'était pourtant un désir fort, mais elle le garda pour elle.

– Et toi, Wade, demanda-t-elle avec prudence, est-ce que tu vas mieux ? Je veux dire… Tu n'étais pas toi-même quand je suis repartie pour Denver, il me semble.

Le silence qui s'installa lui fit regretter sa question. Elle n'avait pas envie qu'il raccroche tout de suite. Elle attendit en saisissant à nouveau sa tasse pour souffler sur son contenu. Un geste qui tenait davantage du tic nerveux, puisque l'eau n'avait pas suffisamment refroidi en deux minutes.

– Je suis désolé pour ça, Harri.

Le surnom lui tira un doux frisson.

– J'ai beaucoup repensé à cette journée, continua-t-il avant de soupirer. Tu vas peut-être trouver ça con, au final.

– Mais non, vas-y. Je t'écoute.

– Attends. Viens, mon beau, chuchota-t-il, et elle entendit Wade taper de sa main sur sa cuisse. Désolé. J'ai un chiot en manque d'affection.

J'aimerais être un chiot.

Elle sourit en imaginant Bruno couché sur les jambes de son maître. Wade se racla la gorge.

– Donc. Tu sais, euh… J'ai perdu mon père assez jeune. Ça a été très soudain. Ensuite, il y a eu Blake, puis Brenda… Je crois que Paco m'a ramené à tout ça, et je n'ai pas été capable de gérer. Et puis… Eh bien, ensuite, tu es partie aussi.

Harriet prit une grande inspiration et la retint, la main crispée sur l'accoudoir, le cœur crispé sur un espoir.

– Peut-être… peut-être que j'ai été chiant avec toi parce que, d'une certaine façon, tu as écopé pour tout le reste… Mais je ne voulais pas que ton départ se passe comme ça. J'aurais préféré qu'on se quitte de meilleure humeur.

Oh. Ses doigts se relâchèrent sur le tissu. Elle expira. Prit sa tasse, et une gorgée. Se brûla la langue, et le cœur aussi. Les yeux fermés, elle se voulut sereine pour la suite de la conversation, et se félicita de ne pas l'avoir invité à la rejoindre.

– Parle-moi d'eux. Tes parents, Blake, Brenda… Raconte-moi.

Contre toute attente, il parla longtemps. Harriet réalisa qu'elle ne le connaissait pas beaucoup. Le moment était agréable. Elle rit à l'évocation de quelques souvenirs de jeunesse impliquant Blake et le reste de la bande, puis fut émue lorsqu'il parla de ses parents. Elle détesta Brenda pour son double jeu, et comprit que l'homme qu'elle aimait malgré elle avait souffert.

La tisane était finie et l'énorme bûche entièrement consumée, lorsque Wade acheva le récit de sa vie. Harriet avait ramené un plaid sur elle.

– Et toi ? Je connais déjà l'histoire de ta maladie, ta relation avec tes parents… Qu'en est-il de ce médecin blond avec qui tu étais ?

La question la surprit un peu, mais ne la dérangea pas.

– Eh bien, d'abord, sache que j'ai eu une conversation avec mes parents. Je leur ai fixé des limites qui ne leur ont pas plu, mais j'ai tenu bon. Et j'ai clairement revendiqué mon indépendance.

– C'est bien. Je suis fier de toi.

Ces paroles l'enveloppèrent.

– Et pour Seth, c'est une relation qui avait une fin annoncée dès le départ. Son amour de jeunesse est revenu dans le décor, c'était leur destin, il faut croire. Un peu comme Josh et Salma, si tu veux.

– Josh et Salma ?

Il semblait vachement surpris, pour quelqu'un qui partageait une amitié forte avec Joshua.

– Oui. Lydia m'a raconté qu'il lui avait avoué en avoir toujours pincé pour la sœur de Paco.

– Impossible.

Harriet fronça les sourcils, mais ne souhaitait pas trahir davantage les confidences de Lydia.

– Peu importe.

Elle eut encore envie de l'inviter, mais se leva pour aller porter la tasse dans l'évier.

– Harri ?

– Oui ?

Devant cette réponse un peu trop empressée, elle se frotta le front en se traitant mentalement d'idiote.

– Ça te dirait si on soupait ensemble, un soir, cette semaine ? On pourrait… manger sur la véranda, s'il fait assez chaud. Ou alors, s'asseoir au bout du quai.

Il formulait tout haut l'envie qu'elle avait refoulée toute la soirée, et pourtant, elle hésita.

– On pourrait profiter ensemble du temps que tu passeras ici.

Ah. Oui. Bon. D'accord.

– Je… je vais y penser. De toute manière, on se voit demain soir, chez Bud et Roseanne ?

– On se voit demain soir.

Le petit couinement de Bruno vint meubler un autre instant de silence. Le chiot avait dû changer de position, ou alors il manifestait son appréciation pour les caresses de son maître.

– Je vais raccrocher, maintenant. Bonne nuit, Wade.

– Dors bien. Appelle-moi, si tu as besoin de quelque chose.

Au moment où elle se glissa dans le lit de Lydia et se dit qu'elle était incapable d'avoir avec Wade une relation pour la semaine et repartir ensuite en agitant la main, l'homme gravissait les marches menant à sa mezzanine en se disant qu'il ferait mieux de ne pas réitérer son invitation. Il serait trop difficile de la laisser partir à la fin de la semaine.

CHAPITRE 35

L'INVITÉ

Elle avait pris la bonne décision en s'exilant.

Tout d'abord, Lydia avait posé son bagage à l'entrée du condominium de Harriet avec mille précautions. Subjuguée par le décor contemporain et la vue (la vue !), elle avait parcouru les pièces bien rangées, sans que le sourire la quitte une seconde.

Oui, elle serait bien ici, pour réfléchir.

La route lui avait déjà donné le temps de faire un début d'analyse de la situation. Lydia avait grandi au village, côtoyé les gens du village, aimé un homme du village, ouvert un commerce au village.

Elle avait fait ses études d'entrepreneuriat dans une petite ville du Nebraska, à environ une heure du village, mais à l'opposé de Denver. Bien sûr, elle était déjà venue dans la capitale du Colorado, pour faire du shopping, pour une rare sortie scolaire ou en vacances avec ses parents. Une fois, Blake et elle avaient loué une chambre d'hôtel du centre-ville pour un week-end d'amoureux, et ils avaient assisté à un match des Broncos.

Maintenant, pour la première fois, elle envisageait de venir vivre dans la métropole, définitivement.

Elle avait passé une partie de sa première journée à déambuler dans les rues. Harriet lui avait laissé quelques adresses où elle aimait se rendre, mais c'est à la petite boulangerie du coin que Lydia avait eu un coup de cœur. Même si la façade arborait un air un peu austère, c'était tout le contraire à l'intérieur. Lydia s'y était sentie bien dès qu'elle y avait posé les pieds, et avait pris son temps pour contempler les étalages de viennoiseries et les sandwichs. Elle avait commandé un café, puis s'était assise près de la fenêtre. La tristesse l'avait rejointe à sa table, peu de temps après.

Les passants dans la rue étaient tous des étrangers, à l'inverse du village. Autant de visages inconnus et de possibilités de rencontres ne l'avaient pas rendue fébrile ou impatiente, même si elle avait souhaité l'être de toutes ses forces.

La vérité était que si elle venait un jour s'établir à Denver, ce serait pour fuir. Non pas son passé ni sa douleur. Non, elle fuirait Joshua. Elle savait déjà qu'elle ne pourrait supporter de le voir avec Salma plus longtemps. Et s'il décidait de s'établir avec elle ? Et s'ils se mariaient ? Et s'ils lui demandaient de s'occuper du gâteau de noces ? Mon Dieu !

Elle avait grogné à cette idée, et son voisin de table avait pouffé discrètement. Se sentant rougir, elle avait tourné la tête vers lui. Il lui avait souri, pour ensuite replonger dans l'écran de son ordinateur. Il était beau, avec ses cheveux courts un peu bouclés et ses lunettes à monture noire. Elle s'était excusée, il s'était présenté. Oliver.

Lorsqu'elle avait terminé son café, elle s'était levée en le saluant, puis avait fini sa soirée au cinéma. Elle avait adoré. Un vrai cinéma, pas comme l'écran qu'on déroulait parfois au centre communautaire pour y projeter des films parus plusieurs mois auparavant, en laissant quelques néons allumés pour que les enfants arrivent à retrouver le chemin des toilettes. Elle avait passé une belle soirée et s'était empiffrée de popcorn, puis était rentrée chez Harriet après avoir salué le gardien de l'immeuble. Il avait été averti de sa présence, et s'était montré très affable.

Couchée dans le lit ultra-confortable pour sa première nuit en ville, elle avait un peu pleuré. Faire une croix sur Joshua allait lui demander du temps, mais elle respecterait son choix de ne pas être avec elle.

La deuxième journée, Lydia avait joué les touristes. Elle s'était rendue au jardin botanique et à l'aquarium, qui l'avaient émerveillée comme une enfant. Elle avait ri toute seule, avait pris plein de photos, s'était acheté des bonbons et une limonade, et avait envoyé un message à Josh pour l'aviser qu'elle ne pourrait pas chanter au bar cette semaine.

Sur le chemin du retour, elle avait à nouveau fait une pause à la boulangerie de la veille. Oliver était concentré sur son écran, et prenait parfois une gorgée de son café sans même regarder sa tasse. La place que Lydia avait occupée près de la fenêtre étant déjà prise, elle s'était assise à deux tables de l'homme concentré, face à lui.

Il avait fini par la voir. L'avait saluée. Était venu la rejoindre pour terminer son café. Ils avaient parlé un bon moment de tout et de rien, c'était agréable.

Puis, il lui avait demandé son numéro de téléphone et avait manifesté son désir de souper avec elle.

Il était maintenant dix-neuf heures, et Lydia sortait de la douche. Elle avait enfilé un jeans et un chemisier blanc, et s'apprêtait à faire honneur au magnifique morceau de saumon acheté plus tôt. Affairée à l'îlot, un verre de vin posé près d'elle, elle leva la tête et ne put retenir un rire.

Dans le coin salle à manger, la table était mise pour deux. Lydia avait déniché dans les armoires de la vaisselle turquoise et des napperons taupe, ainsi que des verres à vin hauts sur pied dont le verre ciselé arborait des arabesques. Les chandelles entre les deux assiettes éclairaient la scène parfaitement orchestrée.

Elle croquait dans une feuille d'endive et s'apprêtait à poêler le saumon, lorsque son téléphone sonna. Après s'être essuyé les mains sur un linge, elle se pencha sur l'appareil qui traînait sur le comptoir, et hoqueta de surprise.

– Oui ? dit-elle en espérant que sa voix ne tremblait pas.

– M'as-tu déjà vu me bagarrer, Lydia ?

– Hein ?

Joshua expira longuement au bout de la ligne.

– Je te demande si tu as eu connaissance que je me sois déjà battu, depuis qu'on se connaît.

Elle ne comprenait rien.

– Euh… Non, non, pourquoi ?

On aurait dit qu'il faisait de gros efforts pour rester calme.

– Parce que si tu ne dis pas au gardien de me laisser monter, je lui casse la gueule.

Deuxième hoquet de stupeur, cette fois-ci réprimé par une main sur la bouche. Joshua était ici ? En bas de l'immeuble ? Il voulait monter ? Il voulait casser la gueule du gardien ? Il voulait la voir ? ? ?

Elle l'entendit s'éloigner du téléphone et invectiver quelqu'un, ce qui la ramena sur terre.

– Joshua ? Josh ! Passe-moi le gardien.

Elle imagina très bien le petit sourire victorieux que le barman devait arborer lorsqu'il tendit son téléphone au responsable des allées et venues.

– Mademoiselle ? Êtes-vous certaine de vouloir recevoir cet homme ? Il me semble assez remonté…

Elle posa une main à plat sur le comptoir, puis expira.

– Oui, oui, ça ira. C'est mon beau-frère.

Elle grimaça en énonçant le lien de parenté maudit.

– Très bien, mademoiselle.

Comme dans une brume, Lydia mit fin à l'appel, puis éteignit le feu sur la cuisinière. L'ascenseur avait dû voler, puisqu'on tambourina à la porte peu de temps après.

Elle ouvrit avec une lenteur exagérée pour y découvrir Josh, le chignon à moitié défait, un avant-bras appuyé au chambranle de la porte et les yeux braqués sur elle.

– Tu vas bien ?

La simple question qu'il lui posa et son ton soucieux l'emplirent d'une fureur sans nom. Pourtant, elle ouvrit la porte en douceur et lui sourit.

– Entre.

Il ne regardait qu'elle, de la tête aux pieds. Elle sentit le besoin de mettre de la distance entre eux, et retourna derrière l'îlot. Elle lui désigna un tabouret face à elle, sur lequel il prit place sans enlever sa sempiternelle veste à carreaux. Lydia ouvrit un panneau derrière elle et sortit une autre coupe, qu'elle remplit à moitié. Elle la poussa ensuite devant son visiteur impromptu, et lui sourit aussi aimablement qu'elle le put.

– Que fais-tu ici, Joshua ?

Elle avait murmuré la question, avec toute la tendresse qu'elle se donnait le droit de lui témoigner.

Il retira l'élastique retenant ses cheveux, pour mieux refaire son chignon, avant de prendre une gorgée de vin. On aurait pu croire qu'il cherchait à gagner du temps, ou à finir de se calmer, ou à choisir ses mots. Il semblait captivé par le vin blanc, qui vibra dans le verre lorsqu'il reposa celui-ci.

– Je m'inquiétais, énonça-t-il finalement sur un ton calculé, comme le ferait un bon ami.

Elle serra le pied du verre de vin devant elle, agacée.

– Donc, tu as fait deux heures de voiture parce que tu t'inquiétais, au lieu de m'appeler, tout simplement ? Et d'ailleurs, comment as-tu su où me trouver ?

– Je suis passé voir Harriet à la boutique, et je lui ai fait croire que je devais voir des fournisseurs ici. Je lui ai dit que je voulais te faire la surprise. Elle m'a donné l'adresse.

– Ça ne fait aucun sens ce que tu racontes, Josh. Dis-moi ce que tu fais ici.

– Je te l'ai dit, Lyd, répliqua-t-il avec un brin d'impatience dans la voix. Je m'inquiétais.

Elle eut un petit rire sans joie.

– Alors, tu peux rentrer. Je vais bien.

Il se redressa sur le tabouret et la regarda enfin dans les yeux, la bouche ouverte. Elle continuait de sourire, comme pour le rassurer.

Tel un automate, il se leva et se dirigea vers la porte. La main sur la poignée, il se mit soudain à secouer la tête et lorsqu'il parla, elle dut tendre l'oreille pour l'entendre, puisqu'il s'exprimait presque contre le battant.

– Attends, Lydia. Attends. Ce n'est pas ça. Je voulais...

Il se retourna, eut l'air de chercher ses mots en observant l'intérieur du condo, puis se figea. Lydia savait très bien sur quoi son regard avait buté.

Merde.

Il tourna lentement la tête vers elle.

– Tu attends quelqu'un ? demanda-t-il d'une voix blanche.

Josh marcha jusqu'à la table, effleura les coupes à vin du bout des doigts, les serviettes de table, et voûta légèrement les épaules.

– Et si c'était le cas ? rétorqua-t-elle, provocatrice. Crois-tu vraiment que je vais rester seule et pleurer ton frère toute ma vie, Josh ? Ne crois-tu pas que j'ai droit au bonheur dans les bras d'un autre ?

– Je ne pourrais pas le supporter, dit-il tout bas, toujours dos à elle.

– Oh, c'est bon, reviens-en ! Je te dispense de ton rôle de beau-frère protecteur, pour l'éternité. Tu es relevé de tes fonctions. Et tu sais quoi ? Ne me sors pas des conneries du genre « Blake est avec nous, il veille sur nous », et blablabla. La vérité, c'est que Blake détestait se mêler de ce qui ne le regardait pas. Il est parti depuis longtemps, Joshua, il doit être en train de fumer des cigarettes à la droite de Dieu, et de le plumer au poker. Il n'est pas ici, il n'y a que toi et moi ! Juste toi et moi !

Elle avait fini en hurlant et en frappant du plat de la main sur l'îlot. Lui n'avait toujours pas bougé, planté devant la table comme s'il était le majordome et attendait de pouvoir servir les convives.

– Tu attends quelqu'un ? répéta-t-il pourtant.

– Oh, Seigneur ! Non ! cria-t-elle en levant les bras dans les airs. Non, je n'attends personne. Il y a un gars qui m'a demandé mon numéro de téléphone, aujourd'hui, tu sais. Mais je n'ai pas... Je ne le lui ai pas donné...

Elle soupira et haussa les épaules. Josh s'était retourné et désignait la table de sa main ouverte, les yeux ronds, en attente d'une explication. Se sentant totalement ridicule, Lydia porta une main à son front et laissa l'autre sur l'îlot.

– Tu vas me trouver folle. J'ai voulu imaginer ce que ce serait d'attendre un homme que j'aurais invité, de préparer un repas pour deux, de passer une soirée avec lui… J'essaie juste de tourner la page…

– Je sais.

– … sur toi.

Une lueur soudaine éclaira le regard de Joshua et il fit un pas vers elle. Puis un autre. En quelques secondes, il devint maître de la situation.

– Que fais-tu ici, ma puce ? Vraiment ?

Il ne l'avait jamais appelée « ma puce ». Lydia en eut immédiatement les larmes aux yeux.

– J'envisage de déménager ici, à Denver. Et peut-être que si je pars assez longtemps… Peut-être qu'à mon retour, tu m'accueilleras comme tu as accueilli Salma, et que…

Sa voix se brisa.

– Laisse tomber. Je suis une idiote.

Lydia pensa à aller s'enfermer dans la chambre de Harriet jusqu'à ce que Joshua ait fini de rire d'elle et quitte la ville. Elle était même prête à écouter son discours désolé à travers la porte, tous ses « Je ne serai pas celui qui t'aidera à oublier mon frère » et autres sempiternelles excuses.

Elle ne parvint pas à la chambre. Josh venait de l'emprisonner dans ses bras et d'appuyer son menton sur le sommet de sa tête. Elle se blottit contre sa veste.

– Je ne suis plus *anéantie*, Josh. Je suis prête à passer à autre chose. Je regarde devant.

– Je l'ai compris.

– Je suis amoureuse de toi, Joshua. Je n'y peux rien…

Les bras de l'homme la serrèrent un peu plus.

– Tu sais, j'ai compris autre chose, aussi, murmura-t-il.

– Quoi ?

– Je suis incapable de te laisser partir. Et ça n'a rien à voir avec Blake.

– Oh. Et… et Salma ?

Elle sentit son rire grave secouer sa poitrine, et il passa la paume de sa main sur son dos à travers la soie de son chemisier, de haut en bas et de bas en haut.

– Fouille dans la poche de ma veste.

Un peu engourdie, elle s'exécuta en reniflant. Quand ses doigts touchèrent un papier plié, elle se mit à trembler. Et lorsqu'elle l'extirpa de la poche et le déplia, les lettres dansèrent devant ses yeux. Elle leva la tête. Josh lui souriait, un peu contrit.

– Ça a toujours été toi, microbe. Personne d'autre.

– Mais… tu m'as dit…

Le baiser qu'il lui offrit, une main sur sa joue, remplaça tous les mots qu'ils auraient pu ajouter.

– Personne d'autre, murmura-t-il contre ses lèvres.

Joshua se fit un devoir de lui répéter cette phrase à plusieurs reprises pendant la soirée, et pendant la nuit, aussi.

Finalement, cette escapade à Denver s'avérait la meilleure idée de l'année. Lydia espéra que Harriet vivrait un dénouement aussi agréable à la campagne.

CHAPITRE 36

LES (RE)BOULETTES

Elle ne voulait pas partir. Cette satanée boule dans son estomac ne voulait pas la quitter, et parut même enfler davantage lorsqu'elle se gara chez Bud et Roseanne pour le souper.

Le camion de Wade était déjà stationné devant la maison, et elle n'arriva pas à décider si elle aurait préféré être là la première. Le soir était doux, et tandis qu'elle gravissait les marches du perron, elle sourit en entendant le son désormais familier des grillons. Surprenant comme on s'adaptait rapidement à de nouveaux bruits d'ambiance, à de nouvelles odeurs.

La journée avait été marquée par quelques bonnes averses dispersées, et l'humidité était encore bien présente dans l'air. Aux aisselles de Harriet, aussi.

– Reprends-toi, s'admonesta-t-elle en appuyant sur la sonnette.

Elle s'était préparée à le revoir, à passer une agréable soirée avec lui en compagnie de leurs hôtes. Elle s'était préparée à le trouver beau, à devoir réprimer son envie de le toucher, à feindre un air détaché. À jouer le rôle de la bonne amie de passage.

Mais lorsque ce fut Wade lui-même qui ouvrit la porte, elle oublia de respirer quelques secondes. En jeans et en chemise noire aux manches roulées, il lui sourit, un verre à la main.

– Salut.

– Salut.

Il s'écarta pour la laisser entrer et referma la porte derrière elle. Le temps qu'elle reprenne ses esprits, il glissa une main sur sa taille et l'embrassa chastement sur la joue.

– Laisse-moi te débarrasser. Ça te va bien, cette couleur.

Tandis qu'elle lui tendait la boîte de carton blanc contenant une fournée de biscuits, Harriet se demanda s'il avait fait allusion à la couleur de ses joues ou à celle de son chemisier bleu royal. Wade était calme, chaleureux et terriblement attirant. Harriet prit une grande inspiration et le suivit.

– Oh ! Ma petite Harriet, désolée de ne pas t'avoir accueillie, je ne voulais pas que ça colle au fond, et Bud est en train d'allumer du feu dans la cheminée. Bienvenue !

Comme dans un cauchemar, Harriet venait de capter l'odeur émanant des chaudrons. C'était vraiment sa chance. Néanmoins, elle plaqua un sourire sur son visage et embrassa la bonne Roseanne en lui assurant qu'elle avait été très bien accueillie. Une seconde après, la main de Wade se posa dans le bas de son dos et il lui présenta un verre. Décidément, il était tactile, ce soir.

– Eau pétillante, glissa-t-il à son oreille, puis il s'éclipsa vers le salon.

– Je peux vous aider ? offrit-elle à Roseanne tout en s'efforçant de ne pas loucher vers la grande marmite.

La dame à l'air jovial se retourna en réfléchissant et jeta un œil à la table déjà mise.

– Eh bien, tu pourrais couper du pain et le placer dans la corbeille, nous nous mettrons bientôt à table.

– Bien sûr, je m'en occupe.

Elle saisit la planche, le couteau et la miche de pain, puis se mit à la tâche en papotant avec Roseanne. Cette dernière lui parlait de cette immense maison qu'ils avaient toujours habitée et qui avait vu grandir leurs enfants, maintenant tous partis à la ville. Recevoir de la visite pour le repas du soir les enchantait et, en plus, Bud devait s'entretenir avec Wade d'un sujet en particulier.

– On parle de moi ? s'enquit une voix sympathique, tandis que Bud entrait dans la pièce, suivi du deuxième homme de la soirée. Bonsoir, Harriet ! Ça fait plaisir de te recevoir à nouveau !

– Bonsoir, Bud. Euh... À ce propos, vous savez... commença-t-elle en s'essuyant les mains sur son jeans, je voulais vous dire que je suis désolée pour...

Bud éclata de rire et battit l'air d'une main. Puis, il s'avança pour lui faire la bise.

– T'en fais pas, ma petite Harriet. Il n'y a rien à pardonner. C'est du passé, tout ça.

Avec sa barbe et ses pattes d'oie, son ventre un peu proéminent et son pull bordeaux légèrement défraîchi, Bud incarnait la simplicité et la joie de vivre. Il n'était pas homme à s'offusquer facilement, elle le constatait encore une fois. Elle décida de laisser tomber l'affaire, et hocha la tête en souriant, la corbeille de pain dans une main.

– À table ! ordonna la cuisinière.

Lorsqu'ils s'installèrent tous les quatre, une sueur froide descendit le long de la nuque de Harriet.

Tu peux le faire.

Elle savait déjà qu'elle ne le pourrait pas.

Et pourtant, elle s'assit face à Wade et participa à l'exclamation collective à propos du plaisir de manger tous ensemble.

– Wade, dit soudain Bud avec un air plus sérieux, je voudrais profiter de cette soirée pour te parler d'un sujet d'importance.

L'ancien amant de Harriet fronça les sourcils et s'avança sur sa chaise, posant les avant-bras sur la table, tout ouïe.

– Je t'écoute.

– Avant cela, voilà, les jeunes ! Une demande spéciale de Wade, mon fameux ragoût de boulettes !

Le chanceux regarda son assiette creuse atterrir devant lui et retint le bras de Roseanne.

– Tu es un ange. Merci infiniment!

Les joues rosies de plaisir, la brave cuisinière tapota la main de Wade et se libéra doucement de sa prise.

– Je t'en ai même fait un plat que tu pourras rapporter chez toi!

L'assiette suivante fut placée devant Harriet.

Seigneur.

Elle cacha ses mains tremblantes sous la table et reporta son attention sur les deux hommes. Elle surprit quand même les yeux de Wade sur elle une seconde, comme s'il analysait sa posture.

– Bon appétit! chantonna Roseanne en prenant place face à son mari, la satisfaction se lisant sur son visage. Mangez, pendant que c'est chaud!

Wade ne se fit pas prier, de même que leurs hôtes. Harriet saisit un morceau de pain dans la corbeille, qu'elle tartina de beurre un peu trop longuement. Mordre dans la croûte lui remit un peu les idées en place. Elle prit ensuite un légume mariné qu'elle déposa sur le rebord de son assiette, en s'assurant qu'il ne touche pas à la sauce dont la palette oscillait entre le brun et le gris.

Elle sentit soudain la cheville de Wade appuyer contre la sienne, sous la table, et leva la tête. Était-ce de la réprobation qu'elle décelait dans son regard?

– Ma petite Harriet?

– Oui?

Roseanne porta une main à sa poitrine, troublée.

– Tu ne manges pas... Je viens de réaliser que tu n'as pas touché à ton assiette la dernière fois non plus. Est-ce que tu aimes le ragoût de boulettes? Je peux te préparer autre chose...

Son air désolé faisait peine à voir. La cheville de Wade appuya un peu plus fort contre la sienne. Harriet pressa la main de Roseanne avec un sourire rassurant.

– Ne vous en faites pas, Roseanne, ça a l'air délicieux. Je ne mange pas beaucoup de viande, à vrai dire, mais je vais trouver mon compte dans tous les autres bons plats qui se trouvent sur la table. Il n'y a pas de souci, je vous le promets.

– Bon, très bien, je…

– Tu mangeais de la viande, pourtant, chez moi.

Elle l'aurait giflé. Elle se contenta à son tour de lui communiquer sous la table un « ferme-la » avec le pied, qu'il ne sembla pas saisir.

– Je me souviens de ton poulet et de ton bœuf braisé, tu as fait honneur aux plats que tu avais cuisinés. Le ragoût de Roseanne est délicieux, Harri.

Il était furieux contre elle, ça se voyait bien, et elle lui aurait volontiers enfoncé des boulettes dans les yeux et les narines. Prise au piège, elle saisit sa fourchette, et la piqua dans une boulette.

– Bien sûr. Merci, Roseanne. Je vais goûter.

L'œillade de Wade voulait clairement signifier « t'as intérêt ». Elle replia ses jambes sous sa chaise, pour éviter de lui botter le tibia. Tête baissée, elle chipota dans son assiette, et pile au moment où elle sentait qu'elle devrait vraiment manger une de ces satanées boulettes, Bud lui sauva la mise.

– Je disais donc, Wade, que je souhaitais te parler d'un sujet important. Je me fais vieux, tu sais. Mais si, ne dis pas le contraire. J'aimerais que tu envisages de te présenter aux prochaines élections à la mairie.

Wade s'étouffa dans son verre de vin, et Harriet sourit discrètement devant l'ironie de la situation. Au moins, l'attention n'était plus sur elle. Elle reposa sa fourchette et appuya ses deux coudes sur la table, le menton posé sur ses mains jointes. Elle se délectait du malaise de Wade.

C'est ton tour, mon grand.

Bud n'attendit pas que son poulain rêvé ait fini de s'essuyer la bouche avec sa serviette de table, et abattit ses cartes.

– Prends le temps de m'écouter, fiston. Tout le monde te connaît au village, et t'apprécie. Tu es toujours calme, posé…

– Oui, ça, c'est vrai.

Elle n'avait pas pu s'en empêcher. Et même s'il ne tourna pas la tête vers elle, Harriet sut qu'il avait très bien capté son ton ironique, car il serrait les mâchoires et avait redressé les épaules.

– Et tu prends toujours de bonnes décisions, réfléchies.

– Oui, toujours.

Mon Dieu qu'elle s'amusait.

– De plus, je ne t'ai jamais vu être injuste avec quelqu'un, ou manquer de jugement.

– Je suis entièrement d'accord.

Après sa troisième intervention, Wade tourna lentement la tête vers elle, ainsi que sa fourchette et, surtout, son couteau bien serrés dans ses mains. Elle lui sourit aimablement, il passa sa langue sur ses dents.

– Harri, je pourrais te parler une minute ? Dehors...

OK, il venait de reprendre l'avantage. Elle s'était juré d'éviter de se retrouver seule avec lui pendant cette soirée ; c'était mal parti. Wade regardait maintenant leurs hôtes.

– Vous nous excusez, un moment ?

– Mais oui, mais oui ! s'exclama Roseanne en les renvoyant de la main.

Harriet se leva avec une assurance feinte, et dépassa Wade quand il ouvrit la porte en étirant le bras. Elle descendit les marches du perron, se retrouva dans l'allée de gravier, puis croisa ses bras devant elle en se tournant vers son geôlier.

L'air mauvais, poings serrés, il la rejoignit lentement. Heureusement, il avait déposé ses couverts avant de sortir.

– Toi et moi, on doit parler, espèce de petite emmerdeuse.

Oups.

CHAPITRE 37

LES ENVIES

– Attends, attends un peu…

Harriet leva la main et avança la tête vers lui comme si elle avait mal entendu.

– As-tu dit « petite emmerdeuse » ?

– Parfaitement.

Il n'avait pas desserré les poings, ni la mâchoire. Harriet eut un rire mauvais.

– Tu me gratifies de cet adorable qualificatif parce que je me suis payé ta tête pendant le discours de Bud ? T'es sérieux, Wade ?

Il prit une longue inspiration. Expira. S'avança un peu plus vers elle.

– Je te traite d'emmerdeuse parce que tu es débarquée ici avec ton petit air supérieur, que tu lèves le nez sur le repas que Roseanne a préparé avec amour, et que tu me mets en boîte à demi-mot, en ayant l'air de plaisanter. Sérieusement, Harri, je ne pensais pas que tu en étais encore là !

– Pour qui tu t…

– Je n'ai pas fini.

Il n'avait pas crié, mais le ton de sa voix ferma le clapet de Harriet sur-le-champ. Elle ne comprenait pas cette rage qui l'habitait, mais, allez savoir pourquoi, elle la partageait. Elle choisit tout de même de le laisser parler.

– Tu as des comptes à régler avec moi ? Très bien, commença-t-il. Mais pas devant public. Hier, au téléphone, tu avais la soirée pour me reprocher mon comportement envers toi, mais non, tu préfères m'écraser devant les autres, c'est plus percutant !

– Mais de quoi tu parles ? !

Elle était sidérée.

– Ces gens, continua-t-il en tendant l'index derrière lui, mais sans cesser de la regarder, sont formidables. Roseanne a probablement passé tout l'après-midi à préparer ce repas. Alors, la moindre des choses serait que tu te forces un peu et que tu lui fasses honneur, bon sang !

Il laissa retomber son bras et ferma enfin sa bouche. Harriet croisa les bras.

– As-tu terminé ? demanda-t-elle, faussement calme.

Mâchoires à nouveau serrées, il eut un bref hochement de tête.

– D'accord, poursuivit-elle. Je te suggère fortement de prendre un rendez-vous à ton garage, non pas pour ton camion, mais pour toi-même. Tu as le cerveau court-circuité, Wade ! TU m'as coincée devant Bud et Roseanne tout à l'heure, en précisant que je mangeais de la viande, alors que je cherchais simplement un mensonge poli pour dire que je déteste le ragoût sous toutes ses formes, OK ?

– Eh bien, force-toi un p...

– Boucle-la. Mon tour. J'ai voulu te rendre un peu la monnaie de ta pièce en me moquant de toi, ce n'était pas bien méchant ! Quant à laver mon linge sale en famille, ce n'était pas mon intention ! Un petit complexe de persécution, Wade, peut-être ? Tu te sens attaqué pour un rien, maintenant ? Mais qu'est-ce qui t'arrive, tu peux me le dire ?

Elle avait terminé en écartant les bras et en secouant la tête.

Il y eut un premier long silence. Harriet tentait de voir où pourrait les mener cette conversation. Et elle avait de plus en plus de difficulté à faire bonne figure. La soirée était gâchée, Roseanne était sans doute attristée par son ragoût qui refroidissait, et la jeune femme se désolait du revirement de situation. Mais Wade était comme une bombe à retardement…

– Excuse-toi.

– Quoi ?

Elle avait sûrement mal entendu.

– Excuse-toi à Roseanne d'être une capricieuse de première, qui lève le nez sur son repas. Et à moi aussi, pour m'avoir ridiculisé.

– Va te faire voir.

Ce fut au tour de Wade de s'avancer d'un pas et de tendre l'oreille.

– Je te demande pardon ?

À son corps défendant, Harriet sentit les larmes s'échapper de ses yeux et se mettre à couler sur ses joues, mais elle se contenta de les essuyer rageusement.

– J'ai dit : va te faire voir, Wade Larson ! Garde pour toi cet air paternaliste. Comme si tu m'avais sauvée de ma vie durant les quelques jours qu'on a passés ensemble ! En vérité, c'est peut-être moi qui t'ai sauvé de ton existence engourdie et solitaire ! Et cesse de juger tous mes actes selon ce qui te convient ! Ça t'arrange de croire que je fais la fine bouche sur le repas, au lieu de me *demander* ce qui ne va pas ! Auquel cas, j'aurais pu t'expliquer que l'odeur de la farine cuite me lève le cœur, et que tous les plats en sauce me révulsent !

Harriet avait conscience qu'elle criait maintenant. Le sympathique couple dans la maison ne perdait sans doute pas un mot de la conversation, mais elle s'en fichait.

– Alors, tu m'aurais demandé gentiment, en privé : « Ne peux-tu pas faire un effort pour Roseanne ? » Ce à quoi j'aurais répondu que j'aimerais bien, mais que non. Et suivant ton « Pourquoi ? » soucieux et intéressé, je t'aurais expliqué que ces odeurs et ces textures me rappellent les plats que j'ai trop souvent mangés dans ma chambre d'hôpital, alors qu'on me présentait comme un festin des mixtures dégueulasses, et que j'ignorais si ce serait mon dernier repas ! Va te faire voir, Wade ! Vraiment !

Elle renifla, et se dit que la suite logique des choses serait qu'elle rentre dans la maison pour chercher ses clés de voiture et prenne congé, en prétextant une migraine. Elle pourrait aussi quitter le village, tant qu'à y être.

– Je ne savais pas...

Il avait murmuré. Malgré le faible éclairage du réverbère en fer forgé autour duquel des papillons de nuit faisaient la farandole, elle perçut son changement de posture. Il était maintenant plus relâché, et l'affaissement de ses épaules et sa déglutition difficile laissaient entrevoir la fin des hostilités.

– Bien sûr que tu ne savais pas ! dit-elle, exaspérée, en roulant les yeux et en essuyant ses joues à nouveau. Mais comme je suis une emmerdeuse et une capricieuse, qu'est-ce que ça change, hein ?

Wade expira fortement et envoya sa tête vers l'arrière en fixant le ciel, les mains sur les hanches. Harriet se dit qu'elle arriverait peut-être à rentrer sans qu'il s'en aperçoive...

– Bon Dieu, je perds la tête.

En pleine séance de psychanalyse avec lui-même, l'homme semblait malheureusement avoir les sens encore très aiguisés : il s'aperçut que la rousse tentait une fuite.

– Bonne fin de soirée, Wade.

Le problème était que la demeure de Bud et Roseanne était derrière lui. Le problème était qu'il se déplaça de côté pour lui barrer le chemin. Le problème était qu'il se trouvait maintenant beaucoup trop proche d'elle.

– Je suis un imbécile.

– Je sais. Tu peux prendre mes boulettes pour te récompenser de cette stupéfiante découverte. Je t'ai dit bonne fin de soirée, déjà ?

Son torse lui bloquait maintenant toute vue de la maison.

– Tu as raison, Harri.

– Je sais ça aussi.

Elle espérait presque qu'il pète à nouveau les plombs devant son ton froid. Au lieu de ça, il prit le bout de ses doigts dans sa main. Juste le bout. Et il laissa pendre ce fragile contact entre leurs deux corps, à l'image de deux fils connectés qui tiendraient ensemble de peine et de misère, et que le moindre coup de vent pourrait séparer.

– C'est à moi de m'excuser. Et le pire, c'est que j'ai attendu ce souper toute la journée. Je voulais te voir et passer une belle soirée avec toi... Bon sang !

– Moi aussi, avoua-t-elle d'une toute petite voix, de nouvelles larmes ayant été fabriquées entre-temps pour renflouer l'inventaire.

– Merde, Harri. Viens là.

Son corps se colla de lui-même contre celui de Wade, et trouva la place parfaite entre ses bras qui venaient de se refermer sur elle.

– Je suis un imbécile, répéta-t-il. Je suis désolé. Tu m'as manqué.

Les trois phrases pouvaient paraître mal agencées, et pourtant elles sonnèrent comme le plus beau des poèmes pour Harriet.

Ce fut le moment précis où son amour-propre et sa fierté la quittèrent pour aller prendre une bière au Blitz. Un misérable sanglot lui échappa et elle se colla contre Wade le plus fort qu'elle put. Lorsqu'elle réussit à parler, sa voix était rauque et un peu trop aiguë.

– Demande-moi de rester. Je t'en prie, demande-moi de rester.

Elle s'agrippa à sa nuque et se jucha sur la pointe des pieds pour nicher son nez dans son cou. Il sentait le savon et une pointe de tabac. Elle rendit les armes. Mise à nu devant l'homme qu'elle aimait, transparente dans le ton implorant de sa voix, autant que dans la force de sa poigne sur le haut de ses épaules.

Totalement à la merci de l'homme qui avait un jour cherché à la punir en lui louant son pavillon. La punition, elle la vivait depuis qu'elle l'avait quitté. Chaque foutu jour.

– Demande-moi de rester avec toi, je t'en supplie... Pour la nuit, pour la semaine, pour te disputer avec moi : je prendrai ce que tu m'offres, Wade. Mais demande-moi de rester...

Elle voulait une minute avec lui. Une heure avec lui. Qu'importait qu'elle doive ensuite ramper sur le sol pour arriver à retrouver toutes les miettes de son cœur, elle gérerait. Elle tenterait de penser à lui avec le sourire aux lèvres, et frissonnerait chaque fois qu'elle replongerait dans ses souvenirs. Elle le voulait. Elle l'assumait.

Wade enfouit sa main dans ses cheveux et se pencha à son oreille, tandis que son autre main la maintenait serrée contre lui et chiffonnait son chemisier dans le bas de son dos.

– Reste avec moi, Harri. Pour toujours.

À sa surprise, il tremblait plus qu'elle.

– Quoi ?

Il posa ses grandes mains sur sa mâchoire et l'embrassa comme un fou. Harriet en eut le souffle coupé. Sûrement que les papillons autour du réverbère venaient de tomber sur les fesses. Ceux dans le ventre de Harriet prirent le relais du spectacle de farandole.

Wade mit fin au baiser et appuya son front contre celui de la jeune femme.

– Reste avec moi. Bruno est en dépression, et je pense à toi jour et nuit. Tu as raison, c'est toi qui m'as sauvé. Et je ne dis que des conneries depuis que tu es partie, et encore plus depuis que tu es revenue. Euh… sauf maintenant. Ce ne sont pas des conneries. Viens vivre avec moi.

– Mais non, protesta la jeune femme en secouant ses boucles rousses sans trop de conviction. On se connaît à peine, Wade, c'est insensé…

Le souvenir d'une discussion semblable avec Seth lui revint en mémoire. Elle l'avait brusqué et, cette fois, elle voulait faire les choses en douceur…

– Très bien, je te louerai mon pavillon, alors. Ou Lydia te prendra comme colocataire. Il y a une maison à vendre à l'entrée du village, si tu préfères, mais ce serait ridicule de gaspiller ton argent pour l'acheter, puisque tu ne dormiras jamais là-bas.

Le rire de Harriet fut interrompu par un autre baiser enflammé, et les mains de Wade glissèrent le long de ses côtes pour aller emprisonner sa taille. Elle agrippa le devant de sa chemise. Le bout des doigts de l'homme tirait maintenant sur le bas de son chemisier et lorsqu'il atteignit la peau de son ventre, elle gémit.

– Le garage, grogna-t-il contre ses lèvres. Viens.

Il lui prit la main et l'entraîna derrière lui. Le côté très rationnel de Harriet lui disait qu'il serait totalement inconvenant de faire l'amour dans le garage de Bud et Roseanne, mais son nouveau côté impulsif était très excité à cette perspective.

Et lorsque Wade l'aida à défaire son jeans et la jucha sur l'établi, elle décida que l'impulsivité avait indéniablement ses attraits.

– Attends, laisse-moi faire, murmura-t-elle en riant et en s'attaquant à la ceinture de l'homme dont les mains étaient devenues un peu malhabiles. Embrasse-moi encore.

Il ne se fit pas prier. Puis, il lui murmura à quel point elle était belle et combien il aimait la tenir dans ses bras, et lui fit l'amour aussi passionnément qu'il était possible de le faire lorsqu'un des deux partenaires avait les fesses sur une planche de contreplaqué.

– C'est étrange, dit doucement Harriet en rajustant son chemisier, un moment plus tard.

– Quoi donc ?

Wade était tout près d'elle et passait une main dans ses cheveux décoiffés, après s'être lui-même rajusté.

– Regarde, juste là. C'est l'endroit exact où mon vélo a été écrasé par le tracteur de Bud.

L'homme tourna la tête vers le sol de terre battue, puis sourit et lui caressa la joue.

– On pourrait dire que c'est ici que tout a commencé...

– C'est vrai.

Et pourtant, jamais Harriet n'avait été emplie d'un sentiment aussi fort d'être arrivée à destination. La boucle était bouclée.

Main dans la main, ils gravirent les marches de la maison, et Wade toqua deux coups avant d'entrer. Harriet était un peu gênée, jusqu'à ce qu'elle aperçoive Bud en train de lire le journal au coin du feu et Roseanne qui leva la tête de son tricot au même moment.

– Oh, déjà rentrés, les jeunes ?

La pensée fugace que Bud et Roseanne avaient voulu jouer les entremetteurs traversa l'esprit de Harriet lorsqu'elle vit le maire sourire dans sa page de journal.

CHAPITRE 38

ÉPILOGUE

– Je vais gagner. Je le sens.

– Tu dis ça chaque année, Josh.

– Peut-être, mais cette fois, c'est la bonne.

Appuyés sur la clôture de pruche, les deux hommes fixaient le champ carrelé qui s'étendait devant eux. Il espérait avoir l'air détendu, mais Wade guettait sans cesse l'arrivée des nouveaux participants au coin de la grange.

Harriet était partie à vélo tôt le matin, et devait venir le rejoindre une fois qu'elle serait repassée à la maison pour se doucher.

Quatre saisons s'étaient succédé depuis que Wade et la rousse de son cœur avaient finalement rendu les armes, dans la cour de Bud et Roseanne. Ils avaient passé un automne merveilleux dans le décor qui se teintait d'ocre et de rouge un peu plus chaque jour. Puis, l'hiver leur avait permis de s'emmitoufler dans des couvertures chaudes devant le foyer, avec Bruno qui avait de moins en moins l'air d'un chiot.

Harriet s'était même mise au tricot, appliquant les leçons de Roseanne dans la confection de sa première écharpe. Wade se souvenait des moments où il l'avait observée, concentrée et la langue un peu sortie en enfilant les mailles. Il se rappelait s'être dit qu'il n'avait jamais été aussi heureux.

Mais chaque fois qu'elle partait à vélo, c'était plus fort que lui, l'inquiétude le dévorait jusqu'à son retour. Les gens circulaient vite dans le coin, et elle devait rouler sur la chaussée, vu que le bas-côté était en gravier. Une fois, elle était revenue presque quarante-cinq minutes plus tard que prévu, et il avait cru devenir fou. Il l'avait attendue assis sur le perron arrière de la maison, et l'avait serrée dans ses bras à l'étouffer lorsqu'elle était arrivée en bougonnant contre la satanée crevaison qui l'avait retardée.

Décidément, la peur de perdre les gens qu'il aimait ne semblait pas vouloir le quitter. C'était un héritage de son passé avec lequel il devait composer.

– Hé ! Attends, ma puce, je vais t'aider !

Josh se précipita au-devant de Lydia, qui transportait un gros contenant de salade de macaronis et divers plateaux qu'elle réussissait à tenir tant bien que mal. Elle avait la charge du repas pour leur bande, en fin de journée.

Josh la soulagea de son fardeau avec des yeux réprobateurs et déposa le tout sur une table, tandis que Lydia campa ses mains sur ses hanches en reprenant son souffle.

– Merci, mon amour. Mais tu sais, il serait grand temps que tu cesses de m'appeler « ma puce ».

– Et pourquoi ça ?

Elle écarquilla les yeux en désignant sa silhouette de ses deux mains. Joshua eut un sourire en coin et s'approcha pour l'enlacer.

– Tu devrais envisager « ma baleine » ou « mon autobus »... « Mon obus », ça serait bien, tiens !

Sa robe légère en coton moulait son ventre de plus en plus tendu. Le bébé était prévu pour octobre, une surprise qui avait choqué le couple pendant un jour ou deux, avant que Josh et Lydia laissent partir leurs craintes au vent, pour les remplacer par la joie de devenir parents.

Wade observait ses amis, attendri, lorsque son regard fut attiré par une chevelure flamboyante au loin. Harriet se dirigeait vers lui en souriant, Bruno en laisse. Le cœur de l'homme reprit un tempo régulier et il la laissa venir à lui, se contentant de tendre le bras vers elle lorsqu'elle fut assez proche pour venir se blottir contre son torse.

– Bonjour, dit-elle en levant le visage vers lui pour l'embrasser.

– Bonjour. Belle balade ?

– Oui, et j'ai même vu un porc-épic ! Par chance, je ne lui ai pas roulé dessus, conclut-elle en riant. Alors, à qui dois-je parler pour réserver mon carré de champ ?

– À moi !

Nicole venait d'apparaître, pétillante dans sa camisole et sa salopette courte en jeans. La belle infirmière de Paco avait finalement appelé son ancien patient, et était venue le visiter au village, à quelques reprises. Elle ressemblait en effet à Britney Spears, quand on y regardait rapidement. Lorsqu'il avait paru évident à Salma qu'elle était de trop, elle avait regagné sa ville avec soulagement (partagé par Lydia).

Depuis, Nicole avait officiellement emménagé avec Paco. Harriet et elle avaient rouvert la clinique laissée vacante. Il n'y avait pas de médecin, mais les deux jeunes femmes arrivaient à traiter beaucoup de patients. Seth assurait un suivi à distance pour certains d'entre eux, en partenariat avec les deux jeunes femmes.

Paco était amoureux fou de sa BritNic, comme il aimait l'appeler. Et la blonde rayonnait depuis son arrivée, presque un an plus tôt.

Harriet quitta les bras de Wade pour s'entretenir avec Nicole et payer sa mise. Pendant ce temps, Josh leva les yeux vers son ami et lui fit les gros yeux, ce à quoi Wade répondit par un « la ferme ! » silencieux.

– Bon, c'est parti ! s'exclama Harriet en revenant près de la clôture, pour grimper sur le premier travers de pruche.

Nerveux plus que de raison, Wade tritura encore une fois la petite boîte dans sa poche. C'était une mauvaise idée. Il ne pouvait pas faire ça ici. Pas pendant qu'elle était juchée sur la clôture et criait « Chie, Sally ! » à tue-tête avec les autres habitants du village.

Il s'alluma une cigarette.

Dieu qu'il l'aimait ! Ils se crêpaient le chignon de temps en temps, et Harriet avait une tendance à bouder qui ne prenait malheureusement pas avec lui. Ce qui était doublement frustrant pour elle. Non, leur relation n'était pas un long fleuve tranquille. La preuve, elle se tourna vers lui dix secondes plus tard, avec un air réprobateur.

– Je déteste quand tu fumes.

– Je déteste quand tu me gères, répondit-il du tac au tac, avant de recracher la fumée sur sa gauche.

Elle leva les yeux au ciel, puis reprit ses acclamations d'encouragement pour cette pauvre Sally que Paco venait d'envoyer dans le champ.

– Monsieur le maire !

Wade se retourna et accueillit d'une poignée de main ferme le responsable du journal local qui voulait s'entretenir avec lui à propos de la dernière réunion du conseil.

Avec le garage et ses nouvelles fonctions, son horaire était surchargé, mais il adorait ça. L'impression de faire une différence dans sa communauté et d'avoir le pouvoir de changer les choses avec ses concitoyens le rendait fier et lui avait redonné confiance. Une confiance en lui qu'il n'avait pas réalisé avoir perdue, jusqu'à ce que sa rousse débarque dans sa vie.

– BRUNO !!!

Wade revint au quart de tour près de la clôture. Le chien avait échappé à la vigilance de Harriet et venait de se précipiter dans le champ pour embêter cette pauvre Sally dont les intestins captivaient un village entier.

Affolée, Harriet manqua de tomber en bas de la clôture, mais Wade la retint dans ses bras juste à temps, tandis que Paco se tournait vers lui en levant les deux bras dans les airs, furieux.

Il reposa Harriet par terre et introduisit deux doigts dans sa bouche. Au son strident du sifflement, Bruno redressa les oreilles et revint immédiatement au pas de course vers lui, tandis que Harriet grommelait tout bas. Ce chien n'avait qu'un maître, même s'il adorait sa maîtresse.

Le reste de la journée fut bien occupé, plusieurs habitants du village profitant de la présence de Wade pour venir lui parler de leurs problèmes ou de leurs idées. Harri serrée contre lui, il ne pouvait s'empêcher de caresser son dos continuellement, tout en écoutant attentivement les requêtes et les doléances.

Un peu plus tard, il ne restait que leur petit groupe, l'activité « Chie, Sally ! » ayant culminé lorsqu'une bouse bien chaude avait atterri sur le carreau acheté par Bud et Roseanne. Bien qu'heureux de leur gain, le couple avait choisi d'en faire don à la fondation de la clinique de Harriet et Nicole, destinée à faire l'achat d'une ambulance pour le transport des malades vers les hôpitaux mieux équipés. Les filles espéraient aussi pouvoir recruter du personnel soignant supplémentaire et peut-être, qui sait, un médecin.

Wade espérait que ce serait une femme. Une femme médecin. Juste comme ça. Pour protéger ses arrières.

Une fois les badauds rentrés chez eux et tous ses amis assis dehors à la grande table, Wade prit la main de Harriet et la força à se lever pour venir s'asseoir sur lui. Josh lui adressa un clin d'œil, Wade déglutit. Harriet le regarda en fronçant les sourcils.

– Tout va bien ? s'enquit-elle en passant les doigts dans ses cheveux.

Il embrassa son épaule dénudée et parsemée de taches de rousseur. Elles étaient plus visibles en été, et il les aimait autant qu'elle pouvait les détester.

– Tout va bien. Je t'assure.

Wade observa la bande qui discutait joyeusement en terminant le festin préparé par Lydia. C'était le moment.

– Votre attention, tout le monde, s'il vous plaît !

Wade ouvrit la bouche et fronça les sourcils. C'était Paco qui venait de parler et, avant que le maire puisse réaliser ce qui se passait, le con mit un genou à terre devant Nicole, qui plaqua les mains sur sa bouche.

– Ma BritNic adorée, je t'aime depuis la première fois où je t'ai vue. Tu m'as conquis à la seconde où tu as posé les yeux sur moi.

– T'étais complètement défoncé, tu parles !

Lydia donna un coup dans les côtes de Josh, et tout le monde éclata de rire sous le regard furieux de Paco.

– Accepterais-tu de faire de moi le plus heureux des hommes en m'épousant ?

Tandis que Nicole hochait la tête vigoureusement entre deux sanglots, et que tout le monde s'exclamait et se levait pour féliciter les futurs mariés, Wade était cloué à son siège, complètement soufflé. Que faire, maintenant ?

Lorsque Harriet quitta ses genoux, il eut un mouvement de la main pour la retenir. La boîte faisait une bosse dans sa poche, et le moment venait de lui filer entre les doigts.

Josh tourna la tête vers lui à cet instant et haussa les épaules avec un air un peu paniqué. Wade leva la main, secoua la tête en signe d'apaisement et décida de lâcher prise. La soirée s'étira encore quelques heures, de plus en plus festive. On sabra le champagne et les gars promirent à Paco la soirée de sa vie pour son enterrement de vie de garçon.

Il était passé minuit lorsque Wade et Harriet stationnèrent leurs voitures devant la maison près du lac. L'homme retira la laisse de Bruno, qui s'amusa immédiatement à courir partout.

– Ça te dirait qu'on aille s'asseoir au bout du quai, un moment ?

Déjà rendue en haut des marches, Harriet se tourna vers lui en souriant, malgré le petit air inquiet qu'elle ne dissimulait pas très bien.

– Bonne idée.

Elle attrapa sa main tendue et le suivit en silence jusqu'aux deux chaises sur lesquelles ils avaient passé d'innombrables soirées.

– Wade, tu as eu l'air préoccupé toute la soirée, tu es certain que ça va ?

Il hocha la tête et s'assit près d'elle sans lâcher sa main.

– Tu as reçu l'appel de ton médecin ? demanda-t-il soudain.

– Oh ! Oui ! Tout à l'heure, juste avant de te rejoindre, j'ai oublié de te le dire. Tout est numéro un, encore une fois, alors nous avons pris la décision d'effectuer un bilan tous les deux ans, dorénavant.

Il eut une longue expiration, et réalisa du même coup qu'en effet, il avait peut-être été un peu préoccupé, inconsciemment. Le médecin de Harriet était un homme formidable. Il l'avait rencontré une fois, et lui vouait un grand respect et une confiance aveugle. Il comprenait également un peu mieux les parents de sa belle dans leur inquiétude constante.

– C'est bien, ça, ma chérie. Une bonne nouvelle.

La nuit était superbe. On entendait un huard au loin, sur le lac. Les étoiles et le quartier de lune éclairaient partiellement le visage de la rousse.

Wade se mit debout, et tendit la main pour l'inviter à faire de même. Elle se déplia lentement. Tous deux face à face tout au bout du quai, il se dit que, finalement, c'était le moment parfait.

– Harri, je t'aime.

– Je t'aime aussi, dit-elle en lui caressant la joue.

– J'aimerais… j'aimerais te dire que je suis tombé amoureux de toi au premier regard, comme Paco avec Nicole, mais… ce serait faux.

Après une seconde, ils pouffèrent tous les deux.

– Cependant, je sais que je t'aimerai jusqu'à mon dernier regard. Et c'est ce qui a de l'importance pour moi.

– Pour moi aussi…

L'intonation de la jeune femme devenait un peu suspicieuse.

– Harri, je… je vais me mettre à genoux, d'accord ? Voilà.

La bouche ouverte, Harriet observa son « mairagiste » s'agenouiller devant elle.

– J'aimerais que tu acceptes de devenir ma femme, Harriet Hopper. De porter mon nom, de porter mon amour et, qui sait, de porter mes enfants. Tu voudrais de moi comme mari ?

Une larme brilla sur la joue de la jeune femme. Il tendit la main pour l'essuyer, alors qu'elle-même se penchait pour l'embrasser. Elle encadra ensuite son visage de ses mains.

– Bien sûr que je veux devenir ta femme, Wade Larson. En doutais-tu ?

Il déglutit et haussa les épaules, en espérant qu'elle ne remarque pas l'eau qui semblait refouler dans ses yeux. Bon sang, il n'aurait jamais pensé être aussi bouleversé !

Pour se donner contenance, il sortit la boîte de sa poche et l'ouvrit devant Harriet qui eut un hoquet de stupeur. En tremblant, il glissa la bague à son doigt et repensa à la visite qu'il avait faite avec Joshua dans une bijouterie de Denver, quelques jours plus tôt.

– Doux Jésus, relève-toi, mon amour.

Elle lui tendit la main et il entama un mouvement pour se remettre debout, lorsqu'un bruit saccadé résonna sur le quai. Avant que Wade ait pu réagir, Bruno le percuta en appuyant ses deux pattes de devant sur ses épaules, le déséquilibrant du même coup. L'eau éclaboussa les pieds de Harriet.

Lorsque Wade émergea du lac et s'ébroua, le chien jappait au bout du quai et la future mariée s'était écroulée dans un fauteuil, tordue de rire.

En sortant maladroitement de l'eau avec ses vêtements mouillés, Wade éclata finalement de rire à son tour. Ça avait été une demande parfaite. Ils s'en souviendraient toute leur vie.

FIN

REMERCIEMENTS

Cette histoire est née d'un « T'es pas *game* ! » lancé à la blague par une amie, après l'écriture de *La deuxième vie des étoiles.* Grâce à toi, Valérie-Myriam Manseau, Harriet a maintenant trouvé l'amour, et je me suis beaucoup amusée à écrire ses mésaventures. Merci pour ce beau défi !

À tous les membres de l'équipe Goélette, merci de votre confiance. Votre enthousiasme à publier mes histoires me fait toujours autant plaisir.

Fleur Neesham, pour une quatrième fois, tu auras piloté le projet d'une main de maître. Merci pour tes idées, ta rigueur et ton humour. Collaborer avec toi, c'est toujours parfait. Prête pour le prochain ?

À vous, lectrices fidèles et toujours prêtes à embarquer dans mes folies, merci pour vos commentaires, vos photos et vos messages. Vous n'imaginez pas l'ampleur du rôle que vous jouez dans la motivation d'un(e) auteur(e). Dans la mienne, à tout le moins !

À toutes les personnes précieuses dans ma vie, merci d'être là pour partager les fins et les renouveaux. Vous vous reconnaîtrez. Je vous aime.